ボリバル侯爵

レオ・ペルッツ
垂野創一郎【訳】

Der Marques
de
Bolibar
Leo Perutz

国書刊行会

ボリバル侯爵⚜目次

主な登場人物

†ナポレオン軍

フォン・レスリー大佐　ナッサウ連隊。指揮官

エグロフシュタイン大尉　ナッサウ連隊。副官

ブロッケンドルフ大尉　ナッサウ連隊

ギュンター少尉　ナッサウ連隊

ドノプ少尉　ナッサウ連隊

エデュアルト・フォン・ヨッホベルク少尉　ナッサウ連隊。本書の語り手

ティーレ伍長　ヨッホベルクの部下

ローン少尉　ハノーファー猟兵隊《シャシュール》

バプティスト・ド・サリニャック大尉　近衛隊騎兵

シェンク・ツー・カステル＝ボルケンシュタイン大尉　ヘッセン連隊

フォン・フローベン中尉　ヘッセン連隊

ローヴァッサー少尉　ヘッセン連隊

†ゲリラ側の人々

ボリバル侯爵　ラ・ビスバル市の有力者

サラチョ大佐（皮屋の桶）　ゲリラの指導者

ウィリアム・オキャラハン大尉　イギリス人将校。ノーサンバランド燧石銃《フユジリエ》兵隊

†ラ・ビスバル市の人々

モンヒタ　フォン・レスリー大佐の愛人

ドン・ラモン・ダラチョ　画家。モンヒタの父

市長

司祭

ボリバル侯爵

まえがき

普仏戦争の始まる直前、エデュアルト・フォン・ヨッホベルクという騎士領領主が元ナッサウ公国の小都市ディレンブルクでその生を終えた。生前は病的なほどに口数の少ない変わりものの老人であった。ながく一年のほとんどを領地で暮らしていたが、持病の悪化のため、死の数年前には住処《すみか》を完全に小都市に移さざるをえなくなっていた。

ヨッホベルクと親しく行き来したわずかな人々も、老人のおもな交際相手が猟犬や馬だったせいか、ヨッホベルクがかつて兵士だったこと、しかも若い頃ナポレオン一世の遠征に参加したことを知らなかった。老人から人生のその時期の体験を聞いたものはおろか、仄《ほの》めかされたものさえいなかった。それだけになおさら、彼の知人たちが、遺品のなかから入念に整理され紐で括《くく》られ封印された大量の草稿を見出したときの驚きは大きかった。目を通した結果、それがヨッホベルク少尉のスペイン出征時の回想録であることが判明したからだ。

この思いがけない発見がナッサウ全域と隣のヘッセン大公国にもたらした騒動は大変なものだった。地方新聞が記事に取り上げ、回想録からの抜粋が何段にもわたって掲載された。高名な学者たちが論文で見解を披露し、相続者である甥のボン大学非常勤講師ヴィルヘルム・フォン・ヨッホベルクおよびアーヘンの老フォン・ハルトゥンク嬢のもとには出版社からの申し出が殺到し、その後ほどなく始まった戦争さえも大衆の関心を完全に消し去るにいたらなかった。
というのもこの回想録はこれまで一度も明るみに出されなかった祖国の戦《いくさ》の経緯を扱っていたからだ。すなわち〈ナッサウ〉〈ヘッセンの公子〉両連隊がスペインのゲリラに壊滅されるまでの記録である。

このスペイン出征の挿話は関連文献にはほとんど見当たらない。ナポレオン時代の有名な戦史編纂者であるヘッセン大公国大尉のアウグスト・シェルブルッフがハレのランゲルマン社から刊行した六巻本の著作『一八〇七年から一八一三年におけるピレネー半島の戦争』のなかでも、〈ラ・ビスバルの戦闘〉にはわずか二行半を割くのみである。ダルムシュタット・ギムナジウムの歴史学教授ヘルマン・シュヴァルツェ博士は、ナポレオンの出征におけるヘッセン部隊の役割に関する労作を公刊したが、奇妙なことにライン同盟の二連隊の壊滅にはまったく言及がない。より簡略なF・クラウゼ、H・ライスティコフ、フィッシャー＝チュービンゲンらの著作でも同様である。バーデンの退役将校によるものと見られる匿名出版された批判的研究書『スペインにおけるライン同盟部隊——無謀な戦略についての一考察』（カールスルーエ、タウベ書店、一八二六）においてかろうじて〈ラ・ビスバルの破局〉は詳細に語られているが、新しい重要な事実を告げるものではない。ただこの書物では両連隊の指揮官が名指されていて、その名はヨッホベルク少尉の回想録にも登場する。すなわちフォン・レスリー大佐である。

敵側の報告は自然のしからしむるところとして、少しばかり詳しく書かれている。目を通すことを得た多くの資料のなかから、スペイン参謀本部長ドン・シルビオ・ガエタの名をあげておこう。彼はライン同盟軍のラ・ビスバルでの敗北がそのまま出征の歴史の転回点となり、その後のクエスタ将軍の作戦計画に決定的な影響を与えたとの結論に達している。本業は薬剤師であったシモン・ベンチュラには、聖マリア・デ・パチス伝や『茸愛好家の手引き』や、現代の趣味からすればやや仰々しすぎる悲劇『チューリップ祭』のほかに、生地ラ・ビスバルの地史を扱った著述があり、彼が事件の純粋に外面的な経過の一部始終によく精通していたことを示している。今では稀覯の書となった『アストゥリアス地方のゲリラ主導者たち』がわたしの手元にあるが、そこでペドロ・ドロスコも両連隊の壊滅を叙している。だがその記述は明らかな誤謬と欠落に満ちている。

だが総じてこれらのスペインの歴史書も、他の資料と同じく、ドイツの両連隊の跡形もない消滅という驚くべき史実の解明にほとんど資するところはない。ヨッホベルク少尉の遺した手記を俟《ま》ってはじめて、結果的にラ・ビスバルの悲劇を導いたあの不可解な事件に光があてられたのだった。

もしヨッホベルク少尉の報告が真実であるならば、いかなる時代の戦史にも類を見ないナッサウ連隊の壊滅は、自軍の将校たちが明瞭に意識して、ほとんど計画的にもたらしたものであった。自殺に至る異常心理や暗示による意志の転移など、この事件を神秘的あるいは隠秘学的に説明する概念には事欠かない現代においてさえ、これはにわかには信じがたいことである。

歴史学の専門家たちはヨッホベルク少尉の回想録の価値に疑念を抱くであろう。さらにその記述をあまりにも荒唐無稽と評するであろうが、わたしはそれに対し些《いささ》かも憤慨するものではない。結局のところ、スペインでさまよえるユダヤ人に会ったことを確信するような男に、どれほどの批判力を認めることができようか。

ヨッホベルク少尉の回想録は原文のおよそ三分の二に縮められた。本題に直接関係しない多くの事柄、例えばタラベラおよびトレス・ヴェドラス戦の記録や、ラ・ビスバルのいわゆる棒踊りの描写、政治や哲学や文学史に関するさまざまな脱線や談義、ラ・ビスバル市庁舎が蔵していた絵画コレクションへの美術批評的評価、ヨッホベルク家と大尉シェンク・ツー・カステル＝ボルケンシュタイン伯爵家の家系的なつながりに関する委曲を尽くした立証——これらはすべて編者の朱筆の犠牲となった。ために多くの時代史的に価値あるものを読者から遠ざける結果になったかもしれない。だが叙述そのものは緊迫性を増し印象を強めたと信じる。

それでは以下ヨッホベルク少尉に、アストゥリアス地方の山間地ラ・ビスバルで一八一二年冬に体験した奇妙な事件を語ってもらおう。

朝の散歩

朝の八時頃、白い教会塔が二つ見えた。ようやくラ・ビスバルの市《まち》だ。誰もが肌まですっかり濡れていた。わたしはもとより、部下の十五人の龍騎兵も、市長との交渉のため同行した副官のエグロフシュタイン大尉も。

昨日わが連隊はサラチョ大佐の率いるゲリラ部隊との激戦を乗り切ったところだった。どういうわけだか、おそらく不恰好な体軀のせいだろうが、部下たちはこのサラチョを〈皮屋の桶〉と呼んでいる。晩方になって首尾よく叛乱軍は壊走した。奴らの森まで追撃したわれわれは、あと少しで〈皮屋の桶〉を捕虜にするところまでいった。奴は足指に痛風があり、歩みがのろかったものだから。

戦闘のあと、連隊が野原で露営《ビバーク》すると、こんな日にも乾いた藁の上で寝られないのかと部下が不平をこぼした。ラ・ビスバルに着きさえすれば、お前ら全員に、絹の帳《とばり》に綿毛布団のベッドをやると冗談で約束してやると、ようやくおとなしくなった。

わたし自身は夜の一時《いっとき》をエグロフシュタインやドノプと一緒に大佐の幕舎で過ごした。大佐のご機嫌を取るため、ともにグリューワインを飲み、ファロの勝負に及んだ。だが大佐が亡くなった妻の話を止めようとしないので、われわれはトランプを捨て傾聴せざるをえなかった。誰もが顔をつくろうのに苦労した。なにしろフランソワーズ－マリーの仮初《かりそめ》の愛人でなかった将校など、ナッサウ連隊中には一人としていなかったのだから。

朝の五時、わたしはエグロフシュタインと部下の龍騎兵とともに、ラ・ビスバルに向け出発した。馬を走らせるわたしの後ろから、「ゲリラに気をつけろ！」と大佐が声をかけた。まったくうんざりする任務ではあったが、連隊最年少の将校であるわたしに何ができただろう。

街道には人ひとりなく、叛乱軍に煩《わずら》わされることもなかった。途中で二匹の騾馬《らば》の死骸に出くわした。フィゲラス村のすぐ手前でスペイン人が二人倒れていた。瀕死の身でそこまで這ってきたのだろう。片方はサラチョ軍のゲリラで、もう片方はヌマンシア連隊の制服を着ていた。闇に紛れて村までたどりつければという思いを、死が遮《さえぎ》ったのだ。

フィゲラス村はすっかり見捨てられていた。農夫らは羊の群れを連れて山に逃れたらしい。かろうじて村のはずれの酒場で三、四人のスペイン人を見かけたが、そいつらは〈皮屋の桶〉軍の敗走兵《ディスペルソス》で、われわれが近寄るとたちまち逃げ去った。そして森の際《きわ》までたどりつくと、悪魔に憑かれたような声で「くたばれフランス野郎！」と口々に喚《わめ》いてきたが、発砲まではしてこなかった。ティーレ伍長が「永遠に、アーメン、山羊野郎！」と叫び返した。どういうわけだかこの男は、スペイン語の「くたばれフランス野郎」を「われらが主イエスは褒むべきかな」と解したらしい。

ラ・ビスバルの市門の前で、市長の出迎えを受けた。評議員《フンタ》の全員と他の数名の住民もいた。われわれが馬から降りると市長が進み出て、こうした場合の決まり文句でわれわれに歓迎の辞を述べた。当市はフランスの味方です。なにしろサンチョ軍のゲリラには手ひどくやられましたから。強奪まがいの徴発で農家の家畜まで持ち去られました。ここに住み着いているもので、あなたがたに敵意を持つものはほんのわずかです。惨《むご》いことはなさらぬよう願います。わたしども一同は、偉大なるナポレオンの勇敢な兵士のためとあらば、力のおよぶかぎり何でもいたしますから。

エグロフシュタイン大尉は手短に、住民の待遇があなたがたの期待に添えるどうかは、大佐の決定事項であるゆえ、自分からは何とも言えないと返答した。そのあとすぐに、宿泊票を作らせるため、市長や書記役とともに庁舎におもむいた。住民たちは脱いだ帽子を手におとなしく物も言わず、不安の面持ちで会談に参列していたが、やがてそれぞれの家の妻のもとへと散っていった。

わたしは市門に部下を数名配置した。それから市壁の外の街道沿いにあった料理屋《ポサダ》に入り、主人が気をきかせてすぐ作ってくれた熱いショコラを飲みながら連隊の到着を待つことにした。

朝食がすむと庭に出てみた。狭苦しい食堂部屋にたちこめた魚の煮込みの臭いで胸が悪くなったからだ。広くもない庭は、手入れもろくにされず、玉葱《たまねぎ》や大蒜《にんにく》や南瓜《かぼちゃ》や蚕豆《そらまめ》が乱雑に植えてあった。それでも雨で湿った土の匂いは清々《すがすが》しかった。庭の向こうにはひろびろとした庭園があって、無花果《いちじく》や楡《にれ》や胡桃《くるみ》の木が植わっていた。細くのびる小径《こみち》が櫟《いちい》で縁どられた、平坦な芝生のあいだを縫って、池へ通じている。その背後に田舎風の屋敷が白く聳《そび》えている。雨に濡れたそのスレート葺《ぶ》きの屋根は、街道を歩いているときから見えていた。

伍長が背後の食堂から出てきた。たいそう怒っているらしく、険悪な顔でわたしに近寄った。

「少尉どの！　朝はまずい小麦粉のスープ、昼もスープ、夜はパンと大蒜、これがここ何週間かのわれわれの糧食です。道端の農夫から卵一個徴発しただけでも、軍法会議にかけられます。しかし少尉どのは約束されたではありませんか。ラ・ビスバルではテーブルクロスをかけた食卓で、冷たい水で冷やした極上のワイン、鍋にはすべてベーコンの厚切り。なのに――」

「なのに？　ここの主人はどんなものを出したんだ」

「腐りかけの魚ですよ、仕立屋さえ食わないような、一グロッシェンありゃ一ダースも買える奴です」伍長は怒って叫び、わたしの面前に手を差し出した。スペインの農家で酢漬けにするような小さな鱈がそこにあった。

「ティーレ！」わたしはたしなめた。「聖書にも『凡《およ》そ生ける動物は汝らの食となるべし』とあるだろう。この魚が食えないということもあるまい」

伍長は怒りの面持ちで口答えしようとしたが、わたしの聖書の引用にうまい切り返しが思い浮かばなかったようだ。そのすぐあと指を自分の開いた口にあて、わたしの手首を握った。今目に入ったものが、怒りをすぐに忘れさせたのだ。

「少尉！」伍長が小声で言った。「あそこに誰かが潜んでいます」

すぐさまわたしは地面に伏し、音をたてず庭垣に忍び寄った。

ない。

「ゲリラが一人」伍長が脇でささやいた。「向こうの藪のなかに」

事実十歩と離れていないところで、男がひとり、月桂樹の藪に隠れてうずくまっていた。サーベルもフリント銃も持っていない。武器を持っているとしたら、服の下に隠しているに違いない。

「あそこにもうひとり。それからあそこにもいます。あそことあそこにも！　少尉、全部で一ダースを下りません。いったい何をたくらんでいるんでしょう」

楡と胡桃の幹の陰、櫟の繁みのなか、あらゆるところに臥《ふ》したりうずくまったりするものがいた。今のところ、誰もわたしたちを見つけてはいないようだ。

伍長が囁いた。「至急警告に戻ります。ゲリラどもの隠れ家か指令本部かがここにあるのでしょう。きっと近くに〈皮屋の桶〉もいるはずです」

そのとき屋敷の玄関から大柄な老人が、ビロードの縁飾りのある黒マントの姿でのっそりと現れ、俯《うつむ》きかげんの姿勢で階段を降りてきた。

「あの老人を狙ってるな。間違いない」小声でわたしは言い、ピストルを抜いた。

「悪党どもめ、あの人を殺すつもりか！」掠《かす》れ声で伍長がつぶやいた。

「俺が垣のうえに飛びあがったら、あとに続け。奴らのなかに飛び込む」わたしがそう命ずるか命じないかのうちに、砂山の陰から男がひとり、老人の背後に躍り出た。

わたしはピストルを掲げ、狙いを定めた、しかしすぐにまた銃口を下げた。目の前に繰り広げられているのは、これまで目にしたこともないような奇妙な光景だったからだ。わたしの母方の叔父は医者で、キッシンゲンの癲狂院に務めていた。少年のころ、そこを何度か訪れたことがある。今このとき、あの癲狂院の庭にとつぜん放り込まれたような気になった。老人の背中から一歩のところで男は立ちどまると、帽子を取り、ひどく大きな声でこう言ったのだ。

「ボリバル侯爵！　おはようございます、閣下《エスセレンシア》！」

それと同時に砂岩の彫像の陰から、騾馬曳きの服装《なり》をした長身《のっぽ》で禿の男がとつぜん現れると、踊るようなぎくしゃくした足取りで老人に近寄り、立ち止まってお辞儀をし、雄鶏みたいな声で言った。

「わが尊敬する侯爵さま、あなたさまが末永くご健在でありますように！」

しかしもっとも奇妙だったのは、その二人が目にも耳にも入らぬかのごとく老人が歩み去ったことだ。こちらに近づいてきたため、顔の見分けがつくようになった。異常なほど強張った、表情がまるで動かない顔だった。髪は総白で額と頰は青ざめていた。目は地に伏せられていたが、人を威圧する恐ろしい顔立ちはこれからもけして忘れられまい。

老人が歩むにつれ、潜んでいた者たちが四方八方から殺到した。藪のなかから、樹の陰から、ベンチの下から這い出し、樹のうえから飛び降り、人形芝居のように侯爵の前に罷《まか》り出て挨拶をした。

「ボリバル侯爵！　あなたさまの忠実なる家来でございます！」

「おはようございます、侯爵！　ご機嫌はいかがでございましょう」

「閣下、謹んでご挨拶申し上げます」

しかし侯爵はおし黙り、仕着せのものたちが蜂蜜皿に群がる蚋《ぶよ》のように押し寄せるのを尻目に、煩わしい挨拶を遮ろうともせず、無表情な顔のまま歩み去っていった。まるでわたしの目に入らぬ第三者に、これらの賑やかな挨拶は向けられたかのように。

わたしと伍長は口を開けたままこの不思議な芝居を眺めていた。そのとき園亭《あずまや》から、髪の乱れた小柄な男があらわれ、ダンス教師のような小幅の足取りで、すばやく老人に近寄ってそのまま立ち止まり、鶏が堆肥の山にやるように熱心に足で地面を掻き、下手なフランス語で話しかけた。

「おや、わが友ボリバルじゃないですか！　あなたに会えてうれしいよ！」

しかし、一番の親友顔にふるまうその男にさえ、侯爵は一瞥もくれなかった。ただひとり考えに沈んでいるように、老人は屋敷に歩を進め、石段を上ると、現れたときと同じように、静かに扉口の闇のなかに消えた。

わたしたちは地面から身を起こし、仕着せのものたちを眺めた。彼らも今では腕を組み、三々五々かたまって、煙草を吸いお喋りしながら主人《あるじ》に続いて家に入っていった。

「おい！」わたしは伍長に訊ねた。「あれはいったい何なんだ」

伍長は少し考えてから答えた。「ああいった高位のスペイン貴族は、誰もが偉ぶっていて、しじゅう鬱陶《うっとう》しい顔をしてるんです。そんなもんなんですよ」

「きっとあのボリバル侯爵とやらは、根っからの馬鹿なんだろう。だから誰も侯爵をああいうふうにからかって馬鹿にしてるんだ。来い、料理屋に戻るぞ。主人なら知ってるはずだ。どうして庭師や御者や厩番や仕着せたちが侯爵にあんなにうやうやしく挨拶するのか、それなのになぜ一顧も与えられないのか」

「きっと今日は侯爵の守護聖人の日で、みんなそれを祝っているのでしょうよ」伍長が言った。「しかし少尉、もし酒場に行くのなら、ひとりでお行きください。わたしは外で待ってます。あんな鼠の巣穴はもうまっぴらです。テーブルクロスはタラベラの嵐で揉みくちゃになった連隊旗みたいだし、床の汚物をかき集めたら、パンプローナからマラガまでの畑の肥料ができますよ」

伍長は戸口にとどまり、わたしはポサダの主人に会いに行った。主人はせっせとパン屑を油で揚げていた。おかみは床に伏し、使い古しの銃の遊底を鞴《ふいご》代わりにして石炭の火を熾《おこ》していた。

「向こうのお屋敷は誰の家だ?」わたしは聞いた。

「高貴なお方のものでさ」パン屑から目を離さず、主人は答えた。「この土地一番の分限者ですよ」

「むしろ鵞鳥《がちょう》か山羊のために建てたんのじゃないかと思ったがね。名は何と言うんだい」

すると主人は信じられないものを見る目でわたしを見返した。「あれは高貴なる閣下、ボリバル侯爵さまのお屋敷ですよ」

「ボリバル侯爵か。傲慢な男のようだな。己の血筋をたいそう誇りにしている」

「どうしてそうお考えに?　あの方は高貴なお生まれにもかかわらず、情け深くて親切なお方です。ほんとうに敬虔にキリストさまを信じていて、傲慢だなんてめっそうもありません。道端の水運び人の挨拶にさえ親しく感謝してくださいます。まるで司祭さまにでも挨拶されたように」

「だが少し頭が足りないようだな。いたずら小僧たちが街で侯爵の後ろから話しかけるのを聞いたよ。小僧どもは侯爵をからかうために、わざわざ名を呼んで嘲っていた」

「何をおっしゃいます！」そう言った主人の顔には驚きと畏《おそ》れが見えた。「そんなでたらめ、誰に吹き込まれたんです？　言わせていただければ、スペインじゅう捜したってあんなに賢明な方はいやしません。あちこちの村から農民たちがあの方のもとに、巡礼者みたいにやってきて、家畜や女房や税金について相談するんですよ。どうしようもなくなったときはね」

主人のこの言葉は、さきほど目撃した庭の情景とまったく相容れなかった。侯爵の姿がふたたびわたしの目に浮かんだ。がやがやお喋りする仕着せの連中の前を無表情な顔のまま、むっつりと通り過ぎる姿が頭から消えなかった。庭で見たことを主人に話すかどうか迷った。だがちょうどそのとき、耳をつんざくトランペットの高らかな響きと蹄の鳴る音が聞こえた。大佐の声も耳に入ったので、わたしはあわてて表に出た。

連隊が到着していた。何時間もの行軍で汗と泥にまみれた擲弾兵《てきだんへい》らが、今は隊列を解き、街道の左右に座っていた。将校たちが馬から降り従卒を呼んでいた。わたしは大佐に近づき、報告をおこなった。

大佐はろくに身を入れずわたしの話を聞いた。そしてあたりの地形を眺め、市を護るために防御線の敷き方をどう工夫するかを考え、頭のなかで、市の防御のための土塁、稜堡、火薬庫、そして複郭を組み立てていた。

牛の曳く荷車には将校らの旅行鞄が積まれ、ブロッケンドルフ大尉や他の将校が傍らに立っていた。わたしは大尉のそばに寄り、ボリバル侯爵の不思議な朝の散歩のことを話した。大尉は聞きながら頭を振り、信じられんといった顔をした。だが、すぐ隣で空《から》の軍用バケツに座っていたギュンター少尉が言った。

「スペイン貴族にはときどきおかしな奴がいる。自分らの麗しく響く名をいくら聞いても飽きないんだ。あんまり長い名だから、言い終わるまでにロザリオの祈りが三度唱えられる。日がな一日、召使の口から長々しい称号を聞くことにこよなき喜びを見出しているのさ。サラマンカでベイラ伯爵の館に泊まったときは――」

そして家名を誇るスペイン貴族の家での体験を話しだした。だがドノプ少尉はそれをさえぎり、

「ボリバル？　ボリバルだと？　あの可哀想なマルケシンの奴もボリバルって名だったぞ」

「まさしく」ブロッケンドルフが声をあげた。「奴は言ってた、自分の家はラ・ビスバルの大地主だってな」

われわれの連隊にはスペインの青年貴族がひとり、志願兵として勤務していた。自由と正義の理念に燃え、フランスと皇帝とをわがことのように考える数少ないスペイン人の一人だった。家族と仲違いしていたため、戦友の二、三人にしか自分の真の名と出自を明かしていなかった。

だが小柄で華奢であったため、スペインの農民らが「ちび侯爵《マルケシン》」と仇名《あだな》をつけ、われわれ将校もそう呼ぶようになっていた。マルケシンは昨夜の戦いで命を落とし、われわれは彼を小村バスカラスの墓地に埋葬したところだった。

「違いない！」ドノプが言った。「ヨッホベルク、お前のボリバル侯爵は俺たちのマルケシンの親戚だ。できるだけ配慮して丁重に、勇ましかった戦友の死を伝えるのが俺たちの義務だ。ヨッホベルク、その役を引き受けてくれないか。お前はもう侯爵と顔見知りなんだろう？」

わたしは敬礼し、部下を一人連れて侯爵の屋敷に向かった。道すがら、この厄介で有難くない任務をそつなくやりおおせるにはどう切り出せばいいか、あれこれと考えながら。

侯爵邸の敷地と街路を隔てる壁はあちこちで崩れ、どこからでもたやすく入り込めた。屋敷に近づくにつれ、叫び、嘆き、叱る声が入り乱れて聞こえてきた。わたしは扉を叩いた。

たちまち騒ぎは止み、「どなたですか」と訊ねる声がした。

「平和の遣いです」

「誰の遣いですって？」

「ドイツの将校です」

嘆きの声が聞こえた。「無原罪のマリアさま《アベ・マリア・プリシマ》！　あの方じゃなかった」そして扉が開き、わたしは招ぜられた。

玄関は広間になっていて、召使や御者や庭師などの使用人らがひどく狼狽し度を失った様子でばたばた騒いでいた。さきほど侯爵の庭園で「わが友ボリバルじゃないですか！」と呼びかけた小柄な乱れ髪の男もいて、ダンス教師の足取りでわたしに近寄った。そして興奮で蟹のように赤らんだ顔で、侯爵の執事兼農場管理人ですと自己紹介をした。

「侯爵にじきじきにお目にかかりたいのですか」

執事は喘ぎ声をたて、両手をこめかみに当て、「侯爵ですと？」と呻《うめ》いた。「おお、慈悲深い神よ、慈悲深い神よ！」

少しのあいだ執事はわたしを見つめていたが、やがて言った。

「少尉であろうと大尉であろうと他のどんな方であろうと――侯爵はここにはおりません」

「何、ここにおられない？」わたしは険しい声を出した。「つい半時間前、侯爵を庭で見かけましたが」

「ええ、半時間前はいらっしゃいました。でもいまはお姿が見えないのです」そして顔を広間を横切って走る男のほうを向け、呼びかけた。

「パスカル！　厩を見てきたか。いなくなった馬はいたか」

「いません、ファブリシオさま、馬は揃っています」

「乗馬用の馬もか？　白馬のカピタンと河原毛のサン・ミグエルもか？　雌馬のエルモサはどうだ、厩にいたか？」

「みんな揃ってます」厩番の少年が答えた。「一頭も欠けてません」

「神さま、聖母さま、あらゆる聖者さま、どうかお助けを。ご主人さまに何かいけないことが起こった。姿を消されてしまわれた」

「最後に侯爵を見たのはいつですか」わたしは聞いてみた。

「半時間前に寝室でです。鏡の前におられました。わたしは始終お部屋に駆けつけては、お加減をたずねなければなりませんでした。侯爵さまのご指示なのです。『侯爵さま、よくお休みになられましたか』とか、あるいは、マドリッドから来た友人でもあるかのように、『こんにちは、ボリバル、いまどうしてる？』とかです。そうしたことを何度も繰り返させられたのですが、そのあいだずっと、侯爵さまは鏡の前で、自分のお姿を眺めておられるばかりなのです」

「そして今朝は庭に？」

「今日の侯爵さまは朝からずっと変でした。われわれは揃って藪に隠れ、侯爵さまの名をお耳元で叫ばされたのです。どういうおつもりだったのかは、神さまだけがご存知です。しかし何ごとにせよ、深いお考えなしになさる方ではありません」

そのとき庭師が徒弟とともに扉口に現れた。執事はたちまちわたしを置き去りにして、庭師に食ってかかった。

「何をぼやぼやしてる！　すぐ池から水を掻い出せ、いますぐにだ」

そしてわたしのほうを向き、溜息を一つついて言った。

「万一池の底におられたら、おお神よ、なにとぞわれらをしてあの方をキリスト教徒にふさわしく厳かに葬らしめたまえ――」

わたしは屋敷を辞去し、聞いてきたことを戦友たちに報告した。皆であれこれ言いあっているところに、担架が負傷した将校を乗せて通りすぎた。

「ボリバル?」その将校がとつぜん言った。「いま誰か、ボリバルって言ったか?」

将校は他連隊の服装《なり》をしていたが、わたしはこの男を知っていた。昨年の夏、二週間ばかり宿舎をともにしたハノーファー猟兵隊《シャシュール》のローン少尉だ。少尉は胸に弾を受けていた。

「俺が言った。ボリバル侯爵がどうした。お前は知っているのか」

少尉は恐怖に満ち溢れた目でわたしを見た。創傷熱で燃えんばかりの目だった。

「奴を捕えろ、一刻も早く!」掠れた声で彼は叫んだ。「さもなきゃ奴は、お前ら皆を破滅させる」

〈皮屋の桶〉

ハノーファー猟兵隊のローン少尉はその二日後、傷が悪化して、サンタ・エングラシア修道院で――ラ・ビスバルに到着するとすぐ、わが隊はその修道院を病院に設《しつら》えあげたのだった――亡くなった。それまでのあいだ大佐とエグロフシュタイン大尉から何度も訊問を受け、〈皮屋の桶〉とボリバル侯爵との会談に関し、詳細にわたり聴取された。意識はつねに鮮明とはいえなかったが、少尉の供述は、あの夜――われわれがゲリラと戦を交えた日の夜――バスカラスの聖ロフス礼拝堂わきの雑木林で、〈皮屋の桶〉とボリバル侯爵、そしてイギリス人大尉ウィリアム・オキャラハンとのあいだで何が合意されたかを知るには十分だった。少尉の報告はボリバル侯爵の性格と稟質《ひんしつ》について完全な情報を与えるものであり、このフランスならびに皇帝の強敵に対し、何を用心せねばならぬかを教えるものでもあった。

ローン少尉は連隊長の命を受け、請求関連の重要書類すなわちハノーファー猟兵隊の点呼名簿《フィエ・ダペル》を携え、フォルゴサに駐屯するスルト元帥の本営に遣られた。それというのも副幕僚長が一文たりとも支払おうとしなかったからだ。ハノーファー猟兵隊が属するディリエール将軍の旅団とスルト元帥の第四師団とのあいだの地帯はそのとき叛乱軍に占拠されており、それはラ・ビスバル周辺にしても同じだった。そのため歩きやすい街道は避け、山を越えてフォルゴサに抜ける森のなかの道を行かざるを得ないと彼は考えた。

話がここにいたると、ローン少尉は辛辣な口調で軍の会計官を弾劾しだした。戦争局のお偉方や参謀ども、とりわけ部屋で一日じゅうペンを握ってる野郎は、いっぺん本営のふわふわクッションから離れてスペインのごつごつの岩壁に座ってみろってんだ、そうすりゃ部隊のふさわしい扱い方をすぐに心得るだろうさ。連隊じゃ靴が足らなかったり、弾薬がなかったり、庭いじり用のバケツで堡塁をこさえねばならなかったことさえある――もはや報告はあからさまに脱線し、俸給の不満へと変貌していた。少尉なら国にいりゃ月二十二帝国ターレルもらえるのに、戦場じゃたったの十八だ――。そのうち創傷熱に浮かされて、「ジュノーの奴、狂ってやがる!」と絶叫しはじめた。「あんな頭のおかしい野郎が、なんだってまだ陸軍師団を指揮してやがるんだ！　そりゃ勇敢には違いない、戦《いくさ》になりゃ兵卒から銃を取り上げて一緒に撃つっていうからな」

ここでエグロフシュタインが質問して話をさえぎった。たちまち少尉は気を取り直し、本題に戻った。

旅の二日目の晩、従卒とともに少尉はバスカラスの雑木林を通過した。鬱蒼とした繁みをかきわけて歩むうち――馬はこの辺の厄介な地形では便利などころかむしろ足手まといだった――銃声と戦闘のざわめきが聞こえた。それほど遠くない街道で交えられたわが軍とゲリラとの戦いだった。すぐローンは向きを変え、安全を図ろうと森の奥に入り、丘へ登る道を辿《たど》った。数分後、流れ弾が背に当たった。そして地に倒れ、少しのあいだ意識を失った。

ふたたびわれに帰ったときは、馬のうえにいた。従卒が二本の紐で縛りつけていたのだ。馬は丘の頂上にたどりつくところだったが、戦闘の騒乱はさきほどよりずっと間近に、一人一人の声までが聞き分けられるほどに迫り、きびきびした号令や、負傷者の悲鳴や罵言までも聞こえた。

頂上まで登ると、林間の空き地に半ば焼け落ちた聖ロフス礼拝堂が見えた。ここで従卒は馬を止めた。というのも少尉は多量の失血のため、いまにも死にそうであったからだ。このままでは二人とも間違いなくスペイン人の手に落ちると従卒は言い、少尉を馬から起こして礼拝堂に導いた。ローンは激しい痛みに苦しみ、失血で弱っていたため、なすがままにさせた。従卒は彼を運んで階段を上り、礼拝堂の屋根裏に横たえると、自分のマントで包み、藁をかぶせた。そして水筒を手に持たせ、装塡したピストルを二丁、少尉が右手を伸ばせば届くところに置いた。このままじっと動かず、おとなしく寝ていてください、自分はいつも傍にいて、何が起ころうと少尉を見捨てはしませんからと言い残し、馬二頭とともに出ていった。

そのうちあたりは暗くなり、銃声や喧騒もおさまった。しばらくは何も聞こえず、もう危険は去ったと考えた少尉は、天窓から頭を出して従卒を呼び帰そうとした。そのときとつぜん人声がして、カンテラと松明の灯りが礼拝堂に近づいてくるのを見た。

ゲリラであることはすぐにわかったので、すばやく藁束の下に身を潜めた。床板には節穴や裂け目があり、そこからスペイン人が負傷者を礼拝堂に運んでいるのが見えた。そのうち一人が階段を上がり、藁を階下に投げ下ろした。――見つかればその場で始末されると思い、少尉は息を殺していた。

だがスペイン人は少尉に気づかぬまま、ランタンを手に階段を降り、負傷者に包帯を巻き始めた。そして医療器具を手に患者を次々診《み》ていったが、このスペインの外科医ほど仕事を不平たらたら嫌そうに行う軍医を、少尉はそれまで見たことがなかった。

「どうしてそこに、堆肥《こやし》のうえのユダヤ人ヨブみたいに座ってやがる！」そう負傷兵のひとりに怒鳴ると、別の負傷兵に移った。天国はもうすぐそこだと喘《あえ》ぎ訴えるその兵卒には、口汚くこう罵った。

「馬鹿野郎、天国がそんな安っぽいもんであってたまるか。どてっ腹に穴ひとつ開いただけで行けるとでも思ってるのか」

「俺にも救急箱から何か出してくれ」別の負傷者が呼ぶのが聞こえた。「猿か熊の脂《あぶら》か、烏《からす》の糞はないのか」

「お前には主の祈り《パーテルノステル》だけでたくさんだ。他は何もいらん」軍医は不機嫌に言った。「なにしろ穴が多すぎる」そしてぶつくさ言いながら次の患者にとりかかった。「死神の野郎、異教徒なもんだから、主の定めた休日さえ守りゃせん。おかげで戦《いくさ》のたびに墓場は山盛りだ」

「すぐこっちに来てくれ！」隅にいる負傷者が呼んだ。

「おとなしく順を待っとれ！」軍医は怒って叫び返した。「誰かと思ったら、蚊に食われるたんびに膏薬膏薬と騒ぐ奴か。どうして尻《けつ》に弾を食らわなかった。そしたら面倒見ずにすんだのに」

外を見ると礼拝堂の前でゲリラどもが火を熾していた。森に向けて哨兵が配置され、巡邏将校がそのあいだを行き来して査察していた。焚き火のまわりに叛逆軍が百五十人かそれ以上もいて、ほとんどのものは眠り、何人かは煙草をふかしていた。身につけているのはフランス兵から略奪した衣類や武器だ。一人は歩兵のゲートル、もう一人は甲騎兵用の長剣、三人目はどっしりとしたドイツの乗馬靴。礼拝堂のそばにコルク樫の樹があって、幹に御子と聖処女の肖像が掛けられ、その前でスペイン人が二人、膝をついて祈禱していた。イギリス人将校、すなわちノーサンバランド燧石銃《フユジリエ》兵隊の大尉が剣を支えに立って焚き火を眺めていた。深紅のマントを羽織り、帽子に白い羽根飾りをつけたその姿は、オランダ銅貨に混じったデュカート金貨のように、ゲリラどもの弊衣のなかでひときわ映えていた。（ローンの報告から判断するに、この将校はウィリアム・オキャラハン大尉以外ではありえない。われわれの知るところでは、彼はこの地域のゲリラ部隊に秩序と規律をもたらすよう、ブラケ将軍より指令を受けていた）

やがて軍医は礼拝堂での仕事を終え、足を引き摺《ず》りながら表に出ると、焚き火に近寄っていった。小柄でたいそう太っており、茶色の上着と短いズボン、脚には裂けた靴下といういでたちだったが、襟の飾り紐は大佐であることを示していた。焚き火の明かりが顔に当たってようやく、この男は〈皮屋の桶〉に他ならぬことがわかった。礼拝堂で負傷兵に包帯を巻き、獣じみた悪意で慰めにもならぬ慰めの言葉を吐いていたのはこの男だったのだ。頭にはビロードに金糸の刺繡の入った帽子を被っていた——ルフェーブル元帥の就寝用の帽子であることはすぐわかった。全隊で知らぬものとてない曰《いわ》くつきの代物だったからだ。この帽子が他の所持品とともに叛逆軍の手に落ちたとき、元帥は怒り狂って、副官と輸送隊の将校全員を禁固刑に処したものだった。

〈皮屋の桶〉は炎に手を翳《かざ》して暖をとっていた。しばらくのあいだ辺《あた》りは静まりかえり、負傷兵の呻く声と、寝ている誰かが夢のなかで呪う叫びと、聖画の前で小声で祈る二人のスペイン人の声が聞こえるばかりだった。

ローン少尉の語るには、このあたりで疲れが激しくなり、喉の渇きも忘れて敵の前であやうく寝入りそうになったが、ちょうどそのとき、歩哨の大声で喝を入れられたという。何ごとかと天窓から覗《のぞ》くと、ちょうどボリバル侯爵が雑木林の闇のなかから姿を見せ、焚き火の灯りに歩み寄ってくるところだった。

ローン少尉の説明によれば侯爵は長身の老人で、頭髪と髭はすっかり白くなっていたそうだ。鼻は少し鉤鼻で、顔立ちはいくぶん野性味を帯び、人をぞっとさせるものがあった――しかしなぜそう感じるのかは、いくら考えても、うまく説明できなかったという。

「いらした」と〈皮屋の桶〉が叫び、火から手をひっこめ、「ボリバル侯爵さまです」とイギリス将校のほうを向いて告げた。それから「申し訳ありません、侯爵」と言って地に頭が届くほどの不恰好なお辞儀をした――「お休みのところをお騒がせしまして。しかし明日はもうここで侯爵と会うこともないかもしれませんし、閣下のご一族に関し、たいそう重要なことをお知らせしなくてはなりませんから」

侯爵は頭をさっと回し、〈皮屋の桶〉を睨んだ。顔からは血の気が引き、頬に焚き火の炎が赤く映えた。

「侯爵さまは、二年前に第二スペイン師団を指揮したボリバル中将のお身内の方でしょうか」イギリス人将校が丁重に尋ねた。

「その中将は弟です」侯爵は〈皮屋の桶〉から目をそらさず答えた。

「イギリス陸軍にも、あなたと同名の将校がおりました。エイカーでフランス軍から砲廠《ほうしょう》を奪取したものです」

「わたしの従弟です」侯爵はそう言い、なおも〈皮屋の桶〉に目を据えていた。まるでそこから奇襲を予期していて、凝視でそれに応戦しようとでもいうように。

「侯爵のご一族はいろんな軍隊で卓越した将校を輩出されています」今度は〈皮屋の桶〉が言った。「敵方にさえ、ついこないだまで侯爵の甥にあたる方がおられました」

侯爵は目を瞑《つむ》った。そして微《かす》かな声で言った。

「死んだのか」

「立派な武功をお立てになりました」〈皮屋の桶〉はそう言って笑った。「十七歳にしてフランス軍の少尉になりました。わしにも倅《せがれ》が一人いて、やはり兵士にしたいと思っとりましたが、背中に瘤《こぶ》があるもんで、坊主にしかできません」

「死んだのか」侯爵が聞いた。毅然とした不動の姿勢は崩さなかったが、その影は揺らめく炎のもとで荒々しく躍り跳ね、〈皮屋の桶〉の報《しら》せを不安に怯え待つのは老人ではなく影のほうかとも見えた。
「いろんな民がフランス軍に入って戦ってます」〈皮屋の桶〉は肩をすくめた。「ドイツ人にオランダ人、ナポリ人にポーランド人。どうにも腑《ふ》に落ちんのですが、なんでまたスペイン人までフランスに馳せ参ぜにゃならんのですかね」

「死んだのか」侯爵は声を荒らげた。

「死にましたとも。今頃は地獄めざして悪魔と駆けっくらしとるでしょう」そう言い放ち、〈皮屋の桶〉は嬉しそうな声で無遠慮に笑った。森の樹々から物凄い反響が返ってきた。

「あれの母があれを産んだとき、わたしも立ち会った」侯爵がしめやかに言った。「わたしが洗礼をほどこした。母の膝にいるときから、壁にうつる影のような、落ち着きのない子だった。甥が主より永遠の住処を賜りますように」

「ああいう裏切者は、むしろ地獄の悪魔から永遠の住処を賜ることでしょうよ」〈皮屋の桶〉が悪意の籠った嘲りを返した。

「しかあれかし《アーメン》」イギリス人将校が唱えた。侯爵の祈りに応えたのだろうか、あるいは〈皮屋の桶〉の呪詛にか。

侯爵は樹のほうに行き、聖母の前に跪《ひざまず》いた。そこで祈っていた二人のスペイン人は立ち上がり、侯爵に場を譲った。

「もちろん」将校のほうを向いて〈皮屋の桶〉が言った。「わしの身内に自慢できるような貴族さまはおりません。おふくろは下婢《はしため》で親爺は靴を直してました。だからこそ王さまと教会に仕えてるってわけで。誰もが貴族さまになれるわけじゃないですからね」

「主よ、われら惨めな人間は罪なくして生きてはいけません」侯爵は聖母の前で祈っていた。

「われらがスペインの貴族さまと言や、大尉、これだけは知っといてくださいよ」〈皮屋の桶〉は苦笑いして、吐き捨てるようにイギリス人大尉に言った。「非世継《インファンタード》の公爵とビラフランカの侯爵、オルガスの伯爵親子、アルブケルケ公爵――そういったお歴々はこぞってバイヨンヌに向かって、新しいスペイン王ジョゼフに、つまりナポレオンの兄上に、忠誠を誓ったんですから」

「主よ、あなたはお忘れではないでしょう。あなたの十二人の使徒からさえ、偽りの忠誠心で誓いを立てるぺてん師が出たことを！」ボリバル侯爵は感情も露わに聖母像に叫んだ。

「そのとおりですとも。いち早くバイヨンヌに行って忠誠心を金に換えたのは、われらの誇り高き方々だったんですからねえ。違うとは言わせませんよ。フランスのルイ金貨は、スペインのダブロン貨よりも粗悪な金からできてるんじゃないですか？」

「異端の聖アウグスティヌスさえあなたは許しました。主よ、わたしの言葉をお聞きでしょうか。パウロは教会を迫害し、マタイは貪欲な金の亡者で、ペテロは偽証を行いました。しかしあなたは誰をも許しました。主よ、わたしの言葉をお聞きでしょうか」侯爵は熱烈な祈りのなかで絶望の声をあげた。

「でも永遠の罰からは逃れられませんや。地獄が待ってますよ。上にも炎、下にも炎、周りもぐるりと炎、永遠の業火に焼かれちまえ！」感情の激した〈皮屋の桶〉は凱歌でもあげるように叫び、夜の闇をうっとりと眺めわたした。あたかも遠い森のかなたに地獄の炎が燃え狂っているかのように。

「主よ、わが甥を憐れみたまえ、そして御身の永遠の光に照らしたまえ」

ローン少尉は隠れ処《が》から、驚きと怖れをもってこの奇態な祈りを聞いていた。侯爵はけして神のまえで謙《へりくだ》らず、叫びをまじえた懇願は、ときには怒り、ときには威《おど》し、自分の意志に従うよう神に説く権利を持つもののように響いた。

やがて侯爵は身を起こし、〈皮屋の桶〉のほうに歩いていった。額には皺が寄り、唇は震え、目は瞋恚《しんい》の焔《ほむら》で燃えるようだった。

〈皮屋の桶〉はしかし、怪訝そうに侯爵が近寄るのを見ていた。

「侯爵さま。もう遅いですし、もしフランスの司令官に謁見を願うなら明日の朝早くにでも――」

「いい加減にしろ！」侯爵は叫び、その顔はいよいよ畏怖すべきものとなった。〈皮屋の桶〉はすぐに口をつぐんだ。二人は黙ったまま向き合い、どちらも動こうとしなかった。影だけが焚き火の忙《せわ》しなく動く炎のもとで揺れ、屈んでは伸び、退《ひ》いては攻め、ローン少尉の熱に浮かされた目には、二人の憎悪と敵愾心がこの目まぐるしく動く影にふいに憑《つ》いたかとも思われた。

いきなり哨兵がふたたび誰何《すいか》の叫びをあげたかと思うと、森のなかから一人の男が焚き火めがけて駆け寄ってきた。それを見た〈皮屋の桶〉は、たちまちボリバル侯爵との諍《いさか》いを忘れた。

「アベ・マリア・プリシマ！」息を切らせた伝令が喘ぎながら言った。これはスペイン人が交わす日常の挨拶で、街路や屋内で日に百回も唱えられるものだ。

「アーメン。聖母さまは無原罪の御宿りをされた」待ちきれぬように〈皮屋の桶〉が応じた。

「お前ひとりか。神父はどうした」

「神父さまは疝痛を起こされました。熱いブラッドソーセージで……」

「奴の魂よ呪われろ、ついでに体も目も！」〈皮屋の桶〉が唸った。「あいつのちっぽけな肝っ玉ときたら、臓物《もつ》煮込み屋の親父でも半クワルトも出さんぞ。怖気づいて仮病ときたか！」

「神父さまは亡くなられたのです。間違いありません」伝令は言った。「棺に安置されるのも見ました」

〈皮屋の桶〉は両手で髪をかきむしり、天は俺を落胆させたいのかと乱暴に呪いはじめた。怒りのために顔は煉瓦窯のなかの石のように赤くなった。

「死んだだと」彼は叫び激しくあえいだ。「大尉、聞きましたか。くたばったんですってよ」

イギリス人将校は何も言わず空を見ていた。周りを囲むゲリラは飛び起きて、寒さに凍えマントに包《くる》まって炎のもとに殺到した。

「それがどうしたというんだね」イギリス人大尉が尋ねた。

「クエスタ将軍に向かって、大将の剣にかけて誓ったんです。この市を命にかけても奪い取るとね。頭を絞りまくって、細工も流々だったのに、あの坊主、とんだときにくたばりやがって」

「お前らの襲撃作戦は拙い」いきなりボリバル侯爵が言った。「そんな作戦はお前らの頭に穴を開けるだけだ。何の役にもたたない」

〈皮屋の桶〉はむっとして侯爵をにらんだ。

「どうして襲撃のことをご存知なんで？　太鼓を叩いて触れ回ったりはしませんでしたよ」

「アンブロシウス神父は死を覚悟するとわたしを呼んだ。お前が神父に任せたことを、わたしにやってくれと頼んだのだ。だがお前の計画は杜撰《ずさん》だ。歯に衣着せず言うが、サラチョ大佐よ、お前は戦《いくさ》の術を理解していない」

「で、侯爵は理解してなさるんですね」〈皮屋の桶〉は腹を立てて叫んだ。「市を冷たい林檎ムースみたいに平らげられるって言うんですね」

「お前は市壁の下に火薬を一袋埋めた。その周りを砂袋で囲み導火線を引いた。夜に神父が点火し、壁に穴をあける手はずになっていた」

「そのとおり」〈皮屋の桶〉が侯爵をさえぎって言った。「他の手段では稜堡を奪取できませんから。市壁はどんな乱暴な砲撃にもへこたれません。なにしろ年代記にありますように、五千年かもっと前にヘラクレス王と聖ヤコブとが力を合わせて築いたもんですからな」

「お前の歴史の知識は大したものだが、考え落としたことがある。フランス軍は到着早々修道僧を狩り集めて全員拘禁したのだ。明日には修道院か教会に閉じ込められるだろう。扉の前には装塡され火縄の燃えるキャノン砲が据えられ、誰も外には出られない。そのことを考えに入れたか？　たとえ神父が運よく逃れられても、お前らの相手はナッサウ連隊の全部とヘッセン連隊の一部だ。お前の一握りの部下は、寄せ集めでろくな訓練を受けていない。誰も命令にしたがおうとせず、命令したがるものばかりだ」

「お説まったくごもっとも」じれったそうに、気分を害して〈皮屋の桶〉は叫んだ。「だがわしの部下は捷《はしこ》くて勇ましいので、いくらドイツ軍が強大でも、一気に攻めればなんとかなりますよ」

「ほんとうに確かか」侯爵が尋ねた。「爆鳴が聞こえるや、ラ・ビスバルのあらゆる街角で緊急警報が鳴り響き、ドイツ兵は大砲のもとに走るだろう。榴弾の一斉射撃を二度も食らえば、お前の急襲もお終《しま》いだ。サラチョ大佐よ、お前はそこまで考えてはいるまい」

〈皮屋の桶〉は答える術《すべ》を知らず、黙って指を噛むばかりだった。

「たとえおまえの部下のうち何人かが」侯爵は続けた。「首尾よく市に侵入できても——あらゆる街角から、格子窓の陰から、地下室の明かり取りの窓から、銃弾を浴びることだろう。ラ・ビスバルの民は最近ますますフランス寄りになっているからな。お前らゲリラ隊は市の葡萄樹を毟《むし》り抜き、オリーブの木に火をつけた。つい先だってもラ・ビスバルの二人の若者に、出頭を拒んだかどで銃殺を命じたろう」

「おっしゃるとおりです」ゲリラの一人が言った。「われわれは市に嫌われてます。住民どもは顔を顰《しか》め、女は背を向け、犬は吠えかかり——」

「飲み屋は酸っぱいワインを出してくる」別のゲリラが言った。

「だがラ・ビスバル奪取は、軍事上から見てきわめて重要だ」イギリス人将校がきっぱりと言った。「フランス軍は市を保持している限り、クエスタ将軍の部隊がどう動いても、側面からでも背面からでも攻撃をしかけられる」

「だからこそクエスタ将軍は俺たちに援軍をよこさにゃならんのだ」〈皮屋の桶〉が叫んだ。

「将軍はプリンセサ連隊、サンタ・フェ連隊、それからサンティアゴ騎兵連隊の半分を持っている。だから――」

「兵の一人はおろか、老いぼれ馬の一頭もよこすまい。将軍自身が窮地にある。脚萎えは他の脚萎えを助けたりはしない。どうする、大佐？」

「俺にもわからんことが答えられるか」〈皮屋の桶〉が不機嫌に言い、自分の指を見つめた。

二人の指揮官が途方にくれ、決断に迷い、意見が分かれているのを見て周りのゲリラが騒ぎ始めた。戦うのは止めた、故郷《くに》に帰るぞと叫んだものもいた。他のものが反対し、俺たちは帰らない、女房のために薪を運んで火をつけるなんてまっぴらだ。一人の男が驢馬に駆け寄り鞍を調えはじめた、まるで今すぐ故郷の村に旅立とうとするかのように。

こうした騒ぎのなか、とつぜんボリバル侯爵の声が聞こえた。

「もし聞く耳があるなら、大佐――わたしに一つ考えがある」

隠れ処からこの言葉を聞くやいなや、言い知れぬ恐怖がまたもローン少尉を襲った。ボリバル侯爵の顔と目を最初に見たとき感じた恐怖と同じものだった。目撃される危険もかえりみず、一言も聞き漏らすまいと少尉は天窓から顔を突き出した。渇きと痛みは消え、頭にあるのは、ボリバル侯爵の作戦を盗み聞き、それを妨げるべく己《おのれ》は天命を受けたということだけだった。

最初のうちは戦を続けるべきか解散すべきか言い争うゲリラたちの声が騒がしすぎて、ボリバル侯爵が他の二人に説明していることがまったく理解できなかった。だが少しして〈皮屋の桶〉が呪詛と悪態をもって静粛を命ずると、たちまち喧騒はおさまった。

「お続けください、侯爵!」イギリス人将校は丁重をきわめた口調で言った。〈皮屋の桶〉の態度もがらりと変わり、もはや嘲弄も憎悪も悪意も姿を消し、敬意に満ちた、ほとんど隷従したような態度となった。イギリス人将校、叛逆軍の首領、そしてローン少尉の三人が三人とも、期待に溢れたまなざしでボリバル侯爵を見つめた。

合図

報告がここにいたると、ローン少尉は、心に深く刻まれた深夜の集会の恐ろしい有様を描写しだした。〈皮屋の桶〉は地霊《コボルト》のように地にうずくまり、焚き火を柴で熾し——その夜は寒かった——そのあいだも目をそらさず侯爵を見上げ、イギリス人将校は、落ち着いた表情をつくろいながらも、興奮は隠せないで、緋色のマントが肩から地面に滑り落ちても気にかけず、ゲリラたちは一言も聞き漏らすまいとして、あるいは夜の寒さのためもあって、焚き火の周りにひしめいていた。聖母像を掛けたコルク樫は風のために根が浮いて地に倒れてかけていたが、侯爵のほうに傾《かし》いだその格好は、彼の話に耳を傾けているようにも見えた。——不安に轟き、熱で乱れる心臓のためもあって、神や聖母さえもがゲリラの仲間になり陰謀の片棒を担いでいるような気さえしてきた。

座の中心にボリバル侯爵が立ち、一同に彼の血腥《ちなまぐさ》い計画を開陳した。

「サラチョ大佐は部下を家に帰せ。おのおのの故郷に帰るように命じろ。畑に、葡萄山に、養魚池に、騾馬厩へと戻らせろ。大砲と火薬荷車は隠しておけ。そしてわれわれがドイツ軍より強くなる時を待っていろ」

「そんな時、いつ来るんですかい」〈皮屋の桶〉は信じられんというように頭を振り、火を吹いて熾した。

「すぐに来る。味方を連れてきてやろう。お前らには思いもかけない加勢がつく」

「まさか〈頑固者《エル・エンペシナード》〉じゃありますまいね。カンピージョスの近くでゲリラを組織してるあいつなら敵です。呼んだって来るもんですか」そう言って〈皮屋の桶〉は立ち上がった。

「エンペシナードであるものか。お前らの加勢をするのはラ・ビスバルの住民だ。住民がある晩一斉に蜂起し、ドイツ軍に襲いかかる」

「あの猪首で腹ぼての連中ですかい」〈皮屋の桶〉は腹立ちまぎれに叫び、落胆してまた地にうずくまった。「夜、女房と寝てるときだって、わしらと故郷をどうやってイスカリオテのユダの手に引き渡してやろうかとか、そんなことばっかり考えてる奴らじゃないですか」

「それならわたしがベッドから連れ出し蜂起させてやろう」侯爵は声を張り上げ、谷底深く眠る市を手を振って威嚇した。「恐ろしい暴動が起きる。ゆめ疑うな。計画はすでにでき上がっている。この肉体と心とが成功の担保だ」

しばらくの間、誰も何も言わずに炎を見つめ、三人三様の思いにふけっていた。ゲリラたちは囁きを交わし、樹々を抜ける夜風がざわめき、枝や葉から雨の滴を落とした。

「それで、侯爵の計画では、わたしたちは何をすることになっているのでしょう」やがて大尉が聞いた。

「わたしの合図を待っていてください。合図は三度行います。最初の合図があったら、部下を招集して街道を占拠し、大砲を据え、アルカー河の橋を二つとも爆破してください。しかし合図のないうちは何もしないように。それまでのあいだ、ドイツ軍に、自分たちは安全だと思い込ませること、それがなによりも肝心なことです」

「それから先はどうなるんでしょう」〈皮屋の桶〉が促した。

「二度目の合図があったら、すぐさまキャノン弾や爆弾や点火榴弾で市を砲撃しろ。同時に第一防衛線の占拠にとりかかれ」

「そしてそれから?」

「やがて暴動が勃発する。四方から攻め寄せる住民の暴動からドイツ人が身を守らねばならなくなったとき、三度目の合図をする。すかさず部下に突撃を命じろ」

「それはいい」〈皮屋の桶〉は言った。

「そして合図は」イギリス人将校は石盤を取り出した。

「ラ・ビスバルのわたしの家を知っているな」侯爵が〈皮屋の桶〉に聞いた。

「市門の外にあるほうですか、それともカルメル会通りの、サラセン人の頭像があるほうでしょうか」

「カルメル会通りのほうだ。その家の屋根から濃く黒い煙が上る。湿った藁を燃やしたときの煙だ。これが第一の合図だ」

「湿った藁を燃やした煙ですか」イギリス人将校が繰り返した。

「夜、ラ・ビスバルが静まりかえったころ、聖ダニエル修道院のオルガンが聞こえる——これが第二の合図だ」

「聖ダニエル修道院のオルガン、と」イギリス人将校が書きとめた。「そして第三は？」

侯爵は少し考えて言った。

「サラチョ大佐、お前の短刀をよこせ」

〈皮屋の桶〉は上着の奥から鞘に入った幅広の短刀を取り出した。象牙の柄に彫刻が施された、スペインで〈牛の舌〉と呼ばれる型の小刀である。

侯爵はそれを手に取って言った。「使いの者がこの短刀を持ってきたら、突撃命令を下せ。早すぎても遅すぎてもいけない。作戦の成否はすべてそこにかかっている」

礼拝堂の屋根裏で一部始終を聞いたローン少尉の額がほてり、こめかみが脈打った。ラ・ビスバル駐留隊を滅ぼすために定められた三つの合図を俺は知った。作戦の成否を握るのは〈皮屋の桶〉ではない。他ならぬ俺だ——。

「考慮すべきことがまだ二、三あります」イギリス人将校が石盤をポケットに仕舞いながら慎重な口ぶりで言った。「ドイツ軍はボリバル侯爵の身柄を押さえたほうが有益と考えるかもしれません。その場合、われわれはあてどなく合図を待つことになりませんか」

「ドイツ軍がどこを探してもボリバル侯爵は見つかりますまい。盲目の乞食が教会の扉の前で聖別された小羊像《アグヌス・デイ》の蠟板を売るのを見もしましょう。農民が卵やチーズや栗を驢馬に載せて市に運ぶのを見もしましょう。火薬庫の前で歩哨に立つ下士官たちのなかから、あるいは司令官の馬を水浴び場に連れてゆく龍騎兵のなかから、どうしてわたしを見わけられましょう」

イギリス人は微笑んだ。

「侯爵、あなたのお顔は忘れようったって忘れられるものではありません。請け合ってもかまいませんが、どんな変装をしようが、たちまち露見してしまいますよ」

「ほんとうに請け合えますか」と侯爵は言い、考えこんだ。そして少しの間を置いて言った。

「大尉、ローランド・ヒル大将はご存知でしょうか」

「ホークストーン家のローランド・ヒル子爵になら、何度となく拝眉の栄に浴していますとも。最後にお会いしたのは四か月前、サラマンカに滞在していたとき、大将の宿舎の近くで――おや侯爵、何か落としましたか」

侯爵は地面にしゃがんでいた。立ち上がりざま、イギリス人将校の緋のマントを肩に投げかけた。それ以外にははじめのうち、ローン少尉が特に気づいたことはなかった。腰を抜かさんばかりに驚いているイギリス人の様子を見てはじめて、何ごとかが起こったのを知った。

ボリバル侯爵の顔が、いつのまにか見たこともない相貌を帯びていたのだ。肉が削げ多くの皺が刻まれた頬も、忙しなくあちこち動く目も、固くくっきりと結ばれた口も、精力と不屈の意志をうかがわせる大きな顎も、はじめて見るものだった。見知らぬ顔は口を開き、濁声《だみ》でおもむろに言った。

「もし今後、襲撃の際に手ごわい砲兵に出くわしたら、大尉――」

イギリス人が侯爵の肩をむずと摑《つか》み、ローン少尉には理解できない呪いか罵りかの言葉を吐いた。「どんな喜劇役者の悪魔からそんな芸当を習ったのです？　ヒル卿がスペイン語を話せないのをたまたま知っていたからよかったものの――マントを返してください。寒くてやりきれない！」

周りのゲリラはイギリス将校が怒り狼狽するのを見て笑った。一人が十字を切り、侯爵におずおずと目をやって言った。

「侯爵さまはほかのこともおできになります。二マースの血と十二ポンドの肉と一袋の骨があれば、生きた人間さえ作れます。キリスト教徒でもムーア人でもお手のものですよ」

「これでもまだ」そう言う侯爵の顔はすぐさま元にもどった。「姿を隠すことに決めたわたしを、ドイツ兵が捕えられると思いますか。今日にでも、晩禱の頃おいに、太陽の門《プエルタ・デル・ソル》を通るつもりですが、誰にも妨げられはしますまい」

「どんな変装をするか」大尉が気遣わしそうに言った。「教えていただけませんか。部下がラ・ビスバルを襲撃するとき、あなたとわからなければ、お怪我をさせてしまうかもしれません」

「人知れず葬られ、生とともに名も消えるならばむしろ本望です。常に辱められ蔑《なみ》せられたこの名が消えるならば」

一座の中心の炎が縮まり、消えようとしていた。湿り気をおびた風が寒々と吹き、森の暗がりの背後から白々とした朝が顔をのぞかせた。

「あなたの計画はたいそうな栄誉を――」大尉は自信なさげな声で言いかけながら、消えつつある燠《おき》に目をやった。

「栄誉ですと」怒気をふくんだ侯爵の声がそれをさえぎった。「栄誉は争いや諍いでもたらされるものではありません。わたしは戦争を軽蔑します。戦争はいつもわたしたちに悪行を強いるではありませんか。純朴な心で畑を耕す貧しい農夫は、将軍や元帥にもまして栄誉に値するのです。それだけは知っていただきたい。農夫らはその貧しい手で地に仕えています。われわれ他のものがよってたかって戦《いくさ》で荒らし、だいなしにした地に」

消えた焚火を取り囲む一同はこの言葉に黙した。そして驚嘆と気後れを交えつつも畏敬の籠った目で侯爵を見つめた。戦争を蔑視しながらも、一族のものが犯した行いを償うために、血腥い仕事で自らの手を汚そうとする侯爵を。

「あいにく、わしは兵士だ」長い沈黙のあと、〈皮屋の桶〉が口を切った。「この作戦が見事成功したあかつきには、戦が勇者にもたらす誉《ほま》れについて、とくと語り合いましょうや。そのときには侯爵、わしはあんたを見直してるでしょうからな」

「見直すと言うのか。ならばせめてわたしを哀れんで、わたしの名は口に出さずにおいてもらおう。この名は恥辱と切っても切り離せぬものだ。しばらく脇を向いておいてくれ、そして誰にも知られずわたしの道を歩ませてくれ。ではさらばだ」

「お達者で」イギリス人将校が後ろから呼びかけた。「天があなたの企《たくら》みを護ってくださいますように」

遠ざかっていく侯爵を尻目に、〈皮屋の桶〉は将校のほうを向き、小声で言った。

「もひとつ信じられないんですがね、ボリバル侯爵は――」

そこで口をつぐんだ。侯爵が立ち止まり、こちらを向いたからだ。

「侯爵はご自分の名を聞くたび振り返られますな」〈皮屋の桶〉は呼びかけ、声を立てて笑った。「それじゃ変装しても何になるものですか」

「なるほどな、お前に感謝しよう。自分の名の響きに耳を塞《ふさ》ぐことを覚えねばなるまい」

ここでボリバル侯爵にあの考えが浮かんだに違いない。この会合の翌日、わたしは庭園でそれが練習されるのを目撃したのだが、ようやく今あの不思議な光景の意味がわかった。いっぽう隠れ処に潜むローン少尉は、不安と焦燥のためにだんだんと消耗してきた。いまやラ・ビスバルに迫る危機からナッサウ連隊を守れるものは自分をおいていない。そう思った少尉は、従卒に命じて自分を隠れ処から出させ、ラ・ビスバルまで運ばせられる機会は来ないかとじりじりして待った。侯爵が自分より先に市に入り、誰にも妨げられず群集の中に消え、恐ろしい陰謀に着手したらと考えると、居ても立ってもいられない気がした。

とうとう〈皮屋の桶〉が出発を命じた。ゲリラたちはすぐさま跳ね起き、入り乱れて走り回り、てきぱきと支度にとりかかった。傷病兵を礼拝堂から引っ張り出すものもいれば、騾馬にワインの革袋や葛籠《つづら》や旅嚢を積むものも、作業しながら歌うものも、口論するものも、けたたましく鳴く騾馬に悪態をつくものもいた。イギリス人将校はその賑やかな騒ぎのなかで携帯用湯沸しを火に掛け、朝食の紅茶を入れる準備をしていた。〈皮屋の桶〉は聖母像のそばにランタンと鏡を据え、あわただしく髭を剃った。そのあいだも鏡と聖母に代わる代わる目をやり、剃刀を使いながらお祈りをしていた。

屋根の雪

　ボリバル侯爵はその日、晩禱《ロザーリウム》の頃おい、妨げられることなく太陽の門《プエルタ・デル・ソル》を通り過ぎた。魚屋や水運び、香料商人や油売り、羊毛刈りや修道士たちが晩方に教会の門前にひしめき天使祝詞《アヴェ・マリア》を祈り、顔見知りに挨拶するなかにそのまま紛《まぎ》れれば、誰にも見咎められず、濁水に泳ぐ鰻のように姿をかき消すこともできただろう。だが運命の凶星《まがぼし》の導きによって、侯爵はわれわれ五人の秘密、わたしと他の四人を回想の絆で繋ぐ秘密を盗み聞くことになった。心の奥深く封じられた亡きフランソワーズ‐マリーにまつわる秘密、それをわたしたちはあの夜、アリカンテ・ワインの酔いと懐郷心にまかせて、一人また一人とひけらかすように披露してしまった。それもひとえに屋根に雪が積もったためだ。

襤褸《ぼろ》を纏《まと》った騾馬曳きが、ロザリオを手にわたしの部屋の隅に座り、打ち明け話を一緒に聞いた。それゆえ死なねばならなかった。

　われわれは彼を市壁前に立たせ、すぐさま、秘密裏に、軍事裁判も臨終の告白も抜きにして銃殺させた。銃弾を浴び血を流して雪に伏したその男がボリバル侯爵だったとは、われわれの誰が思ったろう。

ましてや侯爵が死ぬ間際、いかに呪わしい遺志をわたしたちの肩に負わせたかなど、誰ひとり考えさえしなかった。


わたしはその夜、市門の哨戒を司令する係だった。六時になると前哨隊を編成し、市壁の周囲徒歩三十分の範囲を巡察しろと命じた。哨兵らは装塡したカービン銃を手に、壁龕《へきがん》の聖者像のように無言で不動の姿勢で立った。

雪が降りだした。ここスペインの山地では雪はさして珍しいものではないという。だがわれわれがこの国で雪を見たのはその晩がはじめてだった。

ラ・ビスバルの民家にストーブはない。わたしは部屋に赤く燃える燠《おき》を銅鍋二つに入れて持ってこさせた。煙が目を刺し、雪の嵐は窓ガラスをかりかりと鳴らしておびやかした。それでも室内は暖かく快適だった。隅には刈り立てのヒースを積み、そのうえにマントを掛けてこしらえたベッドがあった。テーブルと腰掛けは樽と板切れでできていて、テーブルのうえには中を刳《く》り抜いた瓢箪《ひょうたん》があって、ワインで満たされていた。戦友たちがクリスマスの夜をともに過ごそうときっと訪れると思ったからだ。

屋根裏から部下の龍騎兵たちの声が聞こえた。うえでマントに包《くる》まり床にじかに寝ている奴らが、何ごとか論議しているようだ。わたしは忍び足で木の階段を上った。

折を見てわたしは闇に紛《まぎ》れて部下のあいだにこっそり入り、会話に耳を傾ける。秘密が露見していないか気になるからだ。亡きフランソワーズ－マリーとその人目をはばかる行状について、龍騎兵どもが夜、誰も聞いてないと思ってささやき交わしてるのではないかと心配だからだ。

屋根裏部屋はパン焼き窯《がま》のように暗かった。しかしブレンデル軍曹の声は聞き分けられた。

「お前の銭袋を持ってずらかった奴は見つかったか？」軍曹がそう聞くと、不平じみた声が答えた。

「探してはいます。でももう捕まらないでしょう。いったん逃げてしまえば、用心して二度と戻らないでしょうから」

「まったくスペインの野郎はどいつもこいつも！」怒気をふくんだ声が叫んだ。「一日中喉をカラカラにするまでお祈りして、あらゆる聖水盤を空《から》にするほど信心深いくせに、あの真鍮鳥と豚鼻野郎、考えることといったら、どうやって俺たちを騙して盗もうかってことばかりだ」

「五日前」これはティーレ伍長の声だ。「コルボサに駐屯していたとき、そういった絞首刑予備軍の盗人が、大佐の梱《こり》を持ってずらかった。御者の一人だ。亡くなった奥さんの寝室帽《ドルムーズ》と下着が入ってる梱を、戴勝《やつがしら》の巣みたいに臭い住処に引きずっていきやがった」

大佐は手荷物のなかに死んだフランソワーズ－マリーの衣類を入れ携行していた。どこに向かおうとも、あらゆる出征で、けして身から離そうとはしなかった。龍騎兵が大佐夫人のことを話すのを聞き、わたしの心臓は高鳴った。いよいよ秘密が暴かれるときが来たのか。だがフランソワーズ－マリーの話はそれきり出なかった。龍騎兵は行軍や将軍をあげつらいだした。

ブレンデル軍曹は勢いよくスルト元帥とその幕僚を罵った。

「お前らに言っておくがな、戦《いくさ》に四輪馬車《カレッシュ》だの二輪軽馬車《カリオーレ》だので乗り込むようなお上品な奴は、きまって実戦じゃ、俺たち以上に怖がるのさ。タラベラじゃ霰弾が飛んでくるたんびに、騾馬みたいに背中を丸めて、とても見られたもんじゃなかった」

「霰弾なんか敵としちゃましなほうだ」他の誰かが言った。「いちばん性質《たち》の悪いのは、あちこち無意味に行軍させられることだ。八時間も歩かされたあげく、百姓か坊主を一人括《くく》ってお終い。湿った地面、虱《しらみ》、糧食の半減にくらべりゃ霰弾なんてなんのこたない」

「それから羊肉、これを忘れちゃいけない」龍騎兵のシュテューバーの声がした。「むっと来るあの臭いには、雀さえやられて落ちてくる」

「スルトの奴は部下を思いやる心を持っていない」ティーレ伍長が不平をこぼした。「金と名誉目当ての意地汚い奴にすぎない。なるほどダルマチアじゃ元帥で侯爵だったろう。だが俺に言わせりゃ伍長さえ務まらない」

フランソワーズ－マリーの話はもう出なかった。聞き耳をたてた甲斐はなかった。行軍や戦闘で疲れて兵舎に横たわった兵隊が、寝入るまでの時間をつぶす、スペイン出征についてのお決まりの屁理屈ばかりだ。勤務を疎《おろそ》かにさえしないなら、悪口だろうが素人談義だろうが、したいだけするがいい。

ギュンター少尉の声が下の部屋から聞こえた。わたしは急いで階段を降りて灯りをつけた。

ギュンターは服から雪を払い落としていた。ドノプ少尉もいっしょで、いつものようにポケットからウェルギリウスを覗かせていた。戦友のうちでもっとも聡明で学のあるのがこの少尉で、ラテン語を解し、古代の史実に通じ、いつもローマの古典の美装本を何冊か荷物に入れて携行していた。

われわれは座を囲んで飲み、スペイン人の宿の主《あるじ》と貧弱な宿舎を罵った。部屋にはストーブも暖炉もなく、窓ガラスの代わりに油を染ませた紙が張ってあるとドノプが嘆いた。そして「あんなとこでアエネイスを読めるというなら読んでみろ」と溜息まじりに言った。

「壁という壁は聖者像だらけなくせに、清潔なベッドは市にひとつもない。台所には祈禱書が山積みなのに、ハムやソーセージにはお目にかかれない」うんざりしたようにギュンターは言った。

「家主とはまともに話もできやしない」ドノプもこぼした。「一日中聖母の名を唇にのぼせて、俺が家に帰るときまって聖ヤコブやら聖ドミニクスやらの前に跪いてる」

「だがラ・ビスバルの住民はフランス兵に好意は持っているらしい」わたしは口をはさんだ。「乾杯だ、戦友。お前のために飲もう」

「乾杯。叛乱軍の坊主や暴徒が変装して市に隠れてるって話じゃないか」

「おとなしい暴徒もあったもんだ。撃ちもしなけりゃ殺しもしない。俺らを軽蔑するだけで満足してるのか」ギュンターが言った。

「違いない、宿の親爺は変装した坊主だ」ドノプがくつくつと笑った。「坊主でもなけりゃあんなでぶになるもんか」

そう言って空のグラスをテーブル越しに差し出したので、わたしはあらたに注いだ。そのとき扉が乱暴に開き、部屋に吹き込んだ雪の嵐とともに、ブロッケンドルフ大尉が入ってきた。すでにどこかで飲んできたらしい。真っ赤な傷痕がある顔一面が、作りたての銅の薬缶《やかん》のようにてかてかと輝いていた。帽子は左耳に垂れ下がり、口髭はつややかに黒く、剛《こわ》い頭髪は編みこまれ左右のこめかみから胸のあたりまで垂れている。

「おい、ヨッホベルク、奴はつかまえたか?」大尉はわたしに呼びかけた。

「まだです」ボリバル侯爵のことだな、と思ってわたしは答えた。

「ボリバルもすぐには動き出すまい。天気は侯爵にあまり味方してはいない。靴がだいなしになったら困るって心配してるんじゃないか」そう言うとテーブルに屈みこみ、瓢箪の壜に鼻を近づけた。

「このバッカス神の聖水盤には何が入ってる」

「修道院長の地下倉から持ってきたアリカンテ・ワインですよ」

「アリカンテだと」わが意を得たというようにブロッケンドルフ大尉は叫んだ。「よし、それなら野生に還る値打ちはある」

上等のワインを前にすると、大尉はしかるべき敬意を表すため野生に還る。上着もチョッキもシャツも脱ぎ捨て、ズボンと長靴と胸に垂らした黒く剛《こわ》いお下げだけの姿になるのだ。ちょうど道を通りかかった二人の老婆が、窓越しにその格好を見て魂消《たまげ》たらしく、足を止めて十字を切った。今目にしているものが人間なのか異国の獣なのか、きっとわかりかねたのだろう。

皆ワインをたっぷり味わい、しばらくのあいだ会話は、「元気か、戦友」、「感謝するぞ、戦友！」あるいは「お前の健康を祝って乾杯《プロフィーチアツト》！」といった応酬に終始した。

「ここがドイツなら、バルバラかドロテアみたいな女をベッドに連れ込んだが！」一日中スペイン女を追っかけ回していたギュンターが、ワイン臭い声でいきなり言い出した。だがブロッケンドルフは笑い飛ばして言った。俺なら鶴か鸛《こうのとり》になるぞ、それだけワインをじっくり喉のなかで味わえるからな。皆の頭にワインがのぼりはじめた。ドノプが声を張り上げてホラティウスを朗誦しているところに、連隊副官のエグロフシュタインが入ってきた。

わたしは飛びあがり、報告を行った。

「他に変わったことはないか、ヨッホベルク？」副官がたずねた。

「ありません」

「誰も門番の前を通らなかったか」

「バルセロナからベネディクト会の修道院長が、ラ・ビスバルにいる妹を訪ねてきました。身元は市長が保証しました。それから薬剤師が妻と娘を連れてビルバオへ行くため通過しました。証明書はディリエール将軍の本営から発行されたもので、不備はありませんでした」

「他にはいないか」

「朝、農民が二人、葡萄畑で一日働くと言って、市を出て行きました。通行証を持っていて、帰宅の際に提示しました」

「よし。ご苦労だった」

「乾杯だ！　エグロフシュタイン！」ブロッケンドルフが呼びかけ、グラスを振った。「戦友の健康を祝して！　鶴爺さんの！　まあこっちに！」

　エグロフシュタインは酔っ払いたちを見回しにやりと笑った。ドノプがワイングラスを二つ手にして、かろうじて確かな足取りで大尉のほうに向かった。

「大尉、今晩われわれは、ボリバル侯爵を待ちかまえております。このままここにいて、侯爵さまが現れたら、連隊将校の名において、挨拶されてはいかがでしょう」

「伯爵だろうが侯爵だろうが、まとめて悪魔にくれてやれ。平等万歳！」ブロッケンドルフが咆哮した。「袋鬘で香水ぷんぷんの可愛い子ちゃんは絞首人にくれてやれ、そして脱帽《シャポー・バ》だ！」

「前哨兵《ピケ》どもを視察しなくては。製粉所とパン焼き場の監視を命じた奴らも。だがまあいい。あいつらは待たせとけ」エグロフシュタインはそう言ってテーブルに腰を据えた。

「エグロフシュタイン！　こっちに来ないか！」酔っ払ったブロッケンドルフが言った。「えらくでかい顔してるじゃないか。俺たち二人、プロイセンで馬の糞から玉蜀黍《とうもろこし》を選《え》って飢えをしのいだのを忘れちゃいまいな」ワインは彼の気分を沈ませ涙もろくさせ、逞しい大柄の男が両手を握り締めて額にあて、しゃくりあげはじめた。「覚えてないって？　ああ、世の友情は虫食いだらけだ」

「戦《いくさ》はまだ終わってないぞ、兄弟」エグロフシュタインが言った。「またいっしょに刺草《いらくさ》や木っ葉を塩水で茹でて昼飯にするときが来るさ。キュストリンでやったみたいに」

「終わったら終わったで」ドノプが言った。「皇帝陛下はすぐまた次のをおっ始めることでしよう」
「上等じゃないか、兄弟！」突然元気を取りもどして陽気になったブロッケンドルフが叫んだ。「俺は素寒貧だ。頑張ってレジオン・ドヌール勲章をもらわんと」

そしてスペイン出征中に参戦した戦場を数えあげはじめた。ソルソラ、アルマラス、タラベラ、メサ・デ・イボー、それからガリチャ川の戦い。わざわざ指を折って数えたのに、それから先が出てこず、もう一度はじめからやりなおすことになった。狭い部屋のこととて、熱気は耐えられないほどになった。ドノプが窓を開けると寒い夜風が吹き込み、われわれの額を冷《さ》ました。

「屋根に雪が積もってる」ドノプが小声で言うと、誰もがその言葉に胸をつかれた。前年の冬、つまりドイツで過ごした冬が脳裏に蘇ったからだ。われわれは立ちあがって窓辺に寄り、視界を覆う雪片のダンスの合間から夜の街路を眺めた。ブロッケンドルフだけは座ったまま、あいかわらず指を折って数えていた。

「ブロッケンドルフ！」部屋のほうを向きエグロフシュタインが呼びかけた。「ここから故郷のディートキルヒエンまで何マイルある？」

「知るもんか」ブロッケンドルフは数えるのをあきらめて言った。「計算は得手じゃない。算数なんて宿屋の親爺や給仕とやりあうときしか用はない」

そして立ちあがり、ふらつきながら、窓に寄るわれわれのほうに来た。雪はスペインの市を奇妙な風に変貌させていた。街を行く人々がいつのまにか旧知の懐かしい人のように見えてきた。一人の農夫が雪のなかを足踏みし、蠟のように白い小牛を手で捕まえている。老婆が二人、家の前で立ったまま罵りあっている。女中が畜舎から出てきた。片手にランタンを、もう一方の手に乳搾りの桶を下げている。

「あの夜もこんな感じだった」ドノプがいきなり言いだした。「歩くと足首まで雪に埋もれた。もう一年になる。俺は病気で、一日じゅうベッドのなかでウェルギリウスの『農耕詩《ゲオルギカ》』を読んでいた。そのとき階段をのぼる微かな足音がした。とても小さなノックの音が聞こえた。『誰だ?』俺は聞いた。『誰だ?』もう一度聞いた。――『あたしよ、少尉さん!』――そしてあれが入ってきた。髪は秋の橅《ぶな》の葉みたいに赤くて――『病気なのね、かわいそうに』と優しく、気遣わしそうに聞いてくれた。『ああ、病気だ』俺は叫んだ。『美しい天使、この病を癒せるのは君だけだ』――俺はベッドから飛び起きて手にキスをした」

「それから?」ギュンター少尉がしゃがれ声で聞いた。

「それから、雪が屋根に積もっていた、夜は寒く、あの女の体と血はとても暖かった」ドノプはそうささやき、心ここにあらずといった様子で物思いにふけっていた。

ギュンターは何も言わなかった。部屋を行ったり来たりして、憎らしそうにドノプや他のものを睨んだ。

「われらの大佐に幸いあれ!」ブロッケンドルフが叫んだ。「ドイツで一番うまいワインと一番きれいな女房を持つ大佐に!」

「俺があの女と」今度はエグロフシュタインが言い出した。「初めて二人きりになったとき

——なんだって選《よ》りによって、いまこんなことを思い出すんだ。街に雪が吹きすさんで、おちおち目も開けてられなかった。俺はグランドピアノの前に座り、かたわらにあれが立っていた。俺が弾くにつれて、女の胸が波打ち、やがて溜息が聞こえた。『あなたは信用できる人なの、男爵』そう言って俺の手をとった。『ほらわかるでしょう、どんなにあたしの胸が鳴っているか』そうささやくと、俺の手を胴着《コルサージュ》の奥、自然があれの肌に青い金鳳花《きんぽうげ》を咲かせたところに——」

「ワインをよこせ！」ギュンターが怒りで喉をつまらせ叫んだ。そうだ、われわれは皆あの母斑に、かわいい青金鳳花にキスをした。だがギュンターは最初の男だったので、いまだに嫉妬に苦しみ、エグロフシュタインを憎み、ブロッケンドルフを憎み、彼に続いて麗しのフランソワーズ＝マリーの愛を享《う》けたわれわれ全員を憎んでいる。

「ワインはないのか！」ギュンターは怒りでしゃがれた声でわめき、テーブルの瓢簞をぐいと摑んだ。

「ワインはもうない。ミサは終わった。〈主ヨ憐レミ給エ《キリエ・エレイソン》〉を歌ってやろうか」憂いに沈んだ声でドノプが言った。だが頭にあるのはワインではなく、過ぎ去った日々、今はないフランソワーズ＝マリーのことだった。

「馬鹿野郎」今度はブロッケンドルフが叫び、酔いまぎれにグラスを倒した。あおりをくったグラスは床に落ちて砕けた。「何くっ喋《ちゃべ》ってやがる。お前らがあれを知っただと？　そろって情けない腑抜けどものくせして。夜のあれの何を知っているというんだ。お前ら、あれの

〈愛の献立《スペ・ダムール》〉を知ってたか――」ここでブロッケンドルフがからからと笑うと、ギュンターの顔は死人のように青ざめた。「四皿のコースだったぞ。一皿目はグレクール風、それからアレティーノ風、デュ・バリー風ときて、締めはシテール風だ」

「そして鞭打ち風だろ！」ギュンターが怒りと嫉妬にわれを忘れて野次った。そしてグラスを高く掲げ、いまにもブロッケンドルフの顔めがけて投げそうになった。そのとき、街路がざわつき、大きな声が聞こえた。

「誰だ！」哨兵の誰何する声だった。

「フランス！」

「止まれ！　誰だ！」

「皇帝陛下万歳《ヴィーヴ・ランプルール》！」短くつっけんどんな声が哨兵に答えた。

ギュンターもグラスをテーブルに置いて聞き耳をたてていた。

「何があったか見てこい」ドノプがわたしに言った。

そのとき扉が勢いよく開き、部下のひとりが雪まみれになって入ってきた。

「少尉どの、見知らぬ将校が哨戒司令担当の将校に話があるそうです」

われわれは飛び起き、驚きと狼狽のまなざしで目を見交わした。ブロッケンドルフがあわてて上着の袖に腕をつっこんだ。

そのときとつぜんエグロフシュタインが高らかな笑い声をあげた。

「戦友どもよ、忘れたか！　今宵はボリバル侯爵閣下がお出ましになるはずじゃないか！」

サリニャック

　騎兵大尉バプティスト・ド・サリニャックはわたしたちが皆へべれけに酔っているか、さもなくばすっかり狂っているとでも思ったことだろう。足を踏み入れた部屋はそれくらいにけたたましい陽気さに満ちていた。はしゃぎ笑う声が彼を迎えた。ブロッケンドルフは空のワイングラスをぐるぐる回し、ドノプは椅子に身を投げ出して声をかぎりに笑い、エグロフシュタインはわざとらしい身振りで深々と恭《うやうや》しく身を屈めた。

「これはこれは、侯爵どの、かれこれ一時間、ひたすらお待ち申しあげておりました！」

　サリニャックは扉口に突っ立ったまま、不審そうに一同を順繰りに見まわした。その青い上着も白い折り返しも、二色の襟飾りも引きちぎれて皺だらけで、赤や茶の泥に塗《まみ》れていた。マントは腰に巻きつけ、白いゲートルは雪で濡れそぼち、膝のところまで街道の泥濘《ぬかるみ》が撥《は》ねている。額に布をターバンのように巻いているので、ラップ将軍のマムルーク兵のようにも見えた。手には弾丸に貫かれた帽子を持っていた。開いた扉の背後に、旅嚢を二つ背負ったスペイン人の騾馬曳《アリエーロ》きが従っていた。

「どうぞこちらへ、侯爵どの！　お目にかかるのを首を長くして待っておりました」まだ笑いやまないドノプも呼びかけた。ブロッケンドルフは飛びあがり、騎兵大尉の前にたちはだかると、上から下まで興味深そうに眺めた。

「こんばんは、閣下《エスセレンシア》、侯爵どの、なんなりと仰せを！」

しかしそのうちわれに帰り、叛逆者やスパイとふざけるのはいかがなものかと感じたらしく、黒く繁った口髭を撫でながら騎兵大尉をぎろりと睨み、激しい調子で言った。

「あなたの剣をよこしてもらおう。それもいますぐ」

サリニャックは驚いて一歩あとずさった。燃える松明の灯りが風雨に傷んだ顔をくまなく照らした。顔は生気がなく黄ばんでいて、命にかかわる持病でもあるのかと思われた。それから険しい顔で従者に顔を向けた。従者は屈みこんで、松明の火を雪解け水で消しているところだった。

「ワインはこの国では危険だ。飲んだものの頭を狂わせるとみえる」騎兵大尉が怒気をふくんだ声で言った。

「まったくでございます」従者がへりくだって答えた。「肝に銘じておりますとも。わたしらのようなものも、ときたまひどい小言をくらいますから」

酔いどれ連のなかではドノプが一番まともと踏んだらしく、サリニャックは彼のもとに歩み寄り、切り口上で言った。

「わたしは近衛隊の騎兵大尉サリニャック。この連隊を追いかけ、司令官のもとに出頭するようスルト元帥より命ぜられた。よろしければ、貴官の名をうかがいたい」

「貴君の忠実なる僕《しもべ》、ドノプ少尉であります。高名隠れなき侯爵さま！」からかい口調でドノプは言った。「閣下、なんなりとご用命を！」

「茶番もほどほどにしろ」大尉の両手は抑えられた怒りで震えていたが、声は冷静で、生気のない頬にも血はまったくのぼっていなかった。「剣か銃か、どちらかを選べ。両方とも手元にある」

ドノプが嘲りかえそうとしたところで、ブロッケンドルフが先を越した。テーブルから身を乗り出し、酔っ払った声で言った。

「これはこれは、侯爵さま。なんとご機嫌うるわしいことで！」

冷ややかな落ち着きがとつぜん騎兵大尉から消えた。サーベルを抜くと、血相を変えてブロッケンドルフに刃の平《ひら》で打ちかかった。

「ひえっ！　お手柔らかに！」ブロッケンドルフは不意をつかれ、泡を食って叫んだ。そしてテーブルを堡塁代《とりで》わりにして、空の瓢箪でサーベルの攻撃を逸らそうとした。

「止めろ！」エグロフシュタインが叫び、憤った騎兵大尉の腕をつかんだ。

「放せ！」サリニャックは叫び返し、なおもサーベルの攻撃を止めなかった。

「決闘ならあとで存分にやれ、だがいまは俺の話を聞け」

「邪魔するな！」テーブルの後ろでブロッケンドルフが呼びかけた。「暴れ馬ならさんざ相手にしてきたが、嚙まれたことなどついぞない――あっ畜生！」

ブロッケンドルフの手の甲を、サーベルの平の一撃が見舞った。彼はたちまち瓢箪を取り落とし、自分の毛むくじゃらな指を顰め面で見た。

サリニャックはサーベルの切っ先をおろし、頭をそらせると、昂然と、そして挑むようにわれわれの一人一人に目をやった。

「騙《かた》りじゃないのか」エグロフシュタインが呼びかけた。「サリニャックと言ったな。お前が騎兵大尉バプティスト・ド・サリニャックなら、俺のことを知っているはずだ。俺はナッサウ連隊のエグロフシュタイン大尉だ。俺たちはずっと以前、急使を務めたときに会っている」

「いかにも。キュストリンとシュトラールズントのあいだで」サリニャックが言った。「部屋に入ったとき、男爵、すぐ貴様だとわかった。だが貴様の態度は――」

「戦友よ！　とても信じられない！」驚いてエグロフシュタインは言った。そしてフランス人将校にぐいと詰め寄り、艶の失せた黄色の顔をじろじろと眺めた。「キュストリンのときから、ずいぶん面影が変わったもんだな」

騎兵大尉は腹立たしそうに唇を歪めた。「何年かまえ、マラリアにやられた。今もときどき発作が起こる」

「植民地でか」エグロフシュタインが聞いた。

「いや、それより前、シリアでだ」そう言ったサリニャックの顔に、とつぜん老いと疲れが見えた。「だがそんなことはどうでもいい。わたしの任務ではありがちの不運だ。では説明してもらおうか。なぜ――」

「不運がもひとつおまけにやってきただけだ、戦友。俺たちは今夜ボリバル侯爵のお出ましを待っていた。この侯爵というのが、われわれに陰謀を企んでいるたいそう危険な男なのだ。この男がフランス軍の制服姿でわれわれの戦線の突破を目論んでいるという報告が入った」

「本当か！　それでわたしをそのスペインの叛逆者と見間違えたのか」ここで騎兵大尉は青い上着のポケットを探り、身分証明書を出して見せた。「これでわかるように、わたしは貴様らの連隊に合流し龍騎兵中隊を指揮すべしとの命を受けた。もとの騎兵大尉は負傷したか、イギリス軍の捕虜になったと聞いている」

騎兵中隊長ユロ・ドゼリーが負傷してからは、わたしが代理で龍騎兵隊の指揮をしていた。そこでサリニャックの前に進み出て、自分の名と階級を告げた。

われわれは新しい騎兵中隊長を半円に囲んだ。ブロッケンドルフは痛む手を背中でさすっていた。ギュンターだけは仲間に加わらず、窓辺に寄り、怒りもあらわに街路の闇を眺めていた。いまだにフランソワーズ－マリーのことと、ブロッケンドルフが酔いにまかせて暴露した〈愛の献立〉の四皿コースが頭を去らないのだろう。

「いい頃おいに来たようだ」サリニャックがそう言い、一人一人に手を差し伸べた。その生気のない顔のなかで目だけが、獲物を仕留めんとする熱意で輝いた。「知っておいてもらいたい。スパイの摘発については、わたしにはいささかの経験がある。ワグラムでわが連隊に潜入したオーストリア将校を二人捕まえたのはわたしだ。デュロックその人から、この手の任務を何度か仰せつかったこともある」

このデュロックが誰かは知らなかったが、名は聞いたことがあった。おそらく皇帝の側近のひとりで、護衛役なのだろう。

新しい騎兵中隊長はエグロフシュタインから、ボリバル侯爵とその作戦に関し判明していることすべての報告を受けた。彼の目が輝き、痩せこけた顔が引き締まった「ナポレオン陛下も、その忠臣には満足されよう」エグロフシュタインが報告を終えると彼は言った。それからわたしのほうを向くと、大佐のいる宿舎の場所を聞き、龍騎兵をひとり案内役に要求した。

「またもやわたしの出番だ」待ちきれないように彼は言った。龍騎兵とスペイン人の騾馬曳きが騎兵大尉に寄り添って床にひざまずき、ゲートルから街道の泥を擦り落としていた。

「爆弾と銃弾を載せた荷車四十台を、サン・フェルナンド要塞からフェルゴサまで護送してきたところだ。つまらない任務だった。怒号、口論、検査、八つ当たり、おまけに始終通行止めを食らう――貴様ら二人、終わったか?」

「ここまではどうだった?」エグロフシュタインがたずねた。

「道中ずっとサーベルは抜いたまま、カービン銃は装塡したままだ。トルネリャ近くの橋の陰で山賊に襲われた。馬と従卒が撃たれたが、相応のお返しはしてやった」

「負傷したんじゃないのか」

サリニャックはターバンに手をやった。

「額にかすり傷を受けただけだ。今朝からずっと、街道で誰にも会っていない。わたしの荷を運ぶこいつ以外は――終わったか?」背後の騾馬曳きのほうを向いた。「わたしが戻ってくるまで、旅嚢のわきにいろ」

「ご主人さま――」スペイン人は口答えしようとした。

「帰っていいと言うまでここにいろ、と言ったはずだ」サリニャックは叱りつけた。「菜園なら明日耕せばいい」

「座って一杯といきませんか、閣下《エスセレンシア》」ブロッケンドルフが提案した。まだ酔いが醒めておらず、いまだに騎兵大尉をボリバル侯爵とみなし、〈閣下〉の称号で呼んだ。だが他のものが戦友扱いをして話すのを見て、手の甲への一撃と卑怯な態度は許すことにしたらしい。

「ワインはもうない」ドノプが言った。

「ポートワインが三本、旅嚢のなかにあったはずだ。マラリアが再発するたび、解熱剤として、オレンジと熱い茶といっしょに飲むことにしている」騎兵大尉が手荷物から瓶を取り出し、テーブルに座った一同の前に、ふたたびワインがなみなみと注がれた。彼自身は肩越しにマントを投げ、サーベルの留金をかけた。

「凶星が侯爵をわたしの行く手に導いた」そう威すように言って彼は扉を開けた。「一時間のうちに、この部屋で侯爵にポートワインを一杯ふるまうか、さもなくばわたしが――」

吹雪がとつぜん開いた扉から唸りをあげて入ってきて、騎兵大尉の言葉をかき消した。おかげで侯爵がおとなしく捕まらなかったとき、サリニャックがどうすると誓ったのか、わたしは聞きそびれた。

主は来ませり

サリニャックが部屋を出て行くと、エグロフシュタイン、ドノプ、そしてわたしの三人は、さっそくトランプを引っぱり出した。その夜運命はいつになくわたしに微笑み、エグロフシュタインから金を巻きあげることができた。思い出すかぎりでは、エグロフシュタインは賭け金を何度か倍にし、ときには四倍にもしたが、そのたびに負けていた。ちょうどドノプがカードを切り直そうとしたとき、騒がしく口論する声が聞こえた。またもやギュンターがブロッケンドルフに喧嘩を売りだしたのだ。

ブロッケンドルフは椅子にもたれ、ポートワインを前に、酒場にいるみたいに、「極上の」瓶を持ってこいと叫んだ。テーブルの向かい側に立っていたギュンターが身を乗り出し、目を細め憎憎しげに睨んだ。

「ムーア人みたいに食らい、牛みたいに飲みやがって！　なのに将校として尊敬されたいのか」その声は低く怒気がふくまれていた。

「まあまあ兄弟、Vivat amicitia（仲よくやろうや）」ブロッケンドルフが眠そうに言ってグラスを掲げた。どうやら平和裏にワインを飲み続けたいようだ。

「牛並みに飲んで、輜重兵《しちょうへい》みたいな下着を着てるくせに、われこそ将校さまでございってんだから」ギュンターが声を張りあげた。「どこの煙突掃除屋からそのシャツを買った。それともユダヤ人か道化からか」

「黙れ！　せめてフランス語で喋れ！」エグロフシュタインがたしなめた。床の雪水を掃きだすために龍騎兵を二人、部屋に来させていたからだ。

「ダンディーさんよ、俺もラベンダー水を髪に振りかけろとでもいうのかい」ブロッケンドルフがせせら笑った。「お前みたいに舞踏会や夜会を催せというのか。そしてそこで、女どもの前足をぺろぺろ舐めろっていうのかい」

「まあでも」ドノプも攻撃を開始した。「日がな一日村の飲み屋に腰をすえて、百姓にビールをせびってるほうが似合ってますよ」

「それで将校って言うんだからな！」ギュンターが大声をあげた。

「黙らんか！」床を掃く龍騎兵に気遣わしげな目を向け、エグロフシュタインが叫んだ。「お前らのくだらない諍いを噂の種にしようってのか。大佐の耳に入ったらどうする」

「奴らにフランス語は分かりません」ギュンターはそう答えると、ふたたびブロッケンドルフのほうを向いた。「ダルムシュタットの〈もじゃもじゃユダヤ人〉亭じゃ、決闘するに事欠いて、びんたと棍棒を使ったろう。浮浪児の流儀《モード》じゃないか。連隊の恥さらし！」

「だがな、俺はお前の愛しい人の腕に抱かれて、楽しい思いをさせてもらったよ。お前の気には食わんかもしれないがな、坊や」いかにも嬉しそうにブロッケンドルフは言った。「おいおい、なんて面《つら》してやがる。俺は聖燭節の日、あの女といっしょに寝ていた。お前は雪のなかを立ちんぼで、窓に礫《つぶて》を投げたろう」

「お前が寝たのは酒場の女給か曖昧宿の有象無象《エトセトラ》だろうよ。あの人がお前なんかと寝るもんか！」かっとなったギュンターがわめいた。

「ブロッケンドルフ！」エグロフシュタイン大尉が呼びかけた。眉根に皺が寄っている。「いっぺん首でも括られろ。あのとき窓の下に立ってたのは俺だ。ギュンターじゃない」

だがブロッケンドルフはすでに聞く耳を持たなかった。

「礫を女の窓に投げたろう。俺たちは二人ともはっきり聞いた。俺は女のベッドに戻って言った。『ほらな、ギュンターだ、外に立ってやがる』そしたらあの女、頭を抱えて笑い転げたっけ。『あの坊や、不器用にもほどがあるの。あたしと寝ても、手足をどう置けばいいかわからないんだから』」

ブロッケンドルフの話す声はかすれ、橋を渡る荷車の軋《きし》りみたいだった。だが耳をそばだてて聞くうちに、怒りは鎮まっていった。われわれ一同は彼を見つめ、そのあけすけな話から、ただフランソワーズ＝マリーの楽しげな笑い声の遠い残響だけを聞いた。

「窓越しに影が見えたときは、てっきり大佐だと思った」エグロフシュタインが言って頭を垂れた。「お前とわかってたら、神よ罰したまえ、むりやり押し入ってお前を窓から雪のなかにおっ放り出してたろうよ。しかしもう終わったことだ。一時《いっとき》の熱病みたいなもんだ」

だがブロッケンドルフはしつこくギュンターに絡んだ。

「しょちゅう笑ってたぜ。ことあるごとに言ってた。『あの間抜けな坊や、あたしに自分の部屋まで来てもらいたいのよ。どこに住んでるかあなた知ってる？　農家の庭のどこか、鶏小屋の上か鳩舎の下にでもあたしを来させたいのかしら』」

フランソワーズ－マリーの嘲りの言葉で、ブロッケンドルフはわれわれを馬鹿にしたわけだが、誰も怒ろうとはしなかった。誰もが立ったまま、飲んだくれの口を借りて死んだ恋人が今一度話しかけてくれたような気になって、一心に耳を傾けた。

「兄弟、俺は悔いている。俺たちが大佐の妻を寝取ったことを」ドノプが小声で言った。この男はワインを飲むと決まって気が鬱し、もの思わしい気分になるのだ。

「知ってるぞ兄弟。お前、いやというほど恋文を書いてたろう。キケロの引用がやたらに交ぜてあった。ベッドの中で俺が翻訳してやらにゃならなかった」ブロッケンドルフが笑って言った。

「しっ、声が高い！　大佐の耳に入ったら、俺たちはみんな一巻の終わりだ」不安げにドノプは注意した。

「兄弟、お前は stridor dentium（歯ぎしり）に罹《かか》ってるだろう。あれは困った病気で、寝小便のもとにもなる。俺は平気だ。大佐でも元帥でも、来るなら来てみやがれ」ブロッケンドルフが叫んだ。

「何てことをしてしまったのか」ドノプが嘆いた。「こうして五人いっしょにいても、あれがあってからは、俺たちのあいだにあるのは嫌悪、嫉妬、それから憎しみばかりだ」

そして両手で顔を覆った。ワインが彼に哲学的言辞を吐かせはじめた。

「正と不正とは、兄弟よ、歩調の違う二頭の馬みたいなもので、互いにまちまちに歩んでいく。だがときおり、両方の手綱を握って、世の耕地を鋤《す》き返す手が見えるような気がする。あの謎めいた意志を何と呼べばいいんだ。俺たち総てをこれほどまでに弄び、惨めにしているあれを。運命か、偶然か、それとも星辰の永遠の法則か？」

「わたしらスペイン人なら神さまって言いますがね」いきなり部屋の隅から耳なれぬ声がした。わたしたちは仰天してあたりを見やった。二人の龍騎兵はもうおらず、箒《ほうき》は壁に立てかけてあった。だがサリニャックの荷を運んだスペイン人の騾馬曳きが、粗末な茶色のマントに包《くる》まり、床の隅にうずくまって、ロザリオを爪《つま》ぐり祈りを唱えていた。松明の炎が大きく醜い赤ら顔を照らし、唇が祈りのために絶えず動いているのが見えた。かたわらに広げた粗末な木綿の布のうえにはパンと大蒜が置いてあった。

われわれの会話に素朴な言葉で割り込んできたのがこの騾馬曳きなのを知って、わたしたちは最初、うろたえたというよりむしろ驚いたように思う。だがすぐに何が起こったかを理解した。

この男はわれわれの秘密を盗み聞いた。去年から誰もが念には念をいれて隠していたこと、大佐の妻フランソワーズ－マリーと情を通じていたことが、今この瞬間に漏れ、われわれの運命はこの見知らぬ男の手に握られることとなった。憤怒と激情に歪んだ大佐の髭面が眼前に迫ってくる気がした。膝が震え、背筋を冷たいものが走った。この一年のあいだ恐れていた破滅の時がついにやって来たのだ。

恐ろしさのあまり言葉も出ず、どうしていいかわからないまま、時がゆっくりと過ぎていった。はじめから一滴も飲まなかったように酔いがいきなり醒め、頭がひたすら痛み、絶望に胸が締めつけられるようだった。外の庭で犬が吠えた。その弱弱しく悲しげな声がまるで自分の喉から出たように聞こえた。わたしの声がわたしを離れ、どこか雪の降るなかで、身も蓋もなく恐れ嘆いているような気がした。

ようやくエグロフシュタインが落ち着きを取りもどした。そして乗馬鞭を手に、肩を怒らせ、恐ろしい形相でスペイン人に詰め寄った。

「ずっとそこにいたのか。そこに座って何を聞いた」

「命ぜられたとおり、ここで待っていました」

「フランス語は分かるか」

「ほんの少しです、旦那」スペイン人は怯え、つかえつかえ答えた。「女房がバイヨンヌから来たもんで教わったんです。〈こん畜生《サクレ・シャン》〉とか、それから、〈おはよう《サクレ・マタン》〉、〈野郎《ガイヤール》〉、〈小僧《プティ・ガイヤール》〉、〈いい子《ボン・ギャルソン》〉、〈国民万歳《ヴィーヴ・ラ・ナシオン》〉——これきりしか、知りません」

「つべこべ言い訳するな！」ギュンターが叱りつけた。「お前はスパイだ。何か探ろうとして、ここに忍び込んだな」

「スパイじゃありません」騾馬曳きが断言した。「聖母さまにかけて、外国の将校さまに道をお教えして騾馬を曳いてきただけです。ほかは何もしてません。バルナバ会で集金係をやっている修道士さまに聞いてみてください。聖母礼拝堂の司祭さまにペリコ親父のことを聞いてみてください。二人ともわたしを知っています。聞いてみてください、軍人さま」

「お前の坊主やそのたわ言もろとも首を括られろ」ブロッケンドルフが叫んだ。「聞かれたことだけ答えろ、スパイ野郎！」

スペイン人は黙し、口から食べ物の欠片《かけら》を床に吐いた。パンと大蒜が混ざったものだった。そしておどおどと、われわれを順繰りに見たが、どれも暗く冷ややかな顔ばかりで、憐れみを乞えそうなものはいなかった。

わたしたちは額を突きあわせ、小声で作戦会議を行った。犬の咆える声が大きくなり、すぐ近くまで迫ってきた。

「追放しかない。すぐにこの市から追い出せ」ドノプが発言した。「奴が喋ったら、俺たちは一巻の終わりだ」

「それはだめだ」わたしは反論した。「誰も市門から外に出すなと哨兵は命ぜられている」

「あの男がこの辺をうろついているかぎり、俺の気は休まらない。いつ何時、聞いたことを喋るともかぎらないからな」ドノプがささやいた。

「死んでもらおう。泣こうが喚こうが、勝手にさせておけ。さもなきゃ明日、俺たちの話したことがすべて、連隊中に知れわたる」声をひそめてギュンターが言った。

「片付けねばなるまいな。さもなきゃ俺たちは一巻の終わりだ」ブロッケンドルフが言った。

「軍事裁判での釈明はどうします」わたしは言ってみた。「奴はスパイじゃないし、セリニャックの荷を運んだ以外、何もしてませんよ」

「ならどうすればいい」ドノプが呻《うめ》いた。「兄弟、困ったことになったぞ。どうすればいいんだ」

「わからん」エグロフシュタインが言い、肩をすくめた。「だが一つだけ確かなことがある。俺たちは皆お終いということだ」

万事休すの体で一同が立ち尽くしていたとき、扉が勢いよく開いて、ナッサウ擲弾兵隊のウルバン曹長がつかつかと入ってきた。黒い大きな犬を首輪のところで摑んでいる。

「大尉どの」狂ったように暴れる犬を捕まえるのに一苦労したせいか、彼の声は喘ぎ声になっていた。「こいつが外をうろつき回って、いくら追っ払っても、しつこく戻ってきては扉をガリガリ掻いてなかに入ろうとしてかなわんのです」

しかし騾馬曳きを目にとめると、すぐに首輪を放し、両手を腰にあて、けたたましく笑い出した。

「ペリコ！」笑いで喉を詰らせながら、曹長は叫んだ。「お前帰ってきたのか。やけにあっさりした巡礼行だったな！」

犬は一飛びで騾馬曳きのもとに来た。何度も跳ねては吠えはしゃぎ、あらゆる素朴なしぐさで喜びを表わしていた。

「どうしたことだ」エグロフシュタインが言った。「曹長、こいつを知っているのか」

「曹長はわたしを知っています」スペイン人は喜んで声をあげた。「いまお聞きになったでしょう。わたしをペリコと呼んだでしょう。ペリコ、それがわたしです。主と聖母さまは褒むべきかな、あなたがたもこれでわかったでしょう。スパイじゃないことが」――犬は彼に摺り寄り、くんくんと鳴いて両手を舐めた。だが彼は犬を突き放し、部屋の隅に追いやった。

「いかにもお前はスパイじゃない。だが泥棒だ」曹長が叫んだ。「恥知らずで汚らわしい、襤褸を着た悪党め。金を返せ！　悪人どもで連隊を編んだら、隊旗を持つのはお前だろうよ！」

スペイン人はびくっと身を縮め、怯えた様子で、おどおどした目で曹長をうかがった。

「大尉どの！」曹長が報告した。「この男はわれわれが雇い入れたスペイン人の荷運び人夫のひとりであります。今朝、われわれが旅籠屋の前の市門で休んでいたとき、この男はブレンデル曹長の分隊に属するキュンメル龍騎兵から、十二ターレルの入った財布を盗みました。すぐに追いかけましたが捕まえられずにいましたところ、自分から舞い戻ってきたというわけです」

騾馬曳きは真っ青になり、全身が震えはじめた。

「この糞野郎！」曹長は怒鳴った。「金を返しやがれ。どうせ首を括られるか一生監獄入りだろうから、もう使うこともあるまい」

エグロフシュタインは立ちあがった。目は勝ち誇った野蛮な喜びに輝いていた。心が重荷から解放されたからだ。われわれの話を盗み聞いたこのスペイン人は、盗人として逮捕され、死刑を宣告される。エグロフシュタインは同意のまなざしをギュンターやドノプと交わした。

「日当は支払われなかったか」彼はスペイン人に厳しく訊ねた。「お前に盗む理由はあるのか」

「盗んでやしません」恐怖に満ち、どもりつつスペイン人は言った。「日当のことは知りません。あなたがたの荷運び人夫だったこともありません」

「ええい、そうやって嘘で荷車を山盛りにするがいい」いきりたった曹長が叫んだ。「連隊で人夫でなかっただと?」——曹長は階段に走り寄ると、屋根裏部屋に向かって声を張りあげた。「キュンメル! まだ起きてるか、キュンメル! 急いで降りてこい! お前のターレル銀貨が隊列組んで戻ってきたぞ!」

すぐにキュンメル龍騎兵がおぼつかない足取りで降りてきた。寝ぼけ眼《まなこ》で、髪は荷車を曳く駄馬のように乱れ、肩からマントの代わりに馬用の毛布をかけている。だが騾馬曳きを見ると、たちまち目が冴えたらしく、こう叫んだ。

「帰ってきたか! 糞野郎! 豚の餌! 悪魔の溝《どぶ》! 誰がお前を捕まえた! 俺の金はどこだ!」

「何をなさろうというんですか。あなたは知りません。一度も会ったことはありません」恐怖にかられて騾馬曳きは呻いた。「キリストさまの血にかけて——」

「キリスト教徒らしく喋れ!」キュンメルが怒鳴った。スペイン語を使うな、ドイツ語で話せと言いたいのだ。「バベルの塔で訳のわからん寝言をひねり出した奴らは呪われるがいい」

「間違いないか? 今朝お前の財布を盗んだのはこいつなのか」じれったそうにエグロフシュタインが龍騎兵に訊ねた。

「間違いないかですって?」キュンメルが答えた。「こんな奴、二人と軍隊にいるもんですか。鸛《こうのとり》の巣みたいな帽子、土手かぼちゃみたいな頭、柄杓《ひしゃく》みたいな口——野郎、来い、見てやる」

キュンメルは松明を摑むと、あらためてそのスペイン人を頭から爪先まで眺めわたした。だがやがて頭を振り、驚きもあらわに言った。

「大尉どの、こりゃ奴じゃありません! この野郎、お前の背中に鞍を置いて、悪魔を乗せて行っちまえ! あの盗人、右手に四本きり指がなかったのに、いま見たらいきなり五本に増えてやがる」

「こいつじゃないのか」エグロフシュタインが言った。声には苛立《いらだ》ちと失望が隠しようもなく表れていた。「身体検査してみろ。金を隠してないかよく調べろ」

キュンメル龍騎兵は、騾馬曳きの茶色のマントのポケットを探り、たちまち大きな革の巾着を引っぱり出した。

「やはりこいつだ! こいつは俺のだ! この泥棒烏《がらす》め、これでもまだ白を切るか!」

そして巾着を改めたが、大蒜とパンのかけらのほかは、何も入っていなかった。

「俺の金がない!」憤《いきどお》って彼は叫んだ。「なんだって俺はいつも抜け作鵞鳥なんだ。やい答えろ、俺の銀貨をどこへやった。一日でみんな飲んじまったのか?」

スペイン人は何も言わず、所在なさげに目を伏せるばかりだった。

「俺の金をどこへやった!」龍騎兵が叫んだ。「答えろ! 埋めたのか、飲んだのか。口があるなら喋れ!」

「神はわたしを罪なくして鞭打たれる」スペイン人が言った。「これも主の御心なれば、起こるべきことをして起こらしめよ」

「大尉どの」そのときウルバン曹長が口を出した。「間違いありません。こいつは五日前に大佐どのの梱《こり》から盗みを働いた奴です。大佐の奥さまの服や絹のシャツが入っていたあの梱から」

「わかった! わかった!」あわててエグロフシュタインが声をあげた。曹長が大佐夫人に言い及んだのを聞いて、騾馬曳きが盗み聞いたことを喋りだきないかと恐れたのだ。「それで十分だ! こいつの窃盗は立証された。曹長、部下を六人呼んで銃に装塡させろ。それからこいつを庭に連行して始末しろ」

「さっさとしろ!」ギュンターが急かせた。「坊主は無しでいい。のろのろミサを唱えられちゃかなわない」

「まかせてください、入祭唱《イントロイトウス》から神の小羊《アグヌス・デイ》までの半分もかかりゃしません」曹長が言い、龍騎兵らのほうを向いた。誰もが何が起きたか気になったらしく、キュンメルに続いて階段を降りてきていた。

「集合! この男を包囲しろ! 右向け前へ進め!」

「旦那《セニョール》!」騾馬曳きが呼びかけ、龍騎兵たちの拳から身を捥《も》ぎ離した。「旦那だってキリスト教徒でしょう! 懺悔なしに殺すって法はないでしょう」

エグロフシュタインは額に皺を寄せた。事態は切迫している。第三者にこのスペイン人と自由に話させるのはどう見ても危なすぎる。

「死なねばならないなら、せめて懺悔をさせてください！」スペイン人は顔を歪め懇願した。「旦那だってわしと同じく、神さまと聖三位一体を信じているのでしょう。わしの魂の浄福のため、司祭さま《セニョール・クラ》を呼んでください。サンタ・エングラシア修道院の院長さまでも結構です」

「坊主どもに何の用がある。懺悔ならこいつにするがいい」ブロッケンドルフはそう言い、ドノプを指した。「こいつも禿だし、ラテン語だってぺらぺらだ」

「いい加減にしろ！　曹長、さっさとこいつを連れていけ！」しびれを切らしたギュンターが叫んだ。

「やめてください！」スペイン人が悲鳴をあげ、両手でテーブルにしがみついた。「司祭さまと話させてください！　長くはかかりません。ほんの何分か、ロザリオの祈りを唱えられるくらいの時間があればいいんです」

だがそれこそが、まさに避けねばならぬことだった。

「黙れ盗人！」ギュンターが雷を落とした。「お前がどんな恥知らずなでたらめを坊主に吹き込むか、それがわからぬ俺たちとでも思ってるのか――早く連れていけ、曹長！」

スペイン人は彼に目を据え、深く息を吸うと、またもや哀訴をはじめた。

「どうか聞いてください、旦那方！　わたしには一つ、この市でやり残したことがあるんです。わたしが死んだら、誰もやってくれるものがいなくなります。司祭さまと話をさせてください。

それを司祭さまにお任せするまでは、死ぬに死ねません」

　スペイン人はわたしたちを一人一人見わたし、額の汗を拭った。そこでとつぜん疑惑が心に浮かんだらしく、つらそうな声を張り上げて叫んだ。

「誰もわたしの願いを聞き届けてくれないんですか。わたしに耳を傾けてくれるキリスト教徒はスペインにいないというのですか」

「お前がやり残したことは、俺たちが代わりにやってやる」話にけりをつけようと、エグロフシュタインが言い、じれったそうに乗馬鞭を長靴の脇で鳴らした。「何をやらねばならんのだ。さっさと言うがいい」

「旦那がわしに代わってやってくれる？　旦那がですか」スペイン人が叫んだ。

「軍人にできぬことなどない」エグロフシュタインが言った。「早く言え！　何をやれというのだ。蕪を植えるのか。屋根を修繕するのか」

　ふたたびスペイン人はわれわれをひとりひとり見ていった。そのうちとつぜん何か考えが浮かんだようだった。

「旦那がた、旦那がたはキリスト教徒だ。旦那がたが約束を守るってことを、聖母さまと御子に誓ってください」

「くだくだしい儀式は悪魔にくれてやれ」ギュンターが怒鳴った。「俺たちは将校だ。約束したことは必ず守る。それで不足はなかろう」

「お前がしなきゃならんことは、俺たちが代わりにやってやる」エグロフシュタインが繰り返した。「驢馬を売るのか？　金を取り立てるのか？　どんな用があるんだ」

　このとき近くの教会で真夜中のミサの鐘が鳴りだした。聖変化の神秘の成就を信者に告げる鐘の音が、冬の寒風に乗ってここまでやってきたのだ。騾馬曳きはミサの鐘を聞くと、スペイン人なら誰もがすることをした。床にひざまずき十字を切り、小声で恭しく唱えた。

「主は来ませり《ディオス・ビエネ》」

「お前の仕事は何だ」ギュンターが聞いた。「雑草を踏み潰すのか、豚を串刺しにするのか、牡牛を殺すのか」

「主は汝らに告げたまわん」なおも深く祈りに沈潜しつつ、スペイン人がつぶやいた。

「小麦粉を篩《ふるい》にかけるのか？　パンを焼くのか？　穀物を製粉所に運ぶのか？　言ってみろ」

「主は汝らに示したまわん」スペイン人が言った。

「馬鹿の真似は止せ！　とっとと答えろ！」エグロフシュタインが怒鳴った。「神を巻きぞえにするんじゃない！　神はお前のことなど知るものか！」

「主は来ませり」スペイン人は厳かに言い、ひざまずいた姿勢から立ち上がった。「汝らは誓い、主は聞き届けられた」

　男の態度はとつぜん一変した。それまでのおどおどした様子はあとかたもなかった。もはや哀れな、窃盗の罪を着せられた騾馬曳きではなく、誇りと威厳に溢れた男が、曹長らの前に歩み寄った。

「曹長よ、わたしはここにいる。お前の義務を果たすがいい」

どういうわけだか、そのときには、いったい誰と出くわしたのか理解できなかった。死の手にある男がわれわれに遺した仕事がどのようなものなのか把握していなかった。誰もが盲目で、心にはただ一つの思いしかなかった――秘密を知ったものには永遠に黙してもらわねばならない。

わたしはエグロフシュタイン大尉に目くばせされ、処刑がすみやかに滞りなく行えるかどうかを見に外に出た。雪は半フィートほど積もっており、兵士たちの行軍の跡をわずかにとどめていた。満月の光が庭をぼんやりと照らしていた。

兵士たちが一列に並び、銃に弾を籠めた。スペイン人がわたしを手招きした。

「犬を押さえていてください、少尉」それが彼の願いだった。「なにもかもが終わるまで、わたしの犬をしっかりと押さえていてください」

今立っている場所から、市壁のはるかかなたに、葡萄畑の広がる山並みが月に暗く照らされて見えた。月は起伏のある草地をも照らしている。桑や無花果の木が雪に埋もれ、葉の落ちた枝を伸ばしている。遠く西のほう、地平線の縁に、おびやかすような暗い影がひろがっている。樒の森だ。あの峡《はざま》に、われわれの敵、〈皮屋の桶〉の軍団がいる。

「もう一度土地を見させてください」スペイン人が言った。「わたしの地、わたしの領土を。わたしのために牧場《まきば》を色づかせ、葡萄の木を伸ばし、牝牛を育ませた地を。風がなびくわたしの地。雪と雨と霜が天より降《ふ》るわたしの地。わたしのために畝間に芽生え、わたしのために屋根のしたに息づき、そして天に抱《いだ》かれる何もかもがわたしのものだ。少尉、あなたは兵士だ。

わたしの地、わたしの領土、と言ってもあなたにはわかるまい。さあ、わきへどいて合図するがいい」

六発の銃弾が放たれた。犬が吠え、狂ったように引き綱を引っ張った。犬は放してやり、曹長の手から松明を取りあげて、わたしは死者の顔を照らした。

ボリバル侯爵はもとの顔に戻っていた。騾馬曳きに化けてわれわれを騙すため自らの相貌に及ぼした力を、死が解《ほど》いたのだった。今ここに横たわるものの顔は、今朝わたしが見たものと同じだった。死してなお誇らかに泰然とし、畏敬の念を呼びおこす顔だった。

兵士たちが雪を掻き、亡骸《なきがら》の埋葬にとりかかった。わたしはゆっくりと庭を横切って家に戻った。そのときボリバル侯爵の奇妙で錯綜した足取りがいきなりはっきりと目の前に浮かび、何が起こったかが理解できた。侯爵はひそかに家を出て、雑木林のなかで騾馬曳きのペリコと会ったのだろう。ところがこのペリコはターレル銀貨を盗んで逃亡するところだった。侯爵はペリコと服を交換し、異常な術で彼の意志に服従する顔が、騾馬曳きの相貌を纏った。そして市内に戻り、何食わぬ顔で計画を進めようとした。だがとつぜん、盗人の仮面のうちに囚われたことを知った。これは牢に囚われたにも等しかった。外すと正体が露見するため、ずっと被っておらねばならず、あげくのはてに他人の罪を着て死なねばならなかった。

一連の出来事を思い返しつつ、わたしは雪のなかで足を止め、額を叩いた。侯爵がわれわれに強いたあの奇妙な誓いの真意に思い当たったからだ。死を前にして、敵に囲まれ孤立した侯爵は、われわれに仕事の成就を託した。われわれ自らが合図して、われわれ自身を滅ぼすよう侯爵は願ったのだった。

この思いつきの馬鹿馬鹿しさは笑わずにはいられない。だが笑い声は喉から出ようとしなかった。死者の声が耳に響いた。「主は来ませり《ディオス・ビエネ》」

神は来た。言葉にしがたい何ものかへの怖れがわたしの総身を震わせた。遠く見える楢の森影のように鬱蒼とし、危険を孕み、われわれを威《おど》すものが——。

ワインの匂いと濃い煙がこもった暖かい部屋に戻ると、ギュンターとブロッケンドルフが、先ほどの喧嘩も忘れたように仲睦《むつ》まじげに頭を並べて床に寝ていた。ドノプはテーブルに腰をかけ、侯爵の短刀を手に取って、柄の精妙な彫刻を眺めていた。部屋の中央にエグロフシュタインが立ち、そのかたわらにサリニャック騎兵大尉がいて、何やら懸命な身振りをしながら叫ぶ男の襟を両手で摑まえ、前に立たせているところだった。

「エグロフシュタイン！　あなたが撃ち殺させたのはボリバル侯爵でしたよ」わたしはそう声をかけた。当然驚きや喜びや歓呼で迎えられるものと思いながら。

だが返ってきたのはけたたましい笑い声だった。

「また侯爵かい！」エグロフシュタインが叫んだ。「今夜はいったい、何人のボリバルがうろついてやがるんだ。わが友サリニャックも一人捕まえたぞ」

そう言ってサリニャックが摑まえている男を指した。だが顔は黒い布に覆われていて見分けがつかない。スペインの女房持ちが夜、恋の冒険に出かけるとき変装に使う、あの絹の黒い布だ。

「戦友よ！」嘲りまじりにエグロフシュタインがサリニャックに言った。「馬市場で驢馬をつかまされたな。あえて言わせてもらえば、われらの市の尊敬すべき市長どのをしょっぱなから首括りにするのはちとまずかろうよ。あとで必要になるかもしれないからな」

ドイツ風夜曲《セレナード》

運悪く捕まった男があの太っちょの御仁、ラ・ビスバル市長どのと知って、誰もが腹を抱えて笑わずにはいられなかった。あまりに騒々しい笑い声に、寝ていたギュンターも目を覚まし、身を起こすと両の拳で目をこすり欠伸《あくび》をした。ブロッケンドルフだけは起きる気配もなく、そのすさまじい鼾《いびき》は、あおりで部屋の扉が開くかとも思われた。

「どうした」ギュンターが尋ね、寝ぼけまなこで髪を撫でつけた。

市長はわれわれの浮かれ騒ぎに苦りきった笑みを浮かべ、手に持った帽子を、腹立ち半分、困惑半分で捻《ひね》りあげた。その顔つきときたらアニス菓子と思って鼠の糞を飲み込んだ男のようだった。

「旦那がた、わしらのようなものでも、よその家の敷布を剝ぎたくなる夜はありますわい」

だがわれわれの笑い顔を眺めているうち、場を取り繕うためには何を差し出せばよいか思い当たったようだ。

「この市にも女はおります。パレ・ロワイヤルに並ぶ柱に夜分もたれているようなのより、ずっと美しい娘たちです」自分の市に美女がいることに劣らず、世界中を旅しパリは自分の庭同然なのを自慢するような口ぶりだった。

「それほどの別嬪《べっぴん》に街でお目にかかったことはないがな」エグロフシュタインは市長の言葉を歯牙にもかけなかった。

「あんなのは麬《ふすま》ですわい！」熱をこめて市長は叫んだ。「あなたが見た女は、われわれ用のものです。あなたがた将校さまのためには、とっておきの白小麦粉がありますとも」そして目を閉じ、笑って舌を鳴らした。

「白小麦粉、そりゃ結構」ドノプが蔑《さげす》みの口ぶりで言った。「つまりは鉛白と軟膏だな。女どもが皺を塗りつぶすやつだ。だが素肌は鞣《なめ》す前の牛皮そっくりだ。俺が知らないとでも思うのか」

「そんなふうに言わないでください、旦那」傷ついた市長が言った。「モンヒタを一目見れば、鉛白も何も頬につけてないのはお分かりになりますよ。十七になったばかりというのに、もう男たちが追い回しています。まるで赤蛙が赤い布のあとを従《つ》いていくみたいに」

「ならその女を連れてこんか！」とつぜん隅からブロッケンドルフが叫んだ。この男は女の話を耳にすると、たちまち目が冴え元気が漲るのだ。「十七歳か！　十七歳と聞くと俺の血は、生石灰《せいせっかい》にかけた水みたいに沸きたつぞ！」

「そのモンヒタとやらはどういった娘だ」エグロフシュタインが口を歪めて聞いた。「仕立屋の娘か、それとも鬘《かつら》つくりの手伝いか」

「あの娘の父親は貴族です、旦那。世間から貴人として尊敬されているのに、身に纏うシャツもろくに持っていないものの一人です。悪い時代に生まれたため、家賃やいろんな税金を払う余裕がありません。将校の旦那がたがあの娘に目をかけられるとなれば、あの男もおおいに誇らしく思うことでしょう」

「生業《なりわい》は何だ。ろくに食えない仕事なら、なんで悪魔にくれてやらない」ドノプが知りたがった。

「絵を描いとります。皇帝や王様や預言者や使徒なんぞを描いてます。そして教会の扉の前とか、日が暮れると酒場で売りに出すんです。器用な男で、人だろうと獣だろうと、何でも描きます。聖ロフス様のかたわらには犬を添えます。聖ニカシウス様は鼠といっしょに、隠者パウロは烏といっしょに描きよります」

「それで娘は？」ギュンターが聞いた。「もしほんの十七なら——ここらの十七の女は俺らの故郷のバグパイプみたいだからな。触れただけでわめき声をあげやがる」

「娘ももちろん」市長は言った。「将校さまなら大歓迎ですとも」

「なら行こうぜ！　前進あるのみ！　ぐずぐずするな！」ブロッケンドルフが気合を入れた。

「娘にちっちゃな鍋があるなら、俺はとろとろ煮られたい！」

「今日はもう遅すぎます」市長が異をとなえ、心配そうな目をブロッケンドルフに向けた。

「またの機会にしませんか、旦那方。明日、食事のあとはどうです。いまごろはもうドン・ラモン・ダラチョは寝ていましょう。今夜は皆さんお休みになるのが一番かと」

「言うことはそれだけか」エグロフシュタインがどなりつけた。「よし、ならば以後は問われぬうちは口を開くな。ただ前進あるのみ！　ランタンを持って案内しろ！——サリニャック！」そこで落ち着きなく部屋を歩き回る近衛騎兵大尉に顔を向けた。「つきあわんか？」

サリニャックは立ち止まり頭《かぶり》を振った。

「わたしは従者を待っている。ここにいろと命じておいたのに、いなくなってしまった。男爵、奴がどこに行ったか知ってるか」

「戦友よ！」エグロフシュタインは言い、マントをはおった。「旅仲間運がなかったな、従者が盗人だったとは。奴は俺の部下から今朝金袋を盗んだ。袋は持ってたが銀貨は失せていた」

サリニャックはそれを予期していたように、少しも驚かなかった。そして頭もあげずに聞いてきた。

「縛り首にしたのか」

「どういたしまして、戦友！　おもての庭で銃殺の刑だ。来週にならんと絞首台はできないって大工が言うもんだから」

すると騎兵大尉はたいそう奇妙なことを言った。後になってわたしは、この返事を何度も頭にのぼせざるを得なかった。

「わかっていた。少しでもわたしと歩みを共にするものは長生きできない」

そう言うと背を向け、ふたたび部屋をぶらぶらしだした。

われわれは部屋を出ると、マントに包まり、市長の後をついて、雪の積もった街を前のものの足跡を踏みつつ進んでいった。ロス・アルカデス通りからカルメル会通りを抜け、二台の馬車がすれ違えるほどの道幅がある〈広小路〉へと市長は歩いていった。真夜中のミサもとうに済み、街路はしんとして人ひとり見えなかった。聖母ピラール教会の前を通り、ヒロネラ塔を過ぎたところで広場に出た。そこには等身大の聖者の石像が六体立っていた。

われわれはずっとおし黙り、寒さに震えながら歩き続けた。市長は絶えまなく喋り、百歩ごとに立ち止まっては、ステッキの銀の石突きをあちこちの家に向け講釈を垂れた。去年ここに住んでいた男は、従兄が王の法律顧問官になりましてな。インドの王室裁判所の裁判官がしばらくここに住んどりました。ドン・アントニオ・フェルナンデスとか名乗っておりましたよ。そしてここで、むかしサラゴサの大司教が一時間ばかり、夏の暑さのなかで立ち往生したんです。それというのも馬車馬が蹄鉄を落としましてな。教会の右手の、あの小さなミルクホールで、去年火事が起こりました。おかげでおかみさんが命を落としました。ああそうそう、あそこの店じゃ、将校さまの入用なものなら何でも揃いますわい。

教会の前で市長は立ちどまった。お辞儀をし十字を切ると、扉に緩く貼られた紙片が風に煽られているのを指さした。

「大斎の掟を破ったり、この前の日曜に懺悔をしなかった住民の名が、すべてここに書き出され晒《さら》しものにされとります。司祭さまはつまり――」

「口をふさげ！　お前も司祭も」ギュンターが怒って叫んだ。「何だってお前は俺たちを雪のなか、教会の前に立たせて凍えさせるんだ？　とっとと歩け！　前進あるのみ！　お祈りするためお前について歩いてるわけじゃないぞ！」

ここで言葉が途切れた。道の真ん中で雪に埋もれていた騾馬の死骸に蹴つまずいたからだ。服をずぶ濡れにして立ち上がった彼は、激しくスペインとその住民を罵りはじめた。今の災難は国と住民とのせいだというのだ。

「なんて不潔な怠け者の国だ！　道は糞だらけ、鉄は錆《さび》だらけ、服は虱《しらみ》だらけ、木材は虫食いだらけ、畑は雑草だらけ！」

「月を見てみろ、あの阿呆にも規律というものがない」ブロッケンドルフが加勢した。「昨日は塩漬け鰊《にしん》のように干からびてたのに、いまは食用豚みたいにぶよぶよじゃないか」

そうこうするうちようやくモンヒタの父親、ドン・ラモン・ダラチョの家にたどりついた。広場に面した屋根の低い手入れの悪い家で、六体の聖者像のちょうど真向かいにあった。

ギュンターがノッカーをつかみ、けたたましく鳴らした。

「おい、セニョール・ドン・ラモン！　開けろ！　客だ！」

家はしんと静まりかえっていた。雪はいっそう降りしきり、われわれのマントや帽子にも積もっていった。

「勇気を出せ！　扉をぶち破れ！」ブロッケンドルフが励まし、寒さでかじかんだ両手を打ち合わせた。「こじ開けろ！　イギリス軍のトレス・ヴェドラス防衛線にくらべりゃ楽勝だ！」

「開けろ！　寝ぼけ野郎、鼾《いびき》野郎！」ギュンターが叫び、なおもノッカーで扉を力任せに叩いた。「開けろ、開けないと扉と窓を叩き壊すぞ！」

「開けろ！　開けないとストーブを一つ残らずぶっ壊すぞ！」ブロッケンドルフもわめいた。どうやら自分は外にいてストーブは中にあることは頭にないらしい。

隣の家の窓が開き、尖った帽子をかぶった頭が現れた。だがすぐさま暗い室内に引っ込んだ。窓ががたぴしいいながら閉まった。雪に埋もれたわれわれのマントは、寝ぼけ眼《まなこ》の住民を驚かし、もしかしたらベッドの中で震えながら、女房に向かって、六体の聖者さまがいっせいに台座から立ち上がり、隣家の前で馬鹿騒ぎしていたよとでも話していたかもしれない。

そのとき上から、しかも真上の窓から、怒りの声が聞こえた。

「いったいどこのどいつだ！　千の十字架にかけて地獄に落ちろ！」

「東インド会社の舟漕ぎみたいな言い草だな。負けてたまるか！」ドノプが言って叫び返した。「九十九回雷に落とされやがれ！　開けろ！」

「そこにいるのは誰だ？」

「皇帝軍の兵士だ！」

「兵士が聞いて笑わせる」怒気のこもった声が返ってきた。「機織《はた》り、煙突掃除屋、溝浚《どぶさら》い、箒作りのくせしおって」

「この蛆虫野郎、どこにいやがる？　面《つら》を見せないとパイに入れて焼いてやるぞ！」ブロッケンドルフが肺の底から力を振り絞って叫んだ。機織りや煙突掃除ならまだしも、下水溝の清掃に携わる組合《ツンフト》の一員呼ばわりされれば、それは黙ってはおられまい。

「ドン・ラモンや、下に降りて開けておやり」階上の声は急に穏やかになった。「どんな奴がわしをパイに入れて焼くのか、ひとつ見てやるとしよう」

屋内から靴音と木の階段が軋《きし》る音が聞こえた。扉が開き、不具の小男が現れた。背中の瘤《こぶ》はたいそう大きく、五月の土竜《もぐら》が盛った丘ほどもあった。脚にはいい加減に裁った煉瓦色の布をゲートルにして巻いている。茶の木綿の帽子は、先が右耳に垂れ下がっていた。滑稽な身振りでお辞儀をすると、手に持った松明が闇に弓形の残像を描いた。地に映るその影は、騾馬が背を丸め野営鍋を括《くく》りつけられるときの格好にそっくりだった。

われわれは階段を上り、まずはさまざまな絵の道具が散らばる部屋に入った。中央の画架には、ガリシアの聖ヤコブの肖像がかけてあり、襞襟《ひだえり》と右手以外は彩色がされていた。すぐわれわれは次の部屋に進んだが、そこは灯りがなかった。だが暖炉には葡萄の若枝の愉快げな炎が踊っていた。男が一人、安楽椅子に座り、脚を伸ばして、蹠《あしうら》を暖炉の火で暖めていた。かたわらにヘッセン風の長靴が脱いで置いてあった。卓のうえには何脚かのグラスとワインの瓶、それからロシア風の大きな三角帽子があった。

われわれが入ると、男はこちらに顔を向けた。暖炉の灯りで認められたその顔は、なんとわれらの大佐どのだ。上官を相手にわれわれは門前でけたたましい夜曲《セレナード》を奏でていたのだった。だが家に踏み込んでしまったからには、もはや逃げるわけにはいかない。

「もっと近くに寄らんか。わしを焼いてパイにしたいというのは誰かね」

「エグロフシュタイン！　あなたから話してください。あなたは大佐に一目置かれている」背後でドノプがささやくのが聞こえた。

「大佐どの！」エグロフシュタインが言い、前に出て身をかがめた。「お許しください。こんなつもりではなかったのです」

「こんなつもりじゃなかっただと？」大佐が言い、部屋に響きわたるほどの笑い声をあげた。「エグロフシュタイン、お前はさぞかしここから遠くに逃げたいと思っとろうな、ジャヴァの胡椒のもとか、それともベンガルの肉桂へか。それともナツメグが育つモロッコの島か。ブロッケンドルフ！　蛆虫野郎とはいったい誰のことだ。わしか？　それとも誰か他のものか？」

大佐はふだんは短気で、とくに頭痛に悩んでいるときは、ひとたび癇癪が起これば憤怒は留まるところを知らない。だが今日はいくぶん機嫌がよかった。われわれはそこにつけこんだ。

「大佐、たしかにこいつは馬鹿で」そうエグロフシュタインが言って、謝肉祭劇のバラバのように突っ立っている意固地な罪人ブロッケンドルフを指さした。「おまけに今日はへべれけに酔ってまして。どうぞ大目に見てください」

「いまは bene distinguendus（正しい判断力）を欠いているのです」ドノプがブロッケンドルフを弁護して申し立てた。

「鏡ばかり見てないでこっちにおいで」大佐が呼びかけ、上着のポケットから嗅ぎ煙草を取りだした。「この男を見てみろ、自分の大佐をパイに入れて焼こうとした男だ」

部屋の向こうの隅に寝台があって、その壁際に聖母の絵が二枚、小さな聖水盤、それに鏡があった。鏡の前でスペイン風の衣装を着た少女がこちらに背を向けて立っていた。黒天鵞絨《ビロード》の胴衣には縫い目に沿ってずっとリボンと飾り紐がつき、髪は造花で飾っていた。そして軽やかな足どりで大佐に近寄ると、その肩に腕を巻きつけた。

「これがブロッケンドルフ大尉だ！」大佐が彼女に語り聞かせた。「わしをパイに入れて焼きたいんだそうだ。よっく見てみろ、この大酒飲みを。雄牛のようにでかく、ゴリアテみたいに威張ってて、鶏でも鴨でも生きたまま食べるのだ――」

ブロッケンドルフは歯を剝き、険悪な目で睨んだが、何も言わなかった。

「だが兵士としては有能だ。それはタラベラで見た」少し間を置いて大佐がそう付けたすと、ブロッケンドルフの顔はたちまち明るくなった。

「煙突掃除でも溝浚いでもなかったな」そう呟《つぶや》き、瀝青《ピッチ》を塗ってつやを出した巨大な口髭を撫でつつ、炎のような視線をモンヒタとワインに投げた。

今日の大佐は機嫌がよく、口数も多かった。こんな大佐を見るのは久しぶりだ。

「エグロフシュタイン！　ヨッホベルク！　こっちに来てわしと飲まんか！　ギュンター！何で教会の蠟燭みたいに突っ立っとる！」――そしてワインを注ぎ――「こんな指貫みたいなスペインの盃じゃいかん。ドイツの大きなグラスはどこにやった。わしの爺さんが教理問答で使ったやつだ」

われわれはテーブルにつき、乾杯して健康を祝しあった。大佐はモンヒタを抱き寄せ、悦に入って大きな口髭をひねっていたが、いきなり感にたえたような声で言いだした。

「エグロフシュタイン！　この娘はわしのフランソワーズ-マリーに生き写しだろう。髪も眉も目も歩き方も！　神に召された妻にこんなスペインの鼠穴で再会しようとは夢にも思わなんだ」

怪訝な気持ちでわたしはモンヒタを眺めわたした。大佐が言ったどの部分も、フランソワーズ－マリーに似ているとは思えなかったからだ。なるほど髪は同じ赤銅色で、眉の形はかつての恋人を思わせないでもない。だが今われわれの前に立つ娘はまったくの別人だ。他のものも大佐の話に呆《あき》れているらしい。エグロフシュタインはにやにや笑い、ブロッケンドルフはトビアスに出くわした魚のように口を大きく開けてモンヒタを見つめていた。

「こっちにおいで、燃える瞳のお前」大佐は言ってモンヒタの手を握った。「パリで買ったきれいな服をやろう。知ってたかい。手荷物のなかにたんとあるんだよ」だがトランクや梱に詰めて持ってきたそうした服が亡くなった妻のものとは、大佐は口に出さなかった。「毎朝ショコラをベッドまで届けてやろう」

「でもあなたはまたすぐに戦場に出て、いつ戻るかは神さまだけがご存知。あなたがいなくなったら、あたしはどうなってしまうの」モンヒタが小声でささやいた。彼女の声をはじめて聞いたのはこのときだ。まさにわが亡き恋人のものだった。悲しさと嬉しさの相混《あい》じった慄《おのの》きが背を伝った。まったく同じ言葉を、同じように淋しげに響く声で、かつてフランソワーズ－マリーからも聞いたからだ。続く何日かのあいだ、われわれは一人残らず、モンヒタのうちにフランソワーズ－マリーを見出したという迷妄の虜《とりこ》になる。この娘をめぐる死に物狂いの鍔《つば》迫り合い、義務も体面もかなぐり捨てた、殺意すら孕む憎悪と嫉妬の応酬——そうした迷妄は、まさにこの瞬間に生まれたのだった。

「何を言う」大佐が大声をあげ、拳でテーブルを勢いよく叩くと、ワイン瓶がはずみで倒れ、壁に掛かった色鮮やかな飾り皿が踊りだした。「わしの行くところは、どこだってついて来い。マッセナ元帥だって常に戦場に妻を連れていったものだ。半年ごとに別の女優をパリから来させた」

「女優ですって?」エグロフシュタインが肩をすくめて言った。「たいてい六グロッシェンほどの娼婦《フリユネ》でしょうよ。サン-ドニかサン-マルタンの癲狂院《プティツト・メゾン》から出て来た奴らで、飽きたら副官に下げ渡すんですよ」

「ほう、副官にな」大佐が言い、嫌な目つきでエグロフシュタインを睨んだ。「それじゃ、わが副官には別のものをやるとするか。連隊の弾薬と靴と背嚢の管理を毎日させてやろう。部下に明日の薪割りと水汲みを命じておいたか。待っておれ、エグロフシュタイン、すぐに動員令を出してやる」

この夜、この瞬間から大佐はがらりと変わった。不機嫌で、むら気で、粗野でさえある人間へと。わたしは目立たぬようドノプとともに隣の部屋に逃げた。部屋にはわれらの友、太っちょの市長と煉瓦色の脚をした傴僂のドン・ラモンがいて、二人して半ば出来上がったガリシアの聖ヤコブを眺めていた。

「いかにも物識りっぽく描けとる」市長が言った。「ある男の説によれば、聖ヤコブは母親のお腹にいるときからラテン語を理解されたそうだ。もっともその男は異端の廉《かど》で火炙《あぶ》りになったがな」

「この聖者は学はあったが美しくはなかった」ドン・ラモンが説明した。「セビリア全土の尖塔よりたくさん顔に疣《いぼ》があった。だが俺は二つきり描かなかった。疣だらけの聖者さまなど、女たちが買うもんか」

「ドン・ラモン！」わたしは会話をさえぎった。「お前は娘をあの老人に売った。恥ずかしくないのか」

ドン・ラモンは絵筆を置き、わたしを睨んだ。

「あの旦那は市《いち》でうちの娘を見かけて後を追った。そして娘に、人が幸福と呼ぶものを約束してくれたのだ。オランダもののリネンの寝具に馬と馬車、小間使い。そして四輪馬車《カレッシュ》で毎朝ミサに行けると」

「ダブロン金貨さえ見りゃ何でも売るのか」激昂したドノプが叫んだ。「銀三十もらえば、ユダの首から縄を切ってやるのか！　お前の聖ヤコブが知ったら何と言うかな？」

「聖ヤコブさまは天にまします。だがわしらはこの辛い地上で生きていかにゃならん」背に瘤のある画家は溜息をついた。「なあ旦那《セニョール》、この市長さんも請け合ってくださろうが、毎日、自分と娘のパン一切れ分を稼ぐのは並大抵のことじゃない」

「お前は貴族だろう、ドン・ラモン」ドノプが怒った。「お前の誠意はどこに行った。お前の名誉はどこに行った！」

「お若い方！　言わせてもらえば、戦《いくさ》がこの先も長く続くようなら、そのうち誠《まこと》だって黴《かび》が生えるし名誉も酸っぱくなってきますよ」

部屋のなかから、大佐が出発をうながす声がした。

「エグロフシュタイン！　部下を八時に召集しろ。九時まで騾馬に荷を積む演習、それから藁と干し草を厩に手配。十時にここへ馬車をよこせ」

エグロフシュタインが踵を合わせて拍車を鳴らす音がした。

「すぐ宿舎に戻れ！　帰ったら薪を二本ストーブにくべて、ホットワイン一杯やって、耳まで毛布を被って寝ろ！」

われわれは大佐に別れを告げ、外に出た。

だが門扉の前でブロッケンドルフは立ち止まり、前に進もうとしなかった。

「俺は戻らねばならん。大佐が帰るまで待つ。そのあと女に会う。真面目な話があるんだ」

「来い、馬鹿野郎！」エグロフシュタインが小声で言った。「さもなきゃ大佐が嗅ぎつけて、また何か意地悪するぞ」

「ちくしょう、大佐に先を越された。それにしても美人だったな。髪なんかまるきりフランソワーズ－マリーだ」ギュンターが嘆いた。

わたしたちは失意に打ちひしがれ、むっつりとして道を進んだ。エグロフシュタインひとりが浮かれて、トラララと歌まで歌っていた。

「お前ら馬鹿じゃないか」ピストルの射程くらいにまでドン・ラモンの家から遠ざかってから、おもむろに彼は言った。「何の不満があるっていうんだ！　われらが大佐どのがまた女房を見つけたんだぞ。あいつが言ったように、初めの女房とほんとに何から何までそっくりなら、大佐が独り占めできるはずもあるまいが」

わたしたちは立ち止まったまま顔を見合わせ、誰の思いも同じであるのを知った。

「その通りだ！」ドノプが言った。「あの娘が俺を目で愛撫してたのを見たか？　俺が別れの挨拶をしたときに」

「そして」ブロッケンドルフ大尉も叫んだ。「あの女はいつまでも俺から目を離さなかった。あの目はこう語っていた——」

だがブロッケンドルフはモンヒタの目が何と語ったのか覚えていなかった。そのままあくびをして、惚れたものの目つきでモンヒタのいた窓を振り返った。

「あの娘の財産はきれいな顔と美しい体だけだ」ギュンターが断言した。「賭けてもいいが、カロリーンターレル貨を八枚、俺が上着の襟に縫いつけていることを教えたら、あの女だってつれなくはしなかろう」

「われらの大佐に栄光あれ！　また女房どのをもらった！」エグロフシュタインが叫んだ。「すぐに俺たちにも昔の floribus と amoribus（花々と愛）の日々が——ラテン語はこれでいいか、ドノプ？」

われわれは握手し、雪のなかを宿舎まで歩いていった。俺こそモンヒタに一番乗りという思いに、誰もが胸をふくらませながら。その晩わたしは遅くまで眠れなかった。この日同室だったギュンターが、鏡のまえで大根喜劇役者みたいなしぐさをして、スペイン語でモンヒタへの口説《くぜつ》を練習していたからだ。「美しいお嬢さん、神があなたの魂とともにありますように。わが心をあなたの足元に捧げます、セニョリータ！」

プフ・レガール

任務をこなしていくうちに日々が過ぎていった。教練と騎行、土塁工事、兵員や厩舎や兵舎の査察。ギュンターとブロッケンドルフは仕事が済むとトランプで暇をつぶし、暖房が効き美味いワインを出す居酒屋〈キリストの血〉亭で大騒ぎをやらかした。わたしは毎日のようにドノプと狩に出て、鶉《うずら》や鷓鴣《しゃこ》、一度などは野兎まで仕留めた。はじめのうちは念のため互いに離れないようにし、最寄りの外塁から馬で半時間以上かかる所には行かなかった。だがどこに行っても危険な目にあわず、ただ農民たちが男も女も仕事に勤しんでいるだけなのを見ると、しだいに大胆になり、遥か遠くのフィゲラスやトルヒロの村にまで足を延ばすようになった。

ゲリラの気配は絶えてなく、畑や葡萄園がのんびりと広がるばかりだった。出会う村人はわれわれに親切で開けっぴろげで、敵意のかけらもない。叛乱や襲撃など、あるいは残忍な狂信者〈皮屋の桶〉など、まるで最初から存在しなかったようにさえ思えた。

ドノプはアリストテレス以降の古典作家が書物に記したことなら何でも読んでいて、馬に乗っているあいだも、ローマの詩人ルカヌスがカトーのウティカへの旅を叙するくだりは、いかにこのスペインの風景そのままであるかを、倦まずわたしに語り聞かせた。ドノプに言わせれば、川辺の女たちが下着を石に打ちつけて洗う様《さま》は、二千年このかた変わってないのだそうだ。そして行き会うスペインの牛車を見てたいそう喜んだ。ウェルギリウスの『農耕詩』の扉に挿入された銅版画そのままだったからだ。古代の著作家の記述によれば、この地はローズマリーやラベンダーやサルビアやタイムで覆われているはずだと彼は繰り返し力説した。そして主街道で羊飼いや農夫や樵《きこり》を見かけるたびに呼びとめて聞いたが、何も得るところはなかった。それらの植物をラテン名だけで覚えていて、スペイン語で出てこなかったのだ。

傴僂の画家の家で大佐と出くわしたあの夜以来、モンヒタとは会っていなかった。噂によれば、司祭が大佐の命を受けて、翌日の朝にはもう彼女の父親に会いに行ったという。そして数時間後に四輪馬車《カレッシュ》が引き出され、モンヒタをボリバル侯爵邸に連れていった。カルメル会通りに建つその家を大佐は自分の司令部と定めたのだった。正面玄関の左右にある石造りのサラセン人の頭像がひときわ目立つ屋敷だった。一階に衛兵の哨所があり最上階にエグロフシュタインの執務室があった。

葡萄栽培や油の製造、穀物の売買、あるいは粗羊毛の加工を生業《なりわい》とする控えめで慎ましいラ・ビスバルの住民にとって、この事件ははじめこそ寝耳に水であったものの、やがて喜びに変わっていった。これほどの高官と地元の娘が結ばれ、しかもそれが皆が幼い頃から知っているモンヒタなのだから、まるで自分たちが面目を施したような栄誉を感じたのだ。それでも不満なものはいなかったわけではない。そういう輩は身をマントに包み、帽子を目深にかぶり、軽蔑の目でわれわれが通り過ぎるのを眺め、異端者だの瀆神者だの、あいつらを地上から根こそぎにするのこそ賞賛に値する行為だのと陰口を叩く――そういう輩もいなかったわけではないが、いまやわたしたちはどこに行っても、親しげで満足げで好奇心に満ちた顔に会った。司祭も説教壇から、スペインとドイツは友好的で、カール五世の時代からすでに互いに名誉で結ばれていると説いた。

ドノプとわたしは日が暮れると毎日のようにカルメル会通りを行き来して、大佐の司令部の前で、馬を巻き乗り《ヴォルテ》にしたり停止《パラーデ》させたりした。だがモンヒタの顔は一度も拝めなかった。格子窓の奥は静まりかえり、ただ石のサラセン人の顰め面が凝然とわたしたちを門扉のうえから見下ろしているばかりだった。

降誕祭《クリスマス》の次の日曜、ま昼ごろにエグロフシュタインがわたしの部屋に顔を見せ、飯を食いに行こうぜと誘った。日曜に宿舎で休んでいるものは、大佐に食事に招かれる習わしだったからだ。

中央広場はいかにも祝日らしく、パンや卵やチーズや鳥肉を売る女たちや、汚らしい聖者像を差し出しキスをしろと迫る乞食やらでごったがえしていた。だが聖母ピラール教会の裏に出ると人影も疎《まば》らになった。エグロフシュタインは機嫌よくはしゃいでいた。

「しめしめ、思ってたよりずっといいぞ」そう言って歩きながら乗馬鞭で長靴の胴をぴしゃりと叩いた。「〈皮屋の桶〉は辛抱強くて間抜けな羊だ。じっと動かず合図を待っている。俺が望むがまま、いつまでも待っていてくれる」

そしてくつくつと笑い、わたしにというよりは、むしろ自分に言い聞かせるように言葉を続けた。

「カルメル会通りの家には厳重に見張りをつけてある。サリニャックの奴もなかなかよくやってる。あそこに陣取って、近づくものは誰彼となく、魂を篩《ふるい》にかける悪魔みたいな目で睨むのさ。侯爵閣下が腐れ藁に火をつけに入りたいんなら、鼠か雀に変装するしかあるまい」

「ボリバル侯爵は死んでますよ。前にも言ったじゃありませんか」わたしはさえぎって言った。

エグロフシュタインは歩を止め、わたしを睨《ね》めつけた。

「ヨッホベルク！　いつもはそれほど馬鹿じゃなかったはずだ。昼間から酔っ払ってるのか」

わたしはむっとして言った。

「ボリバル侯爵は死んでます。大尉自身が銃殺を命じたじゃありませんか。あのクリスマスの前夜、われわれ皆が、すぐに侯爵とわからなかったほど盲目だったとでも言うんですか」

「ヨッホベルク、お前本気で信じてるのか。キュンメルの銀貨を盗んだあの薄汚い騾馬曳きの蝿野郎《ベゼルブブ》が、スペイン王の従弟だって言うのか」

「そうですとも。そしていまは市門の脇の雪の下に埋められてます。侯爵の愛犬はいまだに門番の周りをうろついていて、近づくと決まってぴょんと跳ねますよ」

エグロフシュタインはその場を動かず、額に皺を寄せた。

「ヨッホベルク！　お前、俺にたて突いて怒らせるのを、かねてからこよない楽しみにしてたろう。そりゃお前は誰より賢いに違いないよ。誰かが『甘い』と言うと、お前は『酸っぱい』

と言う。俺がいま『雀』と言ったから、『鶸《ひわ》』って言ってんだろう」

それきり黙って口をきかず、むすっとしてわたしと並んで歩いた。

「話をさえぎってしまいました」しばらくしてわたしは、矛を収めようとして聞いた。「大尉はいまさっき、今後の作戦について話していたところではありませんでしたか」

「そうそう、俺の作戦なんだが」たちまち大尉の顔は明るくなった。「お前も知っている通り、俺たちは火薬車や銃弾や爆弾が輸送されるのを待っている。この前の戦いでやたらに使っちまったんで、弾薬の備蓄はわずかしか残っていない。もうほとんどないんだ。だが輸送隊は既にサラヤゴ村を通過した。あと三日か四日もすればラ・ビスバルに着く」

「もし〈皮屋の桶〉さえ――」わたしは口をはさんだ。

わたしたちは居酒屋〈キリストの血〉亭に着いた。門扉の前で木彫りの聖アントニウスが冬日を浴び、雪解け水を滴らせていた。この聖人はスペインでたいそう崇められており、十二使徒全員をひっくるめたより頻繁《ひんぱん》に名を唱えられている。

エグロフシュタインは立ち止まり、扉の握りに手を延べながら、わたしのほうを向いて言った。

「〈皮屋の桶〉だと？　奴だって輸送隊はそのまま通すに決まってる。侯爵が藁の煙で合図しないかぎり、何もしちゃならんはずだからな。だが三日か四日後、輸送隊を迎えたらすぐ、俺は合図してやる。藁を燃やして〈皮屋の桶〉と手下どもを穴から燻《いぶ》り出してやる。村の餓鬼が蟋蟀《こおろぎ》を燻るみたいにな。そうすりゃゲリラとも永遠におさらばだ」

大尉は扉を押し開け、居酒屋の奥に向かって怒鳴った。

「ブロッケンドルフ！　ギュンター！　用意はいいか？　お前ら大佐を知っているだろう。遅れたら謹慎処分もんだぞ！」

ブロッケンドルフとギュンターが出てきた。二人とも顔が赤い。片方はワインのせい、もう片方は勝負のせいだ。ギュンターは浮かれていた。ブロッケンドルフは例によってのろくさとしていた。相当にきこしめさないかぎり、いつもこうなのだ。

「相手の長靴を賭け取ったのはどっちだ」エグロフシュタインがたずねた。「〈最後のレーゼ〉でもしてたのか。それとも〈三十一〉か〈爆《は》ぜるストーブ〉か、〈農夫よ屈め〉か？」

「〈徒歩傭兵《カルネフエル》〉ですよ」ギュンターが答えた。「俺の勝ちだった」

聖アントニウスは〈まことにマリア様の御宿りは無原罪なりき〉と刷られた紙片を手に掲げていた。ギュンターはそれを取り上げ、代わりにダイヤのジャックを持たせた。聖者は生前と同じように忍耐強く寛容に、トランプの札を指で支えた。

「ギュンターよ」ブロッケンドルフが彼にしては神妙な調子で言った。「バルセロナにいたときは、囚人が毎朝俺の家の前を通って、労役に引っ立てられていった。そいつらの内にいかさま賭博師がいたが、お前そっくりの顔をしてたぞ」

「カッセルの絞首台で泥棒が吊られたのを見たけど、あんたみたいな鼻ぺちゃだったよ」かっとなったギュンターがやり返した。

「自然は」エグロフシュタインが真面目くさって言った。「しばしば奇妙な戯れを好むものだ」

われわれ四人は道を急いだ。

「奴の手にはスペードのキングがある」いまだ興奮覚めやらぬ口調でギュンターは言った。「勝ったと思い込んでそいつを出して、〈突き《シュトース》〉と言いやがる。だがそうは問屋がおろさない。〈払い《プフ》〉には〈突き返し《ゲーゲンシュトース》〉、奴がハートのクイーンを出せばこっちはハートのジャックだ。で、とどめに俺がハートのエースを出して、〈勝負あり《プフ・レガール》〉と宣言すりゃ奴の負けだ」

そしてブロッケンドルフの方を向いて、勝ち誇ったように耳元で叫んだ。

「プフ・レガール、ブロッケンドルフ！　聞いたか。プフ・レガール！」

「たとえお前が最初の男でも」歩きながらブロッケンドルフは仏頂面で答えた。「たちまち愛想を尽かされることだろうよ。小僧よ、お前の導火線はちと短すぎる」

エグロフシュタインは二人を見て低く口笛を吹いた。

「いったい何を賭けた」

「誰がモンヒタに一番乗りをするかを」ブロッケンドルフが答えた。

「そんなこったろうと思った」エグロフシュタインは短く笑った。

「ブロッケンドルフは朝、あの女に道で出くわした」ギュンターが説明した。「そして逢引の約束をとりつけた。明日、ミサが終わったすぐあとで。でも俺が代わりに行く。ブロッケンドルフにはbel air（気品）が欠けてるんで、せっかくの泉を埋め立てかねない。俺なら、この国の言葉でどんな風に女に話しかければいいかわかってる」

エグロフシュタインは聞き捨てならぬとばかりにブロッケンドルフに顔を向けた。

「お前、ほんとうにあの女と話したのか」

「そのとおり、しかもたっぷりと」そう言ってブロッケンドルフは胸をそらせた。

「何と言った」

「俺はお前に惚れてるってずばり言ってやった。俺が必要なのはお前だけと」

「それで？　女は何と答えた」

「外じゃあなたと話せないわと。ラ・ビスバルの慣わしじゃないんだそうで。でも明日、ミサのあとで家に来てって。針仕事も洗濯物もたっぷりあるとさ」

「何、針仕事と洗濯物？」

「なにしろ、お前のためなら針でも灰汁《あく》でも飲んでみせるって言ったもんだから」

「明日、大佐が家を空けたら、俺が行く」ギュンターがきっぱり言った。

「行きやがれ！」ブロッケンドルフが叫び、威嚇の笑い声をあげた。「針でも灰汁でも飲んでこい！」

「ギュンター！」エグロフシュタインが言った。「それからブロッケンドルフ、お前らは自分らだけがこの賭けの仲間と思っているのか。覚えておけ、俺にだって切り札はある。突き《シュトース》も払い《プフ》も突き返し《ゲーゲンシュトース》も思いのままだ」

「でもプフ・レガールは依然俺の手にある。こいつがないかぎり勝てやしない」ゆっくりと底意ありげにギュンターが言った。エグロフシュタインとギュンターの二人は、敵意あるまなざしで互いを探りあった。まるで決闘をしようと市の濠端で向かいあっているように。

やがて大佐の司令部に着いた。騎兵大尉サリニャックが扉の前で、群がる乞食を追い払うのに大童《おおわらわ》だった。今日は日曜なので、乞食たちはいつものように侯爵さまの屋敷で炒り豆とスープの施しを当てにして来たのだ。

「何しに来た、悪党ども、ワインの飲んだくれ！」そうサリニャックは乞食たちに怒鳴りつけていた。「さっさと失せろ、この家には誰も入れんぞ」

「どうかお恵みを、旦那。神さまのご慈悲を受けるおつもりなら、餓えたものにお恵みを！」乞食たちは口々に叫び、そのうち一人はサリニャックの目の前に不具の手を差し出し、「わしにも主は災いを担わされましたから」と訴えた。

騎兵大尉は一歩後ずさり、門衛を呼んだ。すぐに龍騎兵が二人、玄関先から現われ、剣を振り回して物乞いたちを追い払った。だがその一人が逃げざまに振り返って叫んだ。

「お前のことは知ってるぞ、無慈悲野郎！　むかしキリストさまがお前の心ない仕打ちを罰せられた。だからお前は永遠の安息から見放された。牛や馬みたいにな！」

騎兵大尉はその男をきっと見据え、それからわたしの方を向いた。

「ヨッホベルク少尉、貴様はわれわれのなかでボリバル侯爵を見た唯一の男だ。あれら悪党どものなかに、侯爵らしきものはいないか。こんな風にしてひそかにこの家にたどり着くのは十分あり得ることだ」

わたしは苦労して、物乞いたちは日曜ごとの施しにありつくために来ているにすぎないことを説明した。だが騎兵大尉は終《しま》いまで聞かず、農夫に打ってかかった。その農夫は丸太を積んだ騾馬のかげに半ば隠れ、怖いものみたさで騎兵大尉の顔を凝視していた。

「ここで何を探している、馬鹿野郎！」

農夫は手を額や唇や胸に当て、震えながらつぶやいた。

「離しやがれ、ユダヤ野郎、十字架を忘れるな！」

農夫が騎兵大尉をユダヤ人呼ばわりするのを聞いて、わたしたちは笑いを抑えかねた。サリニャックだけがそれを聞いていないようだった。そして疑いの目で農夫を威すように睨み、こう訊ねた。

「お前は誰だ？　何をしにきた？　誰が来いと言った？」

恐ろしさのため口ごもりつつ農夫は答えた。「侯爵さまのために森から木を運んできたんでさ、永遠《とわ》の旦那さま」そしてこの奇妙な称号で騎兵大尉を呼ぶと、改めて十字を切った。

「それなら、地獄の火が燃せるよう、悪魔のところまで薪を持ってけ！」サリニャックが怒鳴りつけたので、農夫は回れ右をして、恐ろしさで狂ったようになって通りを走り去り、その後を騾馬が荒々しく跳躍しながら追っていった。

サリニャックは深く息を吸って、われわれに近寄った。

「きつい仕事だ。朝早くからずっとこうだった。エグロフシュタイン、貴様は執務室で――」そこで言葉が途切れた。別の農夫が荷車に玉蜀黍《とうもろこし》の藁を載せてやってきたからだ。またもや騎兵大尉はこれをボリバル侯爵の変装と疑い、呪いと罵りを浴びせかけた。

わたしたちは彼を放っておいて階段を上った。

上の食堂ではドノプが司祭や市長と話をしていた。この二人もわれわれと同じく食事に招かれたのだった。ドノプはすっかりめかしこんでいた。パンタロンは一番いいやつで、長靴はつややかにワックスがかけられ、黒ネクタイは最新の流行《はやり》通りに結ばれていた。

彼はわたしたちのところに来ると、いわくありげな顔で言った。

「彼女もいっしょに食卓につくだろう」

「そんなことあるもんか」ギュンターが反論した。「俺たちの酢壺大佐が、山羊みたいに首に縄をかけてるからな」

「階段のところであの女に会った」ドノプが説明した。「フランソワーズ-マリーの服を着てた。あのミネルヴァ風の白モスリンの服だ。生きた墓標に出くわした気がした」

「いまじゃ毎日フランソワーズ-マリーの服を着ている」エグロフシュタインが言った。「どこもかしこも前の女房とそっくりにしたいのさ。信じられんかもしれんが、あらゆる甘口ワイン《ヴァン・ド・リキュール》を利きわけろと言ってるんだ。ロザリとサン・ローランの違いをわかれとな。いまはトランプを教えている。オンブルやピケやプティット・プリムやなんやかや《スンマ・スマールム》を」

「俺なら別の遊びを教えるがなあ」ギュンターがそう言って笑い出した。このとき扉が開き、モンヒタが、そして大佐が入ってきた。

われわれは口をつぐみ、お辞儀をした。だが司祭と市長は扉を背にして窓辺に立っていたため、大佐に気づかず会話を続けていた。あたりが静まりかえったなか、市長の声が聞こえた。

「なんもかも、わしの爺さんが話してくれたとおりですわい。爺さんは五十年前、ここであの人に会ったんですよ。気性が激しくすぐ怒り、顔色は死人《しびと》のようで、燃える十字架を額の鉢巻で隠していると言ってました」

「コルドバのカテドラルに」司祭が言った。「肖像が掲げてあって、下にこう記されています。Tu enim, stulte Hebraee, tuum deum non cognovisti すなわち『汝御し難しユダヤ人、汝――』」

ここで司祭は大佐に気づき黙った。ひととおりの挨拶のあと、一同は席につき、わたしはドノプと司祭とのあいだに座った。

モンヒタはブロッケンドルフに目をやると、今朝方口をきいた相手と気づいたのか、微笑みを投げかけた。大佐の隣に座る彼女は、誰もがおなじみの襟の高い白モスリンの服を着ていて、わたしは一時《いっとき》のあいだ、フランソワーズ－マリーを目の当たりにした気がした。忘れようにも忘れられないフランソワーズ－マリーを。

隣のドノプも同じことを感じているらしい。皿に手をつけようともせず、モンヒタから目を離さなかった。

「ドノプ！」テーブル越しに大佐が呼びかけ、シャンベルタンのワインを水で割った。「お前でもエグロフシュタインでもいいから、食事のあとで、ピアノで何か弾いてくれ。『ベラ・モリナーラ』からの小曲か、あるいは『清教徒』のなかの婚礼歌でもいいぞ。ではあなたの健康を祝して、司祭さま《セニョール・クラ》！」

「ドノプ！　大佐が話しかけてるぞ！」夢想にふける隣人に、わたしはそうささやいた。われに返った彼は溜息を一つつくと小さな声でつぶやいた。

「ボエティウスよ！　セネカよ！　かくも偉大なる哲学者の汝らにして、その著作はなんとわずかな救いにしかならぬことか！」

かくて食事は続き、その一部始終は昨日のことのように思い返せる。真向かいにある高い窓を通して、雪を被《かぶ》った丘が遠く見えていた。丘のあちこちに雑木林が黒い影のように点在している。耕地のうえを烏が舞い、遠くで農婦が驢馬に乗り、頭に籠、膝に子供を乗せて市に向かっている。これほどまでに長閑《のどか》な景色が、明日を待たずして一変するとは、いったい誰が予想しえただろう。これがラ・ビスバルの民と親しく過ごせた最後の時になるとは。

市長の隣に座ったギュンターは、自慢そうに声をはりあげ、フランスとスペインへの旅行、それから自らの武勲を語った。わたしの右に座った司祭は、おおいに食欲を発揮しワインを賞味しつつ、わたしが知らないと思っていることどもについて説明してくれた。ここは夏にはたいそう暑いとか、無花果《いちじく》や葡萄がたくさんなるとか、海が近いので魚が豊富だとか。

いきなりブロッケンドルフが何度も鼻をひくつかせたと思うと、片手でテーブルをどんと叩き、勝ち誇った叫びをあげた。

「まもなく皿は鵞鳥の炙り肉の御宿りにあらせられる。この鼻がしかと嗅ぎつけた！」

「これはこれは！　お前は言い当てた！　なんという勘のよさだ！」大佐が言った。

「鵞鳥よ、汝は祝福されたときに来た。Con quibus か Salve regina で歓迎してやろう」そして握ったフォークを震わせた。

わたしたちはみな、その場にいる司祭のために決まり悪い思いをした。ドノプが言った。

「止めないか、ブロッケンドルフ！　宗教の儀式は茶化していいもんじゃない」

「道徳を説くのはやめてくれ、ドノプ、ゲレルトでもあるまいし」ブロッケンドルフが唸った。

だが神父は、この発言で理解できたのは聖母讃歌《サルヴェ・レジナ》だけだったので、腿肉を皿から取りながら言った。

「プラチェンツィアの司教さま、ドン・ファン・マンリケ・デ・ララ猊下は、聖母さまの像の前で聖母讃歌を祈るものにはことごとく、四十日間の免罪を授けられたものです」

「どんどん召しあがれ！」ブロッケンドルフが気前よく市長を鼓舞した。「皿が空になりゃ、次のが来ますよ」

「われらが愛する聖母ピラールさまは」司祭が続けた。「あらゆるところで崇拝され尊敬されています。グアダルーペの聖女さまやモンセラートのマリアさまにも劣らぬ奇跡を行われたからです。やっと去年になって——」

ここで司祭の言葉は炙り肉の一切れとともに喉につかえた。そのまなざしは怯えつつ市長の目をさぐり、そして二人ともが不安を露わにして扉のほうを凝視した。その視線を追ったわたしは、二人が突然驚いた理由を知った。サリニャック騎兵大尉が部屋に入ってきたのだ。

サリニャックはマントを脱ぎ、大佐とモンヒタに敬礼をし、重要な衛兵勤務のため遅刻したことを詫びた。そして席についたが、そのとき初めて、わたしは胸のレジオン・ドヌール勲章に気づいた。

「その勲章はアイラウで得たものだな」大佐が聞いた。──そしてモンヒタに肉を自分の前に出させた。そのしなやかな手と優美なしぐさにわたしたちはみな目を見張った。

「ええ、アイラウでです。陛下みずからの御手で、胸につけていただきました」騎兵大尉の目が濃い眉の下で輝いた。「わたしが急使の命を果して帰ってきたとき、陛下は朝食中で、ショコラを飲んでおられました。『わが近衛兵《グロニャール》よ！』とわたしに向かって言われたのです。『わが老兵よ、お前はあっぱれだった。お前の馬は大丈夫だったか？』──大佐、わたしはすれからしの兵隊です、しかし誓って申しますが、戦闘の日々の緊張のさなかに、陛下がわたしの馬まで気にかけてくださったのを知って、目頭が熱くなったのを覚えています」

「その話のなかで、一つだけわからんことがある」ブロッケンドルフが言って、口をぬぐった。「陛下は朝食にショコラを飲んでいたと言ったな。あれはシロップの味がして、タールみたいに粘々《ねばねば》している。そして歯のあいだに糟《かす》が残る」

「俺は二年前から戦場にいて、十七の会戦や戦闘に加わってる。トレス・ヴェドラスの前線でも戦った」ギュンターが愚痴をこぼした。「だが近衛兵じゃなかったんで、勲章とは縁がない」

「ギュンター少尉！」サリニャックが眉根を寄せた。「二年間戦場にいて十七の戦いに参加したと言ったな。どれだけたくさんの戦場にわたしが立ったか、貴様が名さえ聞いたことのない戦場に、わたしがどれだけ長いあいだ、貴様が生まれてさえいなかった頃から、サーベルを振るったか知っているか？」

「聞きましたか」市長が司祭にささやき、震える指で額に十字を描いた。司祭は天を振り仰いで言った。

「主よ、彼の災難を憐れみたまえ」

「ショコラなんてつまらんものを飲むとは」ブロッケンドルフが続けた。「旨いビールスープ、肉汁でうまく焼いたブラッドソーセージ二切れ、それにジョッキ一杯のビール。これが俺の一番好きな朝食だ」

「陛下をたびたび間近で見たのか、サリニャック？」大佐が聞いた。

「見ましたとも、百もの様々なお姿で執務されているところを。部屋を行き来しながら秘書に手紙を口述するところ、地図を読み地理上の計算に取り組んでいるところ、あるいは馬に乗り、自分の手で大砲の照準を合わせるところや、額に皺を寄せて請願を聞いているところ、頭を垂れ暗い顔つきで戦場を駆けていくところも見ました。だがテントに入り、疲れ果てて熊の毛皮に横たわったときの陛下の御姿ほど、わたしの目に偉大さに満ち溢れて映ったものはありません。唇を震わせ、今後の戦闘を夢見ながら、不安な眠りを眠っているあの御姿ほど。古今のいかなる将軍や征服者も、陛下には比ぶべくもありません。その怖ろしさは、むしろ血腥い古代の王を思わせます――」

「ヘロデ王！」司祭が声をあげた。「ヘロデ王！」市長が呻き、二人して恐ろしげに顔を歪ませ、サリニャック騎兵大尉を見やった。

「ヘロデ王、その通り。あるいはカリギュラでしょうか」そう言ってサリニャックは自分のグラスにワインを注いだ。

「陛下は俺たちを」ドノプがもの思わしげにゆっくりと語りだした。「悲惨の谷へ、血の河へと率いていった。だがそれは、人間が自由で幸福になる道だ。俺たちは陛下に従《つ》いて行かざるをえない。そうする他はない。悪い時代に生まれた俺たちは、来世に平和を希《ねが》うしかない。現世の平和はあらかじめ拒まれているから」

「ドノプよ」ブロッケンドルフが林檎の皮を剝きながら言った。「今日はまた、やけに神妙なこと言うじゃないか。まるで信心に凝り固まった女が懺悔から帰ってきたときみたいだぞ」

「平和など何ものでもない」とつぜんサリニャックが熱《いき》りたって声をあげた。「戦《いくさ》はこれまでの人生で絶えずわたしの構成分子《エレメント》だった。永遠の安息や天国などはわたしには無縁だ」

「そのとおり」悲しげな声が市長の唇から漏れた。

「まさにそのとおり」司祭も呻いた。そして両手を組み、唇を不安そうに歪ませて呟いた。

「主ヨ、ワレヲ助ケ給ワンコトヲ！」

やがて大佐がお開きの合図をしたので、一同は席を立った。サリニャックはマントをはおり、拍車の音を響かせて階段を降りていった。その後ろ姿を司祭と市長は怖れに満ちたまなざしで見送った。そのあと司祭はわたしの上着をつまみ、部屋の隅にひっぱっていった。

「いま出ていった将校さんに、以前ラ・ビスバルでわしらに会ったことがあるか聞いてみてもらえませんか」

「ラ・ビスバルでですか。いつごろの話でしょう」

「五十年前、わしらの爺さんの時代、ペストが猛威をふるった頃ですわ」市長が至極当然といった調子で答えた。

わたしは声をあげて笑い、こんな馬鹿げた問いにはどう答えるべきか一瞬とまどった。市長は懇願するように両手を上げ、司祭は恐怖を表す身振りをしてわたしに黙るよう促した。

ドノプは立ったままギュンターと話していたが、そのあいだもモンヒタから目を離さなかった。

「あれほど似た女は見たことがない。背丈、髪の色、あのしぐさ――」

「一つだけ欠けている」ギュンターがさえぎり、例によって虚勢を張った。「別れ際に俺に『今晩また会いましょう、愛しい人』とささやくことを、あの女に仕込まなくちゃな」

「ギュンター！」大佐がとつぜん部屋の反対側から呼んだ。

「ここです、何でしょうか」ギュンターが答え、大佐の前に立った。

大佐と何か話し合ったあと、ギュンターはすぐにわたしたちのところに戻った。唇を頑なに食いしばり、顔色は壁のように白かった。そしてわたしに毒づいた。

「俺の指揮権をお前に渡せと言うんだ。今日にでも大佐の通信文を持って、テッラ・モリナにいるディリエール将軍のもとまで馬を走らせろとよ。こいつがエグロフシュタインの切り札だったのか！」

「その通信が至急なのは事実だ」口ではそう言いつつも、わたしは大佐の選択が自分に降りかからなかったのを喜んだ。「速足のポーランド馬を譲ってやる。五日もあれば戻れるさ」

「そしてお前は明日、俺の代わりにモンヒタのところに行くんだろう。エグロフシュタインとつるんだな。俺にはわかる。お前とエグロフシュタインは、腐ったバターと黴《か》びたパンだ」

わたしは何とも答えなかった。だがブロッケンドルフが割って入った。

「ギュンター、お前の気持ちなんぞお見通しだ。恐いんだろ、マスケット銃の弾がいまにも唸りをあげて飛んでくるのが」

「恐いだと？　榴弾砲三基が火を吹くなかを突進した俺を忘れちゃ困る」

「大佐はお前の乗馬術に一目置いてるのさ」ドノプが言った。

「鸚鵡《おうむ》みたいにぺちゃくちゃ喋るな」いきなりギュンターが怒鳴った。「俺が見なかったとでも思うのか、食事中にエグロフシュタインが大佐とひそひそ話してたのを。奴は俺を百マイルのかなたに遠ざけたいのさ。モンヒタのためにな。畜生め、覚えてやがれ。エグロフシュタインの奴、いつも何か嗅ぎまわって、誰か二人が話してると、税官吏みたいに背後で聞いてやがる」

「どうしようもあるまい」ドノプが言った。「大佐に命じられたんじゃ、泣こうが喚《わめ》こうがむだだ」

「行ってたまるか。お前らの前から退却するくらいなら、雷に打たれて地下一万尋《ひろ》に埋もれたほうがましだ！」

わたしはギュンターを小突いて黙らせた。モンヒタがエグロフシュタインのピアノ伴奏で歌いはじめたからだ。

曲はオペラ『清教徒』から「私は可憐な乙女」だった。出だしの音を聞いただけで、もの悲しい痛み、そして至福の思い出がよみがえった。このアリアはフランソワーズ゠マリーが何度となく歌ったものだ。今のモンヒタと同じように、子どものような丸い肩で、赤みを帯び重く垂れる金髪で、小さな面《おもて》を伏せ加減にして、ひそかにわたしに笑いかけたものだ――わたしは恍惚となった。あの慄える体を感きわまって抱きしめたのは、つい昨日のことではなかったか。あの歌う唇をキスで塞いだのは、つい昨日のことではなかったか。そのときふと浮かんだ思いつきに、わたしの心は虜《とりこ》となった。今日別れ際、あの手のうえに屈みこめば、前のようにこっそりと、「愛しい人、今晩また」とささやいてくれるに違いない。どうしてそうでないことがあろう。

とつぜんモンヒタは、Nel cuor più non mi sento（もはや心に感じられない）のところで歌を止め、縋《すが》るような顔を大佐に向けた。大佐は駆け寄って、愛しそうに赤毛を撫でながら言った。

「人前で歌うのははじめてだったな。頭がちっちゃいもんだから、出だしのところしか入らない」

「いい声をしてますでしょう」司祭が言いながら、部屋の隅から戻ってきた。「祝祭日にはときどき教会で歌ってくれました。ボリバル侯爵が書庫の整理のためにしばらく雇っていた神学得業士《リセンシアド》といっしょに。いまではその男も、マドリッドで礼拝堂付き司祭という結構な地位についていてますよ」

「またボリバル侯爵か！」大佐が叫んだ。「一日中その名ばかりが耳に入る。どこにいる。どこに隠れておる。なぜ顔を見せない。このわしに挨拶もせずにいるという法はあるまい」

このとき沈黙を守っていたほうが賢明ではあっただろう。だがわたしの秘密は一人で担うには重すぎた。

「大佐！　ボリバル侯爵はすでに死んでいます」

エグロフシュタインが顔を顰め、ピアノから立ち上がった。そしていらただしそうに言った。

「ヨッホベルク！　また性懲りもなく、あの戯《たわ》けたお伽話で俺たちをくたびれさせるのか」

「嘘じゃありません。ボリバル侯爵はクリスマスの前夜、わたしが市門警備の担当だったとき、部下に銃殺させました」

エグロフシュタインは肩をすくめた。そして大佐のほうを向いて言った。

「過度に刺激された空想力が生んだ幻にすぎません。ボリバル侯爵は生きていて、思うに、よからぬことをたんと企んでいます」

「死んでいようがいまいが」きっぱりと大佐が言った。「いったん侯爵の計画を知ったからには、万全を尽くしてそれを阻止すべく努めねばならん」

「それでも言わせてもらいます」エグロフシュタインの嵩《かさ》にかかった、馬鹿にしたような言い方が頭にきて、わたしはなおも続けた。「侯爵は死んで埋葬されました。われわれは藁人形と、亡霊と、夢まぼろしと格闘しているにすぎません」

そのとき勢いよく扉が開いた。サリニャックが部屋に入ってきた。顔はいつにもまして生気がなく、額に布を巻き、サーベルを握りしめ、急いで階段を駆け上ったためか息を切らしていた。そして目で大佐を捜した。

「大佐！」喘ぎまじりに言葉が吐き出された。「あの合図は大佐の命令でなされたものですか」

「合図だと？　何のことだ、サリニャック。わしは何も命じておらん」

「屋根から煙が！　藁が燃えています！」

エグロフシュタインが身を起こした。顔は石灰のように白かった。

「奴だ。奴のせいだ」

「誰のせいですか？」わたしは叫んだ。

「ボリバル侯爵だ」重い舌で彼は言った。

「ボリバル侯爵か！」恐ろしく興奮したサリニャックが叫んだ。「ならまだここにいるな。玄関から出たものはいないから」

彼は猛然と出て行き、われわれは扉が勢いよく閉まる音と龍騎兵たちの足音を聞いた。足音は魔王に率いられた死霊のように部屋部屋を、廊下を、階段を襲撃していった。

「大佐！」ギュンターの声が一同の重苦しい沈黙を破った。「これでも大佐は、ディリエール将軍に親書を持っていくよう仰せられますか」肩で壁にもたれた彼は、両腕を背中に回し、そりかえって微笑んだ。そのとき気づいたが、この数分間、部屋で奴を見かけなかった。

「手遅れだ」大佐がつぶやいた。「一時間のうちに市はゲリラに封鎖される。お前じゃ突破できまい。輸送隊はあきらめるしかない」

「子どもが死産じゃ、代父も用なしですね」ゆっくりとそう言ったギュンターの目は得意げで、イスカリオテのユダの輝きを帯びていた。「ヨッホベルク！　ポーランドの馬をありがとうよ。

だがもう要らなくなった」

「なによりまずいのは」エグロフシュタインがさっきより暗い顔で言った。「薬包が一人頭せいぜい十しかないってことです。ヨッホベルク、これでもまだボリバル侯爵は死んだと言い張るのか？」

ギュンターの立っているあたりから、かすかな、わたし以外の耳には届かない声が聞こえた。

「プフ・レガール！」

サウル王とエンドルへ

火曜日の朝、わたしはサンロケ外塁で任務につくため市外に向かった。わが軍は土塁と堡塁の増強に着手し、すでに外壁と広い塹壕を持つ二個の半月形外塁が半ば完成していた。戦線がこの日ブロッケンドルフの中隊によって敷かれ、〈ヘッセンの公子〉連隊の大隊もその半数が増援のため合流した。わたしの麾下《きか》の龍騎兵は市内の治安維持を担当し、街路の巡察にあたっていた。

司祭館の前を通ったとき、ティーレ伍長の姿が見えた。地べたに座り、行進歌〈われらの従弟マチース〉を口笛で吹きながら、脚のあいだに置いた野戦用の鍋を木槌で叩き直していた。「少尉どの！」と伍長は街路の向こうから声をかけてきた。「昨日はとうとう地獄に穴が開いちまって、悪魔どもがわんさか地に転がり出てます」

ゲリラのことを言っているのだった。わたしは伍長に同行するよう命じた。錯綜する堡塁と塹壕のなか、ひとりではサンロケ外塁まで行けないかもしれないと思ったからだ。彼は木槌を肩に担ぎ、鍋を揺らしながら、わたしと並んで歩いた。

一夜のうちに市はその外見をすっかり変えていた。すがすがしい冬日和というのに市場は寂びれきり、昨日まで賑やかに仕事に励んでいた水運び人や魚売り、野菜売りや騾馬曳きや物乞いも誰一人姿を見せない。住民たちは屋内に潜み、ときおり老女が不安をあらわにして、一つの家から別の家に急いで移るのを見かけるくらいのものだった。

それでも騒音と活気に欠けているわけではなかった。騎馬伝令兵はたえまなく外塁と司令部とを行き来し、火薬運搬車は車輪をがたつかせてわたしたちを追い越し、糧食と土工器具を背負った騾馬が列をなして通りすぎた。市門の向こうの窪地にはヘッセン大隊の軍医が小屋をしつらえ、患者輸送車に寄りかかりパイプをふかしながら、最初の負傷兵を待っていた。

「夜間哨兵と敵とのあいだで」ティーレが歩きながら報告した。「すでに小競り合いがありました。哨兵はゲリラを三人捕虜にして、報告書とともに市に先発させました。三人ともノアの箱舟から転げ出たばっかりみたいな姿でしたよ。ああしたゲリラどもはどうして、揃いも揃って猿や騾馬や山羊そっくりの顔をしてるんでしょうねえ」

ティーレは少しのあいだ考え込み、この奇妙な現象への説明を自分で見つけた。

「玉蜀黍とか団栗《どんぐり》とか、俺たちの国じゃ家畜の餌にするようなもんを喜んで食べるせいですかね。いまはおとなしくなりましたけど、一時間前まではぎゃあぎゃあ大変なもんでした。奴らの将校を囲んで輪になって、朝の祈りを歌うんです。まあ悪魔べへモスへの讃歌ですね。べへモスはあらゆる汚物と家畜の餌の守護聖人ですから」

そう言うと彼は軽蔑したように地面に唾を吐いた。そうこうするうちに、砦杭で囲われた眼鏡形堡塁《リュネット》〈モン・クール〉に着いた。ヘッセン大隊の擲弾兵が塹壕のなかで衣嚢や背嚢のうえに寝そべっていた。二人の当直将校、シェンク・ツー・カステル゠ボルケンシュタイン大尉とフォン・デュビチュ少尉が虎皮の襟をつけた薄青色の上着姿で、眼鏡形堡塁の背面入口のところで話をしていた。わたしが形式的に挨拶をすると、二人はぎごちなく返礼した。彼らとわれわれのあいだには古い痼《しこり》があり、それはバリャドリッドの閲兵の際、陛下が〈公子〉連隊に一瞥もくれなかったことに端を発するものだった。

わたしたちは角面堡を通り過ぎ、幕壁〈エストレリャ〉を回って第一外塁に着いた。ここでティーレ伍長は帰した。ブロッケンドルフの部下が熱心に仕事をしているのが見えた。というのも防衛線のこの部分は半分もできていなかったからだ。土塁や堡塁を柴で被覆するものもいれば、僧帽堡の銃眼を修繕したり遮蔽庇を差し掛けるものもいた。ドノプは長柄のシャベルを手に、地雷の埋め込みを監督していた。防衛線のこの部分は大佐がしかるべき命を下せば爆破されることになっている。朝食のパンとワイン一瓶がすぐ近くの地面に置かれ、その傍らにポリュビオスの戦術論の一巻もあった。

「ヨッホベルク！」ドノプがわたしに呼びかけ、シャベルを壁に立てかけた。「お前は帰っていい。今日の仕事はギュンターが代わりにやる」

「ギュンターが俺の代わりに任務についているのか」不審に思ってわたしは聞いてみた。「何も聞いていないぞ」

「奴が自分で志願したんだ」ドノプが説明した。「そしてお前のこの自由な一日はモンヒタのおかげだ」

そして笑いながら、いささかの悪意をもこめて、ギュンターのモンヒタ詣での哀れな顚末を話してくれた。ギュンターの奴、昨日ちゃんと朝のミサのあと、大佐の美しい愛人のもとに姿を見せたんだそうだ。そして花を持参しなかったことを詫びた。冬でさえなければ、燃える愛の薔薇を花束にして捧げたでしょうに、あるいはまことの思いの証として青い勿忘草《わすれなぐさ》、聖ゲオルクの花飛燕草《ひえんそう》、それからチューリップと菫《すみれ》、これは何を意味してるか忘れたが、まあそういったことを色々喋ったらしい。

それから自分の愛がいかに真剣かを話しだした。モンヒタは氷水とショコラを持ってこさせて、にこにこしながら聞いていた。どうやらギュンターの陽気で調子のいいところが気にいったようだ。モンヒタは奴にマドリッドに行ったことがあるかとたずねた。お父さんが言ってたけど、あそこじゃ街にいる人はみんなイギリス人の靴直しか、そうでなきゃフランス人の床屋なんだって。本当なの？

ギュンターはマドリッドを話題にするのは止めて、大佐について話しだした。大佐の何よりの願いは自分の嗣子、つまり相続権を持つ息子を持つことだ。いったん大佐がそれを得れば、きっとあなたを嫁にするだろうよ。

これを聞いてモンヒタの目が輝いた。前の奥さんに会ったかとギュンターに聞き、できるだけその人とそっくりになりたいのだけど、まだ知らないことがたくさんあるからと言って、何もかも話すよう頼んだ。

「スペインの本に書いてあることといったら」ため息をひとつついてモンヒタは言ったそうだ。「王さまがいつ生まれたかとか、いつ洗礼を受けたかとか、どの王女さまと結婚したかとか、誰がその結婚を成立させたかとか、そんなことばかりなんだもの」

ギュンターは大佐の息子欲しさのほうに話を戻した。モンヒタがうちとけてきたと思ったあいつは、さらに図に乗って、君の幸福の手伝いをしてあげよう、俺にまかせてくれ、なにお安い御用だと言いだした。

モンヒタは怪訝そうに奴を見た。何を言っているのかすぐにはわからなかったからだ。そこでギュンターは二度三度、より婉曲でない言葉で繰り返した。

するとモンヒタは黙って席を立ち、奴に背を向けて窓のほうに向かった。ギュンターは彼女が考えているのかと思い、少しのあいだ辛抱強く待っていた。それから自分も立ち上がり、決断を促そうと、うなじにキスをした。

彼女はさっと振り向き、怒りに燃える目で奴を見た。そしてかたわらを通り過ぎ、戸口から外に出て行った。

奴は気を悪くし、がっかりしながらも、まるまる一時間も部屋で待っていた。うまくいくと信じて疑わなかったからだ。一時間後、とうとうモンヒタが戻ってきた。

「あらまだいたの？」驚いて彼女は言い、ますます怒りをつのらせた。

「君を待っていたんだ」

「あんたの顔なんか二度と見たくない。帰って」

「帰るもんか。許してくれるまでは」

「いいわ。そんなら許してあげる。でもすぐ出て行って。大佐さんがそろそろ戻ってくるわ」

「それなら許しの証にキスしてくれないか」

「正気なの？　帰ってって言ってるでしょ！」

「キスしてくれるまで――」

「後生だから帰って！」あわててモンヒタがささやいた。しかしその瞬間、扉が開き、大佐が敷居に立っていた。

大佐は驚いたような目で奴に一瞥をくれ、それから戸口のそばで青ざめ狼狽して立っているモンヒタに目を向けた。

「わしを待っておったのかね、ギュンター少尉？」やがて大佐はそう言った。

「自分は」そこで奴は口ごもった、「任務につくことを届け出に来ました」

「エグロフシュタインが執務室にいなかったか？　どこで任務につくというのだ」

「サンロケ外塁です」あわてて奴は言った。

「よろしい。しっかりゲリラを見張っておけ」

そこで全速力で部屋を脱出すると、嵐のように階段を駆け下りた。そのあと奴は街で俺に出くわしたので、竈《かまど》にかけたシチュー鍋みたいに煮えたぎりながら己《おのれ》の不運をぶちまけたというわけだ。

「ということで」ドノプはそう話を締めくくった。「お前は非番になり、代わってギュンターが任務につかねばならなくなった。モンヒタに感謝するんだな。だが俺ならもっとうまくやる。あいつは一見如才ないが、一皮めくれば押しが強いだけの阿呆にすぎない」

ギュンターはまだ来ていない。だがエグロフシュタインはブロッケンドルフと共に胸壁の陰に立って、小型望遠鏡でゲリラを観察していた。おびただしい数のゲリラが、フィゲラス村の近辺とデュエロ河の向こう岸に群れをなして蠢《うごめ》いていた。ゲリラどもの灰色で丈長のマントは裸眼でも識別できたし、望遠鏡だと帽子につけた記章さえ見えた。

「火砲と名がつくものなら何でも持ってやがる」エグロフシュタインはそう言って望遠鏡を下ろした。「二十四ポンド砲と、フィゲラスの教会右手にリコシェ砲台。だが、奴らが動き出す前に、堡塁の設営は終えられよう」

「ゲリラの大砲！」ブロッケンドルフが唸った。「そんなのが何だ。あの大砲なら知ってるが、木を彫って作ってあって、砲架代わりに犂《すき》の刃をひっくり返して地面に固定してやがる」

エグロフシュタインは肩をすくめ、何も言わなかった。だがブロッケンドルフは呪いはじめた。

「畜生め、こんども大佐の野郎、攻撃命令をいつまでためらうつもりなんだ。百万の爆弾が落ちやがれ！　戦ならどんなにくたびれようと平気だが、こんな風にじりじり待ってるだけじゃ、しまいにゃ気が狂っちまう」

「大佐には」エグロフシュタインが言った。「ちゃんと考えがあるのだ。俺は大佐の作戦計画を知ってるが――」

「作戦計画ときたか！」ブロッケンドルフが食ってかかった。「作戦を組むことは難しくない。俺でもあんたや大佐並みにはできる、あんなに汗をかいたり頭を痛めたりせずともな！」

「あっちの方に」ドノプがこちらにやってきて、シャベルで西を指した。「ディリエール将軍がいます。将軍が介入するまでの時間をかせげれば、その先進部隊だけでも勝敗を決めるには十分でしょう」

「行っちまえ！」ブロッケンドルフが言い、ドノプを上から下まで見た。「新兵に銃磨きでも教えてろ！」

「ブロッケンドルフ、ならお前の作戦とやらを言ってみろ」馬鹿にしたようにエグロフシュタインが言った。「いつまでも撃鉄を起こしっぱなしにするな。さっさと撃たんか！」

「俺の作戦は」ブロッケンドルフが口髭を撫で、粗暴な目つきで言った。「右に擲弾兵、左に軽歩兵！　左右から進軍！　銃構え！　撃て！——あえて聞くが、何のために擲弾兵に毎日毎日俸給と二ポンドのパンをやってる」

「それから？」

「それから？　山賊どもから銅の醸造釜を徴発だ。手回し臼と、それからありたけのホップと大麦も。それで夜、宿舎に戻ってから、ビールを五樽分醸造する」

「それで終わりか？」

「それから毎日が喜びの主日《レターレ》とハレルヤ！　エグロフシュタイン、あんたもほろ酔い気分にならなくちゃ」ブロッケンドルフはそう言って彼の作戦を締めくくった。

「ひとつ忘れてるぞ、ブロッケンドルフ！」エグロフシュタインが指摘した。「命令がひとつ足りない。『退却ラッパを吹け！　後退！　命がけで逃走！』」——ここで声をささやきまでに低めた。「弾は一人あたり二箱しかない。わかってるのか」

「わかってるのは」ブロッケンドルフが不機嫌な顔で言った。「こんな粘土の溝にうずくまってるだけじゃ、レジオン・ドヌール勲章なんか夢の夢ってことだけだ。もう文無しだし——思っただけで地獄にいるような気分だ」

「一人あたり実弾十発。これがわが軍の備蓄すべてだ」そう小声で言ったあと、エグロフシュタインは部下が聞いていないかとあたりを見回した。「六万発の銃弾を積んだ輸送隊がこちらに向かっているのを、どこからボリバル侯爵が嗅ぎつけたか、悪魔だけがご存知だ」

「あり金は残らず」ブロッケンドルフが言った。「マドリッドの〈トルトニ〉亭で吐き出しちまった。なんせ腎臓のすばらしいとろ煮と、鯖の白子のパイみたいなもんを出すから。あんなのは世界中探したって見つからない」

「だがいったい、奴はどうやってあの家に出入りしたんだろう」

「誰がです？」ドノプが聞いた。

「ボリバル侯爵に決まってるだろ」エグロフシュタインが叫んだ。「正直なところ、これだけはさっぱりわからん」

わたしなら答えられたが、この場では知っていることを口にしたくなかった。

「思うに」ドノプがきっぱりと言った。「ずっと屋敷に隠れていたのでしょう。そうでもなければ、ちょうどいい頃おいに藁を燃して合図を送れるわけないじゃないですか。ほかに考えようがありますか？　あったら教えてもらいたいもんです」

「サリニャックは屋敷の隅までくまなく捜した」エグロフシュタインが反論した。「猫一匹、鼠一匹逃さずにな。もし屋内にいたら、サリニャックに見つからんわけがない」

「俺の部下どもは」ブロッケンドルフが言いだした。「どういうわけだか輸送隊をゲリラに奪われたのをサリニャックのせいにしてやがる。何でそうなるんだ。部下どもに言わせりゃ、サリニャックが来てこのかた、連隊の運は傾きまくってるんだとよ。志気の挫けようときたら、もう目もあてられない」

「農夫やラ・ビスバルの市民は一人残らず」ドノプが思いついたように言った。「サリニャックを病的に恐れています。サリニャックに出くわすと、あわてて近くの街角に隠れたり十字を切ったりするんです。見てて笑い出したくなるほどです。天然痘に罹ってるとでも思ってるんでしょうかね。でなけりゃ邪眼の持ち主とでも」

ドノプとブロッケンドルフの話を聞いて、エグロフシュタインは顔色を変えた。

「本当か？　十字を切るだと？　避《よ》けて通るだと？」

「ええ。女たちもサリニャックを見かけると、急いで子供を家の中にやります」

「ブロッケンドルフ！」少し沈黙したあとエグロフシュタインは言った。「お前覚えてるか、ヴィツェプスクでポーランドの槍騎兵《ランシエ》どもが反乱を起こしたことを」

「覚えてるとも、上等なパンと鞭刑の撤廃を要求されたっけ」

「違う！　そんなことじゃない。ある夜、ポーランドの槍騎兵どもが集まって不満をぶちまけやがった。指揮官は神に呪われた奴で、連隊がペストにやられたのも、あの指揮官がいるせいだと訴えたんだ。陛下は反乱兵から三十人選んで見せしめのため銃殺させた。全員が小さな袋のなかから黒か白かの籤《くじ》を引かされたんだ。あのときの指揮官がサリニャックだった」

　わたしたちは訳がわからず、誰も口を出さなかった。そろそろ昼だった。うららかなそよ風が耕地に吹きわたり、まるで春先のような陽気だ。シャベルや鋤《すき》をふるう音や土砂の滑り落ちる音があたりから聞こえた。

「兄弟」何か覚悟でも決めたように、急に姿勢を改めてエグロフシュタインが言った。「嫌な予感なら何日も前からあったんだが、今日それがさらに強まった。お前らは信用できるか？　俺の考えを話してもいいか？　誰にも漏らさないだろうな？」

　わたしたちは約束し、期待に満ちた目で大尉を見た。

「俺はくだらない迷信はひとからげに馬鹿にする男ってことは、お前らも先刻承知だろう。神さまだろうと聖者だろうと救難聖人だろうと、天にましますす有象無象の連中だろうと、俺に言わせりゃ屁のかっぱだ。黙れドノプ！　口を出すな！　アルントの『真のキリスト教』なら、お前同様読んでいる。ブロッケスの『神における地上の喜び』もな。いろんな奇麗事は書いてあるが、その裏にはこれっぽかしの真実もない」

　ドノプは頭を振った。わたしたちは立ったまま、兜の鋲にとめた羽根飾りが触れあうまで頭を突きあわせた。

「老いぼれの阿呆どもは」エグロフシュタインが続けた。「天の凶徴やら、星の敵意ある配置やら、金星や太陽や三角形の危険な影響やらについてあれこれ言ってるが、どれもこれもお笑い種《ぐさ》だ。ここいらの女さえもが、半クワルトで掌から生命線やら感情線やら幸運線やらを大真面目に読みとろうとしてる。すべて馬鹿馬鹿しいぺてんだ。スペイン人どもがいかに聖なる御《み》業《わざ》と思おうともな」

「だからどうしたって言うんです！」ドノプが急《せ》かした。

「だが一つだけははっきりしている。笑うなら笑え。だが俺は信心家どもがミサ聖祭を信じるのと同じくらい信じてる、破滅の先触れをなす人間がいるってことをな。そいつはどこに行こうが災厄と破滅を運んでくる。そんな奴がいる。ドノプよ、俺はそれを知っている。たとえお前が俺を妄想家と言って笑おうともな」

「笑いやしませんとも。誰しも一度はサウル王といっしょにエンドルの口寄せのもとへ行くものです」

「だからこそ、クリスマス前夜にサリニャックが俺たちの部屋に入ってきたとき、俺はあんなに驚いたんだ。口にこそ出さないが、奴が奴の指揮権もろとも、地獄でもどこでも行ってくれたらと、俺は切に願っている」

「サリニャックがどうした」ブロッケンドルフがあくびを噛み殺しながら聞いた。

「ブロッケンドルフ！　お前だってプロイセン戦役に参加したじゃないか。サリニャックの噂は耳にしたはずだ。俺が知っていることを教えてやる」

そして逆さになった軍用バケツに腰を下ろし、顎を両手で支えて語りはじめた。

「一八〇六年十二月のことだ。オージェロー兵団はウクルスト村からヴィスワ河を渡った。敵の妨害もなく渡航は順調に進んだ。ちょうど最後の橋脚舟《ポントーン》を岸から突いて離そうとしたとき、サリニャックが現れた。ベルティエ参謀長の至急便を陛下に届ける途中だと言って、馬もろとも舟に乗りこんだ。舟が急流の半ばまで達したとき、流れ弾が舵手に当たった。動揺と混乱が起こり、サリニャックの馬が怯えて暴れた。舟は転覆し、アルベール大佐の十七人の擲弾兵が兵団の目の前で溺死した――サリニャックだけが馬といっしょに対岸まで泳いでいった。ヴィツェプスクで暴れたポーランドの槍騎兵どもなら、なぜそいつらが死んだかわかるだろうよ」

「そんな馬鹿な」ドノプが声をあげた。「そんな偶然からなぜ結論を出したりするんです?」

「偶然、そうかもしれん。だがその偶然がやたら重なるんだ。いいから聞け」

エグロフシュタインはポケットから手帳を出してちらりと見た。

「一八〇七年一月に、第十六常備連隊が壊滅したときの話をしてやろう。連隊はヴァルタ河沿岸を、雲霞《うんか》みたいに襲ってくる敵の騎兵隊を蹴散らしながら、ブィドゴシュチュ目指して行軍していた。一月八日から九日にかけて、部隊は木々と柳の繁みで隠れた場所で野営した。日が出てまもなく、連隊はプロイセン軽騎兵の襲撃をうけた。毎日のように起こることだったから、フェネロル大佐は苦もなく防戦できるはずだった。しかしどういうわけだか、白兵戦になる寸前まで、大佐はそれを味方のダヴー兵団の一部と勘違いしていた。戦いが始まってまもなくフェネロル大佐は倒れ、あの立派な連隊も文字どおり壊滅した。このことは知ってるものもいよう。だがお前らの知らないことがある。決戦の何日か前、サリニャックがミュラ麾下の騎兵中隊の猟兵二人とともに合流していたのだ。そして奴だけが、将校でただ一人、首尾よくブィドゴシュチュまでたどり着いた。これもまた偶然というならば――」

「でもそんなのは全部、世界で一番自然な理由で説明できるでしょう」ますます訳がわからないといった口調でドノプが言った。

「なら俺自身がかかわった話をしてやる。同じ年の二月十一日、俺はパーゼヴァルクに到着した。その夜は凍えるような寒さで、二フィートも雪が積もるなか、俺は泊まるところを探していた。道でサリニャックに出くわした。またもや急使だったが、俺と同じく、そのときまで宿を見つけられずにいた。すでに軍隊では奴の名は、災厄の起きるところには決まって居合わせるが、必ず命が助かる男として名高かった。いまでも覚えているが、からかい半分にそれをあてこすってやると、何とも返事をよこさなかった。ようやく家畜小屋の隅に寝場所が見つかったので、一夜をともにすることにした。

夜中の一時ごろ、爆音で目が覚めた。寝てた床が震えるくらいの物凄い音だった。近くの火薬製造所が宙に舞い、町の半分を道連れにしたんだ。外から断末魔や怪我人の呻き声が聞こえた。俺も落ちてきた垂木で腕の骨を折った。なのにサリニャックは旅装を完全に整えた姿で小屋を行き来してて、傷一つなかった。そして泣いていた」

「泣いていたですって」ドノプが叫んだ。

「俺にはそう見えた」

「俺が小さかった頃、おふくろが泣く男の話をよくしてくれました。なんでも自分が呪われていて、世に災いをもたらすから泣くんだそうです。おふくろは誰の話をしていたんだっけ」

「だが一番肝をつぶしたのは」エグロフシュタインが続けた。「二時にもならぬうちに、サリニャックがさっさと旅立ったことだ。まるで災厄を待ちうけていて、いったんそれが起こると、もうお役御免とばかりに、今度は別の町に恐怖と破滅をもたらしに行くみたいだった。頭が混乱しててそんな気さえした」

「泣く男――」ドノプが小声で繰り返し、考えに沈んだ。「おふくろが話してたのは誰だったか――思い出せない。まあいいや」

しかしわたしは思い出した。農夫や乞食の不思議な噂話を。大佐との会食中に市長や司祭が見せた奇妙なふるまいを。

「主よ、彼の災難を憐れみたまえ！」司祭は動揺収まらぬ目でサリニャックを見やり祈っていた――とつぜんサリニャック自身の言葉、クリスマスの朝、半ば自分に言い聞かせるようにつぶやいた言葉が耳に蘇った――わたしと歩みを共にするものは長生きできない。体に震えが走りわたしは怯えた――何に怯えているのかさえ判然としない、かすかに思いあたる遠い過去の神秘――だが一時《いっとき》の感じは何もかも、たちまちのうちに失せていった。鋤やシャベルや擲弾兵の銃が冬日を浴びて、あちこちで輝かしくきらめいている。フィゲラス村の教会塔、遠くの丘に雪を頂《いただ》いて繁る桑の木、あらゆるものが、遥か遠くのものまで、明るい冬の日差しを浴びて澄みきって目に映る。ほんの一瞬だけ、自分を恐がらせるもののかすかな名残を感じた――だがそれも消え、わたしは救われた気持ちになった。
「一昨日《おととい》のことなんだが」今度はブロッケンドルフが言いだした。「クラレットが二瓶、それからブルゴーニュも一瓶消えた。家じゅう探し回ったら、家主のおかみがベッドの下に隠してた。少なくともこれはサリニャックのせいじゃなかろう。何ごとも原因を究明するのが大切だ。それはそうとクラレットみたいに情けないほど薄くて水みたいな酒はこの世にないな。他に何もないときでもなきゃ、飲めたもんじゃない」

乱暴な呪いの声と千の罵りが、それほど遠くない半稜堡のなかから聞こえた。ギュンターの声だ。今ごろ来て擲弾兵たちに仕事を急かせているのだ。

すぐにブロッケンドルフが声をはりあげて叫んだ。

「ギュンター！　こっちに来い！　あの女がどんな甘いことをお前にささやいたか聞かせてくれ」

ギュンターはやって来ると、不平そうにうんざりした様子でわたしを睨んだ。代わりに任務につかねばならなかったのを恨んでいるらしい。そして乾いた場所を探して座った。

ブロッケンドルフは彼の前に、股を大きく広げ立ちはだかった。

「あの女、お前に何と言った、俺たちにも聞かせろ。すぐまた来てちょうだいって言われたのか。寝室でいちばん愛しい人って言われたのか」

「お前は世の中で一番馬鹿で、一番お喋りで、一番酔っぱらいだとよ」憎らしげにそう答え、擲弾兵に鋤で殺されて塹壕に転がっている土竜《もぐら》を足で蹴った。

エグロフシュタインが不快そうに眉を顰めた。部下の面前で二人に喧嘩させたくなかったからだ。だがブロッケンドルフは破顔し、気分を害したというよりはむしろ嬉しそうに言った。

「あの女が俺を話題にしたってほんとうなのか。嘘じゃないだろうな」

「嘘じゃない。菜園で立っててねって言ってた。野兎が入らないよう見張ってほしいとさ」ギュンターが悪意をこめて嘲るように言った。

「ギュンター！」エグロフシュタインが口をはさんだ。「ブロッケンドルフにもっと敬意を払ったらどうだ。ブロッケンドルフはお前がサーベルさえ持たない頃から連隊にいるんだぞ」

「講義を聞きにここに来たわけじゃない」ギュンターがそっけなく言った。

「礼儀作法の講義がお前には必要だ」エグロフシュタインが言った。「お前ときたら理屈ばかりこね、皮肉ばかり言って――」

ギュンターは飛び上がった。そして激昂したきつい口調で言った。

「大尉！　大佐なら俺を『お前』呼ばわりなどしない。大尉にも同じ丁重さを要求します」

エグロフシュタインは目を剝いた。だがきわめて冷静に言った。

「ギュンター！　まあ座れ。お前の厚かましさには、争う気も失せた」

「もう我慢できない！」ギュンターが叫んだ。声は怒りでしゃがれていた。「侮辱はいいかげんに止めたらどうです。さもなきゃ――」

「さもなきゃ何だ。言ってみろ」

「さもなきゃ」彼は叫ぶと、いったん息を継いだ。「償いを力ずくでもさせてみせます。顔が丸つぶれになって、将校の制服も着られないようにしてあげましょう」

ドノプとわたしは仲裁に入ろうとした。だが遅すぎた。

「よかろう」エグロフシュタインが冷ややかに言った。「少尉がそう言うなら」——彼は振り返って、近くの塹壕のなかで空の砂袋を繕っていた従卒に、なにげない口調で呼びかけた。「マルティン！　明日の朝六時、ピストル二丁と熱いコーヒーを用意しておけ」

わたしたちは驚いた。エグロフシュタインは本気だ。大尉はサーベルと同様、ピストルの名手でもある。去年は決闘で二人殺し、三人目の片腕を撃ち砕いている。

ギュンターは真っ青になった。戦闘ではかろうじて使い物にはなるものの、ピストルを向けられるとからきし意気地がなくなるのだ。痼癪と不機嫌が自分を窮地に追い込んだことを知ると、自らを救おうと試みた。

「喜んでお相手いたしましょう」その声は冷ややかだった。「時間と場所は、あなたのお望みどおりで」

「ならば、あとは条件を定めるだけだ」

「しかしまことに遺憾ながら」ギュンターが続けた。「スルト元帥は敵前での決闘を禁じています。この件の解決は、当分のあいだお預けにしておくよりほかありません」

わたしたちは黙った。ギュンターの言うとおりだったからだ。スルト元帥は少し前に、こうしたお触れを部隊の全将校に向けて発布していた。エグロフシュタインは唇を嚙み、背中を見せて立ち去ろうとした。だがこの結末はブロッケンドルフの気にくわなかった。

「ギュンター！　俺はこの件にかかわりはない。エグロフシュタインも俺にあいだに入れとは言っていない。だがゲリラどもはいまおとなしい。撃ってもこないし動きもしない。敵らしいふるまいは見せておらん。だから俺としては――」

「ゲリラは」ギュンターが言った。「ボリバル侯爵の次の合図を待っているにすぎない。合図さえあれば堡塁は襲撃される。最初の合図は日曜だった。今日明日中に二番目の合図があれば、ゲリラとのダンスで最初の相手になるのは、ここにいる俺だ」

ギュンターの図々しさは天晴《あっぱ》れとしか言えなかった。奴もわたしと同じく、ボリバル侯爵の死を知っている。わたしと同じく、藁を燃やして合図したのは誰かを知っている。なのに奴はわたしの視線を平然と受けとめた。わたしが何も言わないことを、ちゃんと知っているのだ。

エグロフシュタインは肩をすくめ、軽蔑しきったというように彼を無視した。

「そういうことなら」ブロッケンドルフが提案した。「今日はこれきりにしてテーブルを囲まないか。ここにいても仕方ない。〈キリストの血〉亭は今日、炙りベーコンのオムレツと赤キャベツのスープを出すはずだ。さあ行こう」

そしてエグロフシュタインの腕をつかみ、指揮をギュンターに任せて、われわれは堡塁を立ち去った。

眼鏡形堡塁〈モン・クール〉まで来たところで、エグロフシュタインがいきなり立ち止まり、わたしの肩をつかんで、立ち去ったばかりの場所を指した。

「あの野郎、自慢屋、法螺吹き、意気地なしのくせして！」そう叫んで、しばらく堪《こら》えていた怒りを一気に吐き出した。「ずっと恐くてたまらなかったくせに、今は肝っ玉を見せびらかしやがって」

見るとギュンターはこれ見よがしに堡塁のうえを行き来している。まるであらゆるゲリラに的《まと》を提供しているように。だが奴はわたしたち同様、スペインのマスケット銃はさほど遠くに弾が届かず、また侯爵の合図を待たずしてゲリラは撃ってこないのを知っているはずだ。

エグロフシュタインは怒りで拳を震わせて言った。「今この瞬間に、ボリバル侯爵が合図することを思いついてくれんかな」

そしてこの考えが気に入ったらしく、しばらく一人で笑っていた。「あいつが堡塁で撃たれて、池の蛙みたいに塹壕に落ちたら、さぞ愉快な見物《みもの》だろうな」

わたしたちはさらに歩き続けた。

「そもそも侯爵のオルガンってどこにあるんです」ドノプがついでのように聞いた。

「聖ダニエル修道院だ」ブロッケンドルフが答えた。「今は作業場にして、火薬の乾燥だの爆弾詰めだのに使ってる。今夜の警備は俺の担当だ。なんなら来てもいいぞ。五度和音がちゃんと響くか試してみちゃどうだ」

聖者たちの集会

ワインで景気をつけて居酒屋を出ると、マントもろくに着ないうちから、午後まず何をするかで言い争いになった。俺は疲れた、帰って本を読んで少し昼寝したいとドノプが言いだした。ブロッケンドルフはエグロフシュタインに、賭けトランプの胴元になっちゃどうだと勧めた。何週間か前に遺産の一部をペルピニャンのデュラン銀行を通して受け取っていたからだ。だがエグロフシュタインは、そんな暇あるもんか、毎日一時間は部屋に籠ってその日の事務を片付けにゃならんと言って断った。

ブロッケンドルフは機嫌が悪くなり、細々とした事務仕事、とりわけ連隊副官の仕事への軽蔑を隠さなくなった。

「あんたが一時間でだめにする羽ペンを一日で削れる奴なんているもんか。いくらせっせと紙を字で埋めても、つまるところは、香料売りが肉桂や生姜根や胡椒なんかを入れる袋になるのが落ちじゃないか」

「今日のうちに俺がお前ら全員分の指示書を書かなきゃ、明日は誰も金を受けとれないぞ。俺の指示書がなければ会計は何もしないからな」

わたしたちはさらに歩き続けた。軒先から雪解け水が滴《したた》っていたので家のそばは避け、道の中央を通るようにした。真昼の陽射しのなかで、猫が一匹、キャベツの芯に戯れてあちこち転がしていた。雀が二羽、玉蜀黍の実を巡って、さえずりながらじゃれあい、羽毛を逆立てていた。歩くたびに雪解け水が長靴に撥《は》ねかかった。

狭い小路の曲がり角で、騾馬が一頭、わたしたちの行く手をさえぎった。色とりどりのリボンに通した鈴で鬣《たてがみ》が飾り立てられていた。騾馬は水たまりのうえで転げ回って荷鞍を振り落とした。付き添っていた騾馬使いは、あるいは呪い、あるいは諂《へつら》い、騾馬に立ち上がるよう促し、棍棒をもって殴りかかった。それから干した玉蜀黍の葉をその口にあてがい、生計《たつき》の糧と呼んだり悪魔の申し子と呼んだりした。騾馬を歩かせるために、威しにしても賺《すか》しにしても、あらゆることを行っていた。わたしたちはそれを面白がって見ていた。そのうち騾馬は主人の骨折りを蚤の咳ほどにも虱の悲鳴ほどにも気にしなくなった。

いきなりドノプが驚きの声をあげた。見ると目の前でモンヒタが、わたしたちに気づかぬまま、交叉する横丁を通りすぎるところだった。

片手に小さな籠をさげ、もう一方の手でたえず扇をおもちゃにしている。肩にはマンティーリャ、頭には薄い絹のヘアネットを被っている。衣をたくしあげ、爪先立ちになって水たまりを避《よ》けて歩く姿は、一瞬、死んだフランソワーズ゠マリーが前を過《よぎ》ったとも思えた。恨みがましそうにこちらに一瞥もくれないのは、もうずっと長いあいだ、そう、一年ものあいだ、そばにいてやらなかったためだろうか。

「家に帰るところだ」エグロフシュタインが言った。「大佐の食卓からの余り物を父親に持っていくんだ。毎日同じことをやってるんだろうな」

わたしたちは強情な騾馬に手を焼く飼い主を見捨てて、モンヒタの後をゆっくりと追《つ》けていった。

大佐の美しい愛人に出会った偶然を喜んだわたしたちは、その場で父親のアトリエを訪問することに決めた。大天使か使徒の絵を買いたいから見せてくれと言い訳して家に入り、モンヒタとの仲を進展させるつもりだった。

ブロッケンドルフはむろんこの作戦に懐疑的で、道すがらしきりに非難や威嚇をした。

「これだけは言っておく。聖エピファニウスだかポルティウンクルスだか知らんが、一枚二グロッシェンと言われても買わんぞ。聖者像なんか俺には南瓜の葉ほどのご利益《りやく》もない。バルセロナみたいな目に会うのはもうこりごりだ。戦友のよしみときれいな顔につい気が迷って、お前らにつきあってあの汚い店に入ったが、一人でまずいケープワインを四本も空けにゃならなかった。それというのもお前らが呑み屋の親爺の姪に惚れてたせいだ」

わたしたちはドン・ラモン・ダラチョのアトリエに入っていった。ブロッケンドルフはまだ不平を零《こぼ》していて、のこのこ従《つ》いて来た俺はわれながら阿呆の大王だとか言っていた。

開いたままのドアから隣の部屋が見えた。目当ての娘はそこにいた。ちょうど冷肉やパン、バターやチーズを盛った皿を食卓に並べているところで、マンティーリャは椅子の背もたれに投げかけられている。絵の一枚の後ろからドン・ラモン・ダラチョが現れた。すでにおなじみの滑稽なしぐさでお辞儀をしたものの、なぜわたしたちがいるのか不思議がっているようすだった。

買う絵を選ぶためにここに来たのだと言ってやると、主人は相好を崩し、ていねいに歓迎のあいさつを述べた。

「ここを自分の家だと思って、どうぞごゆっくりおくつろぎください」

部屋には二人の先客がいたが、ともに奇妙な格好をしていた。純朴な顔をした若者が棒立ちになり、両腕を懇願するように天井に伸ばし、石化した六翼天使《セラビム》のように見えた。上着の袖は寸足らずで、尖った肘までにしか届いていない。そのかたわらで老婆が床几《しょうぎ》に座り、絶望のしぐさで両手を揉みあわせ、こわばった苦痛の表情を浮かべ、たえず頭を回したり捻《ひね》ったりしていて、こちらは池の家鴨《あひる》みたいだった。

ドン・ラモンが絵のうちの二枚を引きずってきた。

「これは聖アントニウスです。一ダースあまりの悪魔どもに囲まれてますでしょう。猫の姿をした奴もいれば、蝙蝠《こうもり》に化けているのもいます」

そしてその絵を床に置き、もう一枚を見せた。

「この絵は聖クレメンスが奇跡を起こしたところを描いてます。患者の足に触れて憂鬱症《ヒポコンドリア》を癒しているところです」

教皇の権威を象徴する表章《インシグニア》とともに描かれた聖クレメンスを、ブロッケンドルフは仔細に眺めた。

「そんなのが奇跡なら、ついぞ知らなかったが、俺だっていっぱしの聖者だ。その手の奇跡なら何度だって起こしたからな。落伍兵《マロデユール》をまた歩かせるには、したたか足蹴にしてやるのが一番だ」

「これは会心の作です。もし絵の具とキャンバスと油の代金、それから細々《こまごま》した費用を払ってさえくだされば、旦那にお譲りしましょう」

ドン・ラモンが残りの絵を次から次へと持ってきたので、たちまちわたしたちは殉教者や使徒、贖罪者や教皇や族長、それに預言者や福音史家からなる公会議に列席することになった。おのおのが聖杯や聖体顕示台、香炉やミサ典書、あるいは十字架像や聖櫃を手にして、真剣で厳粛な面持ちでこちらを見ている。わたしたちの世俗的な魂胆を見抜いた聖者たちが、集会を催したような感じだった。

画家はブロッケンドルフにトレドの殉教者レオカディアを買うよう勧めた。聖女は星を鏤《ちりば》めた緋衣《ひえ》の姿で青い地に描かれ、開いた本を手に掲げていた。

ドン・ラモンが説明した。「この聖女さまはわたしの娘の顔をしているでしょう。隣の部屋でパンに冷肉とチーズを添えているあの娘です。あなたがたの大佐はいい料理人を雇っていて気前のいい方ですね。娘や、チーズは切り過ぎてはいけないよ。冷肉の微妙な味わいを損ねるからね。聖女さまはみんな、それどころか聖母さまさえ、わたしの絵は娘を写したものなんです」

ドン・ラモンは殉教者レオカディアをほかの絵といっしょに床に置き、さらに説明を続けた。

「聖母ピラール教会にお行きになれば、右の壁に沿った二つ目の柱の後ろに、熾天使のように気高い修道女テレサをご覧になれます。わたしが描いたものです。この聖テレサもわたしの娘の顔かたちを写してまして、まあ生き写しといってもかまいますまい。その絵のなかでカルメル会改革派の修道服を着ているもんで、この市のものは娘をかわいい尼《モンヒタ》さんと呼んでます。洗礼を受けたときの名はパオリータなんですけれどね」

驚いたことにブロッケンドルフは絵をくまなく入念に眺めだした。

「お前は」しばらくして彼は聞いた。「聖スサンナの絵も描いたかい」

「旦那のおっしゃってるのはディオクレティアヌス帝の時代に、皇帝に嫁ぐのを拒んだために首を刎ねられた聖女さまのことですか。それならここにも一枚ありますが」

「その聖女は知らん。違う聖スサンナだ」

「そんな名の聖女さま、他にいるもんですか」画家は血相を変えて詰め寄った。「ラウレンティウス・スリウスにだってペドロ・デ・リバデネイラにだって、それからシメオン・メタフラステス、ヨハンネス・トリテミウス、あるいはコルネリウス・ア・ラピデの本にだって、そんな名は記されておりませんわい。そのスサンナとは誰ですか。どこの生まれでどこで亡くなり、どの教皇が列聖しましたか」

「なんだと」ブロッケンドルフは腹を立てた。「聖スサンナも知らんのか。あきれたもんだ。水浴びをしてるところを二人のユダヤ人に襲われた聖女さまじゃないか。誰でも知ってる話だ」

「その場面を描いたことはありませんな。それにあなたのスサンナは聖女さまじゃありません。バビロニアのユダヤ女です」

「ユダヤ女だろうがなかろうが」ブロッケンドルフは負けずに言い返し、意味ありげな視線をモンヒタに向けた。「お前の令嬢を水浴中のスサンナとして描くべきだったな」

「ドン・ラモンの旦那！」とつぜん手を挙げた男が情けない声で言った。「どれだけのあいだ一レアル半で立ちんぼしてなきゃなんないんです？　腕がとっくに曲がって痺《しび》れてるのに」

傴僂の男はさっと絵筆を取ると、急いで画架の背後に消えた。しばらくのあいだ、わたしたちに見えるのは煉瓦色の脚だけになった。

「この二人のおかげで」キャンバスの裏から画家の声が聞こえた。「仕事がはかどります。いまはキリストさまの埋葬を描いているところなんです。この若いのはアリマタヤのヨセフを演じ、この女性はエルサレムから来た敬虔な女です。ご覧になればおわかりのように、二人とも救世主さまの死を嘆いていています」

アリマタヤのヨセフとエルサレムの敬虔な女がわたしたちにお辞儀をした。そのあいだも穏やかな訴えと黙した絶望の姿勢はいささかも崩れなかった。

「このセニョーラは」ドン・ラモンが画架の後ろから顔をのぞかせて言った。「ちょっとした女優なんです。ここラ・ビスバルで去年行われた宗教劇じゃ、聖なる懺悔の寓意を演じました。さかんな喝采を浴びたものです。役柄が主の祈り《パーテルノステル》と同じくらいに頭に入ってますから」

「マドリッドじゃ王女さまや侍女も演じましたのよ」その女が言い添えた。

ブロッケンドルフは彼女を少しの間じろじろ見ていたが、やがて言った。

「木綿の靴下を洗濯してくれるものを探している。雪解け水でどろどろになってしまったんだ」

「あたしによこしなさいな」王女や侍女の役をした女はそう言い、一瞬その顔から苦痛に満ちた拒否の表情が消えた。「満足のいくようにやってあげるよ」

エグロフシュタインとドノプとわたしがそれを横目に隣室に行くと、ブロッケンドルフも従いてきた。モンヒタはあいかわらずテーブルクロスをかけた食卓の皿や椀を整えていた。軽歩兵が敵方の歩哨を包囲するときのように、わたしたちはモンヒタを四方から取り巻いた。そしてドン・ラモンが熱心に埋葬の場面を描いているあいだに、エグロフシュタインが大佐の愛人への攻撃をしかけた。

わたしたちのうちで、エグロフシュタインほど巧みに女性に話しかけられるものはいない。ヴァイオリンの名手が楽器を奏でるように自らの声を操れるのだ。彼が声を震わせ張りあげると、実際にはありもしない情熱の高まりがまざまざと感じられ、この見えすいた手管にひっかかる女もまた少なくなかった。

いままではいつも大佐がそばにいたから、わたしたちだけでモンヒタと話ができたのはこれが最初だった。エグロフシュタインがお世辞を尽くしておだてあげると、モンヒタもまんざらではなさそうだった。残りのものは口をはさまず、エグロフシュタインが彼の、ひいてはわれわれ皆の訴えを申し立てるのを黙って聞いていた。

お前と会えて俺はなんと幸せなことだろう。お前にときどき会えると考えただけで、このちっぽけな町にも耐えられるってもんだ。

モンヒタは満足の笑みを漏らした。その微笑みと、それから髪に飾った造花を弄ぶしぐさを見ているうちに、またもモンヒタに代わってフランソワーズ＝マリーが目に浮かんできた。とうの昔にわたしたちのものとなった女を、なぜあらためて必死に口説かねばならぬのだろう。とつぜんそれが不思議で不合理なものに感じられてきた。

「つまりラ・ビスバルがみすぼらしい町だって言うのかしら。ここに来たのを悔やんでらっしゃるの？」

「お前の国の他の町よりみすぼらしいということはない。だがここにないものが、懐かしくてたまらないのさ。イタリアオペラ、気の合った仲間との交際、舞踏会、カシノ、きれいな女との橇《そり》遊び――」

エグロフシュタインはそこで言葉を切った。あたかもモンヒタの心に大都市の娯しみの幻、舞踏会や橇遊びやイタリアオペラの幻が醸される時間を待つかのように。

「だがお前さえいればそんなものは全部いらない。お前を見るだけで俺は満足だ」

娘は答えに窮したようすで、困惑と喜びに顔を赤らめた。そのときドン・ラモン・ダラチョが隣の部屋から呼びかけた。

「旦那がた、ご親切な言葉をかけていただいて感謝しますぜ！」

モンヒタの父親がわたしたちの話を残らず聞いていたのを知って、エグロフシュタインは面くらい、そして調子を狂わせたようだ。彼はわけもなくいきり立った。そしてモンヒタが押し黙っているので、怒気を込めて、しかしずっと声を低めて言った。

「何も言うことはないのかい。何も喋ってくれないのか。なんだいお高くとまって。俺は声をかけるにも値しない男なのかい」

モンヒタは勢いよく頭を振った。その顔は怯えているようにも見えた。大尉であるエグロフシュタインを敵に回してはまずいと思ったのかもしれない。なにしろこの大尉が彼女の恋人と親しげに話しているのは何度も見たことがあったから。

「お前はまだ黙っているね」ささやき声でエグロフシュタインは続けた。「俺にはわかる。お前が俺に掻きたてた灼熱の思いを、お前は内心で馬鹿にしているのだ。俺にはわかる、お前の燃える瞳を、お前の小さな頭の勝気そうな動きを、たえずお前の額に垂れかかる、言うことを聞かない巻き毛を一目見ただけでわかる」

「よけいなお世話よ、髪のことは！」そう言ってモンヒタは急いで頭を撫でつけたが、エグロフシュタインの機嫌が直って喜んでいた。「馬鹿げたつむじ風がくしゃくしゃにしちまったのさ、さっき表に出たときにね」

どう話をもっていくか迷っていたエグロフシュタインは、まるで奇術師が昇天祭の市《いち》でナイフを宙から取りだすように、つむじ風から言葉を取りだした。

「つむじ風か！　いっそ風になりたいよ。いまの俺に許されぬことも望みのままだからな。お前の髪をくしゃくしゃにして、お前の頬を撫でて、お前の唇にキスを――」

「ドン・ラモンの旦那！」このときアリマタヤのヨセフを演じている男が、情けなさそうな声で言った。「あとどんだけ突っ立ってなきゃならないんで？　そろそろ帰りたいんですが」

「辛抱しろ！　あと半時間だ！　日が沈まんうちにできるだけ進めておかないと」

「何ですと？　あと半時間も辛抱ですかい？　そりゃ参った。家じゃおふくろが牡羊の臓物《もつ》で待ってるんだ。サラゴサから来た奴さ」

「サラゴサの羊の臓物かい」エルサレムから来た敬虔な女がそう言い、食卓を横目で見た。「きょう日それほど珍しいもんはないね」

「油で炒めて、胡椒と玉葱を添えてあるのさ」

「羊の臓物なんかどうでもいい。胡椒も玉葱もだ」ドン・ラモンが叫んだ。「そのままじっと動かずにいてくれ！　あらゆるカトリック教徒のために」

　その隙にエグロフシュタインはモンヒタとのあいだを一歩詰めたようだ。彼女の手を取って両手で固く握りしめていた。

「おや、ちょっぴり握り返してくれたな。お前の手は、俺の手のなかで、さっきほど冷たく味気なくはなくなった。俺の望みをかなえてくれる印と取っていいかい」

　モンヒタは顔を上げずに答えた。

「望みって何よ」

「お前が今宵のひとときを俺の腕のなかで過ごすことだよ」彼はささやき声で懇願した。

「まっぴらだね」モンヒタはきっぱりと言い、手を引っ込めた。

エグロフシュタインのあっけにとられた顔を見ているうち、わたしも黙っておれなくなった。彼がどれだけ美辞麗句を尽くそうとも、まったく効き目がないようだったからだ。

「どうか聞いてくれ、モンヒタ」わたしは叫ぶように言った。「君を愛しているんだ、君にだってそれはわかるだろう――」

モンヒタが頭をすばやく動かしわたしの方を向いた。どうやら微笑んでくれたようだ。だが親しみの笑いか蔑みのかはわからなかった。彼女の顔をまともに見られなかったからだ。

「あなた、いくつなの?」

「十八だ」

「その年でもう惚れたはれたって言ってるの? あきれたもんね」

そして愉快そうに低く笑う声が聞こえた。怒りと恥ずかしさが湧きあがってきた。間違いなく彼女はわたしより年下のはずだったからだ。

「ご機嫌麗しいようで何よりだ」わたしは言った。「だが知っておいたほうがいい。若さのゆえに拒まれたものも、力ずくで奪うことには慣れている」

たちまちモンヒタは笑顔をひっこめた。

「坊や、そんなことをしたら、せっかくの名前に傷がつくよ。あたしは男じゃないけど、身を守る術《すべ》くらいは心得てる。もうそれくらいにしときな」

エグロフシュタインがわたしを恐い目で睨んだ。

「ヨッホベルク少尉は冗談を言ってるのさ」そう言いながら、食卓の陰でわたしの向こう脛《ずね》を蹴飛ばした。――「黙ってろ、頓馬め、お前のおかげでぶちこわしだ――モンヒタ、淑女に暴力を振るうほど、こいつがわれを忘れることはけしてない」

「愛を告白するんなら」モンヒタが言った。「それにふさわしく、優しい穏やかな言葉を使うんだね。なのにこの坊やはちと礼儀知らずじゃないかい?」

「背を曲げるな!」ドン・ラモンがアリマタヤのヨセフに注意した。「お前が演じる聖書の人物は猫背じゃないぞ」

「なるほど優しい言葉じゃなかった」わたしは叫ぶように言った。「穏やかでもなかった。なぜなら君への愛は――」

「お前が唾を飲んだり咳をしたり欠伸をしたり体を掻くのを止めないから、いつまでたっても終わらん!」ドン・ラモンの怒った声が聞こえた。「さっき言ったとおりに、動かずじっとしておれ」

「――君への愛は、やぶれかぶれの言葉でしか表せないものなんだ」

「あんたはまだ若い」モンヒタが言った。「愛の修練期《ノヴィツィアート》はそれは辛いものさ。でも大人になったら女の扱い方をきっと学ぶはずだよ」

　わたしは彼女をまじまじと見た。怒りはもう消えていた。この女ときたら、声はフランソワーズ-マリーそっくりのくせに、どうしてその声でわたしに、これほど冷たくすげない言葉を吐くのだろう。それだけがどうにも解せなかった。

そこにブロッケンドルフが割って入った。自分の望む結末に一気にもっていこうと固く心を決めたらしく、単刀直入にこう言った。

「なぜお前は、俺たちのちょっとした願いを聞いてくれないんだ。大佐にならあんなに気軽にほいほいと何度もかなえているくせに」

「あんたたち、侮辱もほどほどにおし」

「侮辱？　そんなことあるもんか。俺たちの故郷《くに》じゃ、こうやって女を口説くのは侮辱でもなんでもない。誰もがやってることだ」

「あたしの故郷じゃそんな奴には肘鉄をくらわすのさ。誰もがやってることだよ」

「いったいぜんたい」ことが思惑どおりにいかないので、いらいらしてきたブロッケンドルフが声を荒らげた。「あんな大佐のどこがいいんだ？　若くもなきゃ美男でもない。お前だって認めるだろう、若い娘の気をひきそうなところなんぞ、これっぽかしもありゃしない。暴君だし不平家だし、日によって気分がころころ変わる。おまけに頭痛持ちで、寝室に行くといつも薬箱が大小いろいろ並んでる」

「あんたたちは大佐と仲がいいんだと思ってたけど」モンヒタは臆するように小声で言った。

「仲がいい？　仲がいいっていうのは、ブランデーの最後の一杯やパンの最後の一切れまで分け合う間柄を言うんだ。一番いい酒は俺たちに飲まれまいと隠しとく野郎と仲がいいわけあるかい。それでも仲がいいってんなら、俺の宿のおんぼろスープ鍋だって王さまの盃だ」

「大佐さんに洗いざらい話してやるよ。恐くないの？」

「やれるもんならやってみろ」ブロッケンドルフが凶悪な表情になって凄んだ。「俺が最後に人を決闘で殺したのは、ほんの三月《みつき》前のことだ。マルセイユのメイヨ門のすぐそばだった。六歩ずつ離れてピストルを代わる代わる撃ちあったんだぞ」

それからわたしたちのほうを向いて言った。

「お前らはルノルマン総督を忘れてやしまいな。マルセイユでスルト元帥の幕僚とともに食卓を囲んだとき、俺の隣にいた奴だ」

誰もその決闘のことは知らなかった。マルセイユのどこにもメイヨ門という門はなかったし、ルノルマンはウールス街の小商人の名だ。この男にブロッケンドルフはいまだに六十フランの借りがあった。フォアグラのパテとハムと二瓶のシェリー酒の代金だ。

明らかにブロッケンドルフは、モンヒタを怯えさせようと、口からでまかせを並べている。わたしたちはその事件をはっきり思い出したようなふりをした。エグロフシュタインが加勢を買って出て、こう言った。

「でもあのときの原因はルノルマンの愛人じゃなかったな。奴のれっきとした奥方だった」そして思い出したように付けくわえた。「フランス女はきれいだが、あの女は半分しかフランス人じゃなかった」

ルノルマン夫人の顔立ちが、一瞬わたしの目の前にありありと浮かんだ。不幸な育ちかたをした年かさの痩せた女で、ブロッケンドルフから六十フランを取立てようと、毎朝わたしたちの宿舎にやって来ていた。ただし日曜だけは例外だった。赤いビロードの書物袋を背負って教会に行くからだ。

モンヒタが不安げな縋《すが》るような目でブロッケンドルフを見た。大佐の身に何かあってはいけないと思い、きっと彼女は沈黙を守るだろう。わたしたちにはそれがわかった。

「あの人はあたしを奥さんにしてやると言った」

ブロッケンドルフは鳩が豆鉄砲をくらったような顔になり、大笑いに笑い出した。

「こりゃ傑作だ！　楽団はもう呼んだか？　ウェディングケーキは焼いたかい？」

「言うにことかいて女房とはな！」エグロフシュタインも大声で言った。「お前に約束したのか？」

「そうよ。司祭さまにも婚礼の費用にって言って五十レアル払ってたわ」

「で、お前は信じたってわけだ。とんでもないぺてんだ。たとえ大佐自身はお前を女房にするつもりでも、やんごとない親類縁者どもがこぞって反対するだろうよ」

モンヒタは一瞬エグロフシュタインを戸惑った表情で見て、それから肩をすくめた。何が信じていいことで、何が信じちゃいけないことか、あたしにはちゃんとわかってるよ。そう言いたげなしぐさだった。そのときドン・ラモン・ダラチョがキリスト埋葬図の陰から顔を見せた。絵筆を一振りすると青い絵の具が床に散った。そして炎の剣を手にした大天使のような形相で、声をくぐもらせて言った。

「どんな伯爵さまだろうと侯爵さまだろうと、うちの娘のことで恥ずかしく思う必要はありませんわい。父方からも母方からも、正真正銘のキリスト教徒の血を受け継いでおりますからな」

「ドン・ラモン！」ブロッケンドルフはゆっくりと言った。「先祖の叙爵書は俺にとってあだやおろそかにはできないものだ。もしお前の家系図にキリスト教徒の血以外は何も書かれてないなら、俺の故郷じゃ、そんな紙切れは居酒屋の親爺がテーブルを拭う役にしかたたん。ドイツじゃ靴直しだってみんなキリスト教徒だからな」

アリマタヤのヨセフは驚きと懇願の姿勢で腕を天に上げ、エルサレムの敬虔な女は深い苦しみのうちに首を振り、そしてドン・ラモン・ダラチョは黙って画架の背後に戻った。

日が翳りかけてきた。時はいたずらに過ぎていき、わたしたちの焦りはつのった。ブロッケンドルフは罵りの言葉をわめき散らかし、決着がつくまでは誰もここから動かないぞ、いっそ夜が明けるまで居座ってやるかとモンヒタに聞こえるように言った。

それまで黙ってわたしたちに喋らせていたドノプが、このとき口を開いた。

「モンヒタ、君は心底あの老いぼれに惚れていると見えるね」

「だったらどうしたっていうんだい」勢い込んでモンヒタは言った。だがその声音は、わたしたちより大佐をひいきしているのは単にその地位と金のため、その気前のよさのためであることを自分に認めたくないかのように響いた。

「だったらどうしたっていうの」挑むように彼女はそう繰り返し、頭をのけぞらせた。

「君があの老いぼれに感じているのは愛じゃない」穏やかにドノプは言った。「ほんとうの愛の感情は違うものだ。君はまだそれを知らない。愛は秘密を望む。今夜、俺は君を待っている、待ちきれぬ思いに震え、欲望に思いは乱れ、君と俺を隔てる時間を一分ごとに数える。そしてもし君が心を不安で轟かせ俺のところに忍び入るなら、その途上で君は愛という感情を見出すことだろう。君がまだ味わったことのない不思議な感情を」

あたりはすっかり暗くなり、モンヒタの顔もしかとは見分けられなくなった。しかし愉快げで、少しばかりの嘲りを含んだ笑い声は聞こえた。

「なるほどね！　あんたはあたしを回心させてくれたよ。なんだかそんな気持ちを知りたくなってきた。あたしがまだ味わってないっていう気持ちをね。でもあいにくなことに、あたしはあたしのいい人に誠《まこと》を約束しているの」

このとつぜんの心変わりと馬鹿にしたような口調に、わたしたちは疑いを持ってもいいはずだった。しかし誰もがあまりに焦り、そしてあまりに彼女に惚れ抜いていたので、それを気にするものはひとりもいなかった。

「そんな約束は守らなくていい」口早《くちばや》にドノプが言い、彼女を安心させようとした。「愛してもいない男にした誓いなんか」

アトリエではそのときドン・ラモンが蠟燭に火を灯し、細い光が半ば開いた扉を通してわたしたちのほうに差してきた。

「愛してない男との約束は守らなくていいですって。それがほんとなら遠慮はいらないわね。あなたたちとは何でも約束してあげられる」

その声には不遜と嘲弄の響きがあったが、蠟燭の仄《ほの》かな灯りで見えるのはいつもの生真面目で物思わしげな表情だった。

「物分りがいいじゃないか」ブロッケンドルフが喜んで言った。「それじゃ麗しのモンヒタよ、お前はいつ来てくれるんだ」

「夕べのお祈りのあとね。お祈りは九時には終わるから」

「で、俺らのうちの誰が幸運を射止めたんだ」エグロフシュタインが欲望もあらわに迫った。ブロッケンドルフやドノプやわたしに早くも嫉妬しているらしい。

モンヒタはわたしたちの顔をひとりひとり見わたした。視線はわたしのうえにもっとも長くとどまった。まるで彼女の十八年がとうとうわたしの十八年を見出したかのように。

だが彼女は頭を振った。

「あたしの聞き違えじゃなければ」またもやモンヒタの声にはかすかな嘲りが感じられた。「さっき約束してくれたじゃない、まだあたしが体験していない不思議な気持ちは、あんたがたのもとに行く途中で味わえるって。もうそうなら、あたしが誰の腕に抱かれるかいま教えろって言われても、そんなの無理な話だわ」

そして扉を開け、アトリエに向かって、仕事はそろそろお終いにしたら、食事のしたくができてるわと呼びかけた。

ドン・ラモンと他の二人は画架の前に立ち、蠟燭の光で完成した絵をながめていた。だが画家は自分の作品に満足していないようだった。

「このアリマタヤのヨセフは、体の姿勢も顔の表情もとんだできそこないだ」

「もう少し見栄えよく描いてくれてもよかったんじゃないですか」若い男は気を悪くしたように言って、短すぎる袖をつまんで引っぱった。

「でもこれはとても自然な姿勢じゃないですか」エルサレムの敬虔な女を演じた女が青年と画家に慰めるように言った。

ブロッケンドルフも黙っていることができず、自分の見解を披露した。

「この絵には大勢人がいるが、みんな違う顔をしてるな」

「なぜかというと、いつも自然から描いているからで」ドン・ラモンが言った。「巨匠のすでに完成した絵を模範にするのはへぼな絵描きです。──四十レアルにしときますよ。いま言ってくださったように、人も大勢描かれています。同じ値段で小さめの絵二枚でも結構です。お好きなものを選んでください」

「絵を持ってこい！」ブロッケンドルフが言った。恋の冒険がうまくいったので画家にも幸運をお裾分けする気になったのだ。「大きけりゃ大きいほど結構」

そしてポケットから金貨を二枚出した。ずる賢いことに、わたしたち皆にトランプの借りがあったため、金のあることをいままで黙っていたのだ。ドン・ラモンは金をしまいこみ、百人隊の隊長だった殉教者アガティウスを右手で、そしてフィレンツェの副助祭ゼノビウスを左手でブロッケンドルフに差し出した。

一方わたしたちはモンヒタから約束を取りつけ、四人揃って今晩聖ダニエル修道院で彼女を待つことにした。それからワインと夕食の買い物に行った。誰もが浮かれた気分だったが、なかでもブロッケンドルフは手の舞い足の踏むところを知らぬくらいはしゃいでいた。鵞鳥の鳴き真似をして道行く老婆を驚かせ、ヘロニモ小路では釘作りの鳩舎の梯子を隠し、一面識もない壺屋の店に入って、なぜお前は先週、蟹股《がにまた》の市参事会書記と不貞を働いたのかと女主人に問いただす始末だった。

タラベラの歌

カルメル会通りの名のもととなった聖ダニエル修道院を、今わたしたちは火薬庫および作業場として使っていた。跣足《せんそく》カルメル会員だった修道士らはとうにここを見捨て、敵方の〈頑固者《エル・エンペシナード》〉や〈皮屋の桶〉のもとに参じていた。食堂《レフエクトリウム》や寝室《ドルミトリウム》、僧坊や回廊、果ては大集会《カピテル》広間《ザール》にいたるまで、どこでもかしこでも一日じゅう、わが連隊や〈公子〉連隊の擲弾兵が焼夷弾や手榴弾を製造し火薬を詰めている。この夜ブロッケンドルフが籠ろうと考えた半地下聖堂《クリプタ》は、わたしたちの誰もが週に一度は当直をする場所だった。釘、斧、ハンマー、空の火薬袋、はんだ鏝《ごて》、箱の蓋、藁束、料理鍋、それから擲弾兵の色とりどりの陶製パイプが散らばり、白墨の線が石甃《いしだたみ》に引かれ各内務班の縄張りを示している。壁の消えかかったフレスコ画には、サムソンが目を潰される場面と巨人ゴリアテが殺される場面がかろうじて見てとれた。羊飼いのダビデに擲弾兵のひとりが口髭と顎鬚を描き加え、わが連隊の厳《いかめ》しい軍楽隊長に変身させていた。扉のうえの、彫刻を施し金箔を被せた額のなかに、司教職の徽章を胸に戴いた修道士の肖像が掛かっていた。

テーブルに置かれた二つの焜炉は窒息死か凍死か好きなほうを選んでくれとばかりに濛々と煙を巻き上げている。食事が済むと、全隊で一番の食糧調達係《フラジユ》として知られるブロッケンドルフ付きの従卒が後片付けをした。

この修道院の真向かいには、狭いカルメル会通りを隔てて、ボリバル侯爵の本宅がある。修道院の割れガラスを通して大佐の寝室の明るい照明が見えた。大佐は服を着たままベッドに腰かけ、卓上にある二つの枝形燭台の光でヘッセン大隊の軍医に髭を剃らせていた。椅子のうえには三角帽子と二丁のピストルがあった。

大佐を目にしてわたしたちは躍り上がって喜んだ。なにしろ奴は今夜、モンヒタに待ちぼうけを食らわされるはずなのだから。モンヒタに会うのは大佐ではなくわたしたちだ。誰もが大佐を憎むとともに怖れていた。ここぞとばかりにブロッケンドルフが日頃の鬱憤を晴らした。

「酢壺の奴、あんなところに座ってやがる。頭痛持ちで萎びた心臓。女はすぐ来ますかい、あんたんとこに向かってますかい。喜ぶのは早いよ大佐さん。匙《さじ》から口に行くまでに、スープはいつこぼれるかわからない」

「声が大きいぞブロッケンドルフ。聞かれたらどうする」

「聞こえるもんか。見えもしないし、知りやしない」勝ち誇ってブロッケンドルフは大声をあげた。「モンヒタが来たら、火を消そうぜ。トルコの三日月を二つ、頭痛持ちの頭にくっつけてやれ。闇のなかじゃ何も気づくもんか」

「貴族の位が自慢なら」ドノプも尻馬に乗って言った。「聖ルカの鳥を徽章にあしらえばいいのに。二本の角が生えたやつを」

「黙れドノプ。奴は耳が利く、お前らは知るまい」エグロフシュタインは気遣わしそうにささやき、わたしたちを窓から遠ざけさせた。窓ガラスは厚く、一言だって聞こえるはずもなかったのだが。「婆さんが三マイル先で咳払いしても聞きとれるって話だ。癇癪でも起こされてみろ。また先週みたいに、三時間みっちり畑で軍事演習だ」

「あんときゃ怒りで気が遠くなりそうだった」ブロッケンドルフが声を抑えて罵った。「そろそろ目にものを見せてやる。しょっちゅう俺らを宿舎からひきずり出しやがって」

「よく言いますよ」ドノプが抗議した。「大尉は入隊したときから将校だったじゃないですか。俺とヨッホベルクは違った。士官候補生としてあの酢壺に仕えてたんです。犬みたいな生活だった。毎日馬櫛と霰弾を扱い、荷車で馬糞を棄てに行き、一週間分の燕麦の配給をえっちらおっちら――」

　聖母ピラール教会の塔時計が鳴り出した。ドノプが鐘の音を数えた。

「九時だ。そろそろ来るはずだ」

「座ろうや」エグロフシュタインはそう言って、額を手で支えた。「座ってモンヒタを待とう。あれくらいきれいな、それどころかもっときれいな娘だって、町に行けばわんさといるだろう。だが畜生め、俺の目は眩《くらま》された。もうあの娘ひとりしか見えん」

「俺は違う」ブロッケンドルフは言い、嗅ぎ煙草を多めにつまんだ。「俺は他の女も見える。日曜の夜、部屋に来てみろ。俺の女に引き合わせてやる。黒い髪でいい体つきで、三グロッシエンもやれば大喜びする。ロジーナって名だ。けれどモンヒタも憎からず思ってるよ」

そして袖についた煙草屑を吹き払い、さらに続けた。

「三グロッシェンなんて屁みたいなもんだ。パリのフラスカティや外国人サロン《サロン・デ・ゼトランジェ》に行ったときはもっと取られた」

蠟燭の一本が下まで燃え、炎が揺らめきとともに、かすかな音をたてて消えた。エグロフシュタインが新しいのに火をつけた。

「大散財だった」ブロッケンドルフが溜息をついた。

「おい聞け！」ドノプがとつぜん叫び、わたしの肩をつかんだ。

「どうした」

「聞こえなかったか。あそこで——ほらまた！　あそこの、オルガンのところで！」

「蝙蝠さ！」ブロッケンドルフが叫んだ。「蝙蝠なんか恐いのか。ほら壁にとまってるじゃないか。おいドノプ、お前震えてるな。まさかボリバル侯爵閣下がオルガンの前にいて、今から合図するなんて思ってやいまいな」

そう言うと彼はオルガンに通ずる曲《くね》った木の階段を上っていった。

「きっと侯爵は」ドノプが言った。「秘密の通路を知ってるんだ。そいつが自宅から修道院まで通じてて、いつか奴はあそこに登って二度目の合図をする。一度目のときみたいに」

「蝙蝠のなにが恐い！」ブロッケンドルフが下に向けて叫んだ。そしてオルガンの音栓をごそごそしていたが、音は少しも出なかった。

「ドノプ！　お前はオルガンの弾き方を習ったろう！　こっちに来い！　フルートやらパイプやらの勝手がわかるか？」

「ブロッケンドルフ！」エグロフシュタイン大尉が命じた。「オルガンなんか放っとけ。こっちに下りてこい」

「おい、面白いこと考えたぞ」階上からブロッケンドルフが呼びかけた。天井が高くだだ広い空間に声が不気味に響いた。

「面白いことを考えたぞ。今ここで聖マルティノの鵞鳥の歌か、それか『マルガレーテ、マルガレーテ、下着がちらりと――』を弾いてやるんだ。そしたらギュンターの野郎、あっちの堡塁で〈皮屋の桶〉といっしょに踊りだすぞ」

ブロッケンドルフの思いつきは、エグロフシュタインのお気にも召したようだ。腿を叩き、四方の壁が反響《こだま》するくらいに笑いこけた。

「ギュンター！　口先だけの法螺吹き野郎！　弾《たま》がいきなり鼻先を掠《かす》めたら、どんな顔をするかな。ぜひ見たいもんだ」

そのうちドノプも階段を上っていった。そしてオルガンを眺め、その奇妙で複雑な仕組みを懸命に説明しだした。

これが風箱、音管装置、フルート管、リード管、そしてこれが音栓、と言いながらドノプはいじってみせた。主鍵盤に手を伸ばし、さまざまな音管の名をわたしたちに教えた。音管にはすべて違う名がついている。シュピッツガンベ、イントラバス、クヴィントヴィオーレ、グロスズブバス。フルート管の一本は〈羚羊《かもしか》の角〉といった。

「妙ちきりんな名ばかりだ」ブロッケンドルフが感に堪えたように言った。「だがフルートやらパイプやらオーボエやら、これだけうじゃうじゃあっても、こんなんじゃダンス音楽一つまともには弾けまい。弾けるのは情けない『祝福ガ汝ラノ上ニ』くらいのもんだ」

「フーガやトッカータやプレリュードやインタールルードも弾けますよ」ドノプが楽器の弁護に回った。

「ドノプ、鞴《ふいご》を踏んでくれ。栄光讃歌《グロリア》がちゃんとやれるかやってみる」

そう言ってブロッケンドルフは鳥《からす》のような声で歌いだした。

「坊主がミサで
ラテン語忘れた
主ヨ憐メヨ《キリエ・エレイソン》!」

ドノプは共鳴体《コルプス》の陰にしゃがみこみ風を送った。ブロッケンドルフが乱暴に手を鍵盤に走らせた。いきなりオルガンが屈《く》もり軋《ぐ》んだ音――鼠が鳴くような音を出した。ほんのかすかな音だったが、ドノプとブロッケンドルフはびくっと飛びあがり、転びまろびつ、悪魔に追われるように階段を降りてきた。

「ブロッケンドルフ!」エグロフシュタインが怒鳴った。「こっちに来い、無神経野郎! お前ら正気か！」

ブロッケンドルフは下まで来ると大きく深呼吸をした。オルガンがとつぜん蘇生して鼠の声を出した衝撃から、まだ立ち直っていないようだ。

「ギュンターが踊れるように、一くさり弾いてやりたかっただけだ。気に食わんかったのか。ほんの冗談じゃないか」

「真面目にやらんか。いつなんどきゲリラと交戦するかもわからんのに。だがそのときはブロッケンドルフ、レジオン・ドヌール勲章も夢じゃないぞ」

そこで会話は途絶えた。わたしたちは寒さに耐えかね、揃って焜炉に殺到した。外の街路から足音が聞こえた。

「モンヒタだ。とうとう来てくれた」ドノプが叫び、窓に駆け寄った。

だが違った。軍医だった。大佐の赤髭を刈り終わって、ランタンをぶらさげて家に帰るところだった。

「夕べの祈りも終わった頃だ。どこをぶらついてやがる」エグロフシュタインが言った。

わたしたちの足と指は寒さでかじかんだ。暖まるため、四人で手を組み、歩調を合わせて速歩で行き来した。半地下聖堂の壁が靴音の鈍い響きを投げ返した。

ふたたびわたしたちは待たされる時間をお喋りで紛らわそうとした。ここの修道士たちは集会広間に集まって何をやっていたんだろう。ドノプとエグロフシュタインは口争いを始めた。

「食事しながら、長々いろんな議論をやってたんですよ」ドノプが主張した。「キリストに守護天使はあったのかなかったのかとか、聖ヨセフと聖母マリアのどちらがより神聖かとか」

「そんな馬鹿な！」エグロフシュタインが反論した。「そりゃ買いかぶりってもんだ。奴らの自由科目《リベラルアーツ》は鯨飲と馬食、これだけだ。議論があるとすれば、守護聖人の名にかけて市の金持ちにラードとバターをせびるためには、どんな風に手紙を書けばいいかとかそんなもんだろ。会計係の坊主の部屋に行ってみろ。そんな手紙が何十通も見つかるぜ」

「ここらの乞食坊主どもは人生のなんたるかを知っている」ブロッケンドルフが羨ましそうに溜息をついた。「街で奴らをたびたび見かけるが、聖なる修道服《クッテ》のポケットは、いつも十二全部がパンやらワインやら卵やら生肉やら腸詰やらではちきれんばかりだ。あれだけありゃ、まる二週間は飲んで食って騒げる。だがワインだけはひどいもんだ。スペインの坊主どもが飲む奴は、インクみたいにどす黒い。あんなもん飲む阿呆、他にどこ探したっているもんか」

　そして立ったまま、焜炉で毛むくじゃらの手をあぶった。寒さはいよいよ厳しくなってきた。ストーブも毛布もないのに、氷のように冷たい風が窓ガラスの割れ目から音をたてて吹いてくる。ドノプが待ちきれぬように街路を見やった。モンヒタはまだだった。

「シュヴァーベンのベーベンハウゼンってとこじゃ」エグロフシュタインが足をしきりに組み替えながら話をはじめた。「俺の中隊の半分が修道院を宿舎にした。あんないい目を見たことはそれきりない。なにしろアラク酒とラインワインが飲み放題で、どっちの瓶も、手洗いに使えるほどやたらにあった。夜はミサ祭服《カズラ》を敷いて寝る。だが寒いのには参った。なにしろ烏も凍えて落ちてくるし、教会の鐘にも罅《ひび》が入る。虫食いだらけの参事会員席を二脚暖炉にぶちこんで暖をとった夜もあったさ」

「部隊が引き上げるとき、修道院長はさぞたいそうな請求書をよこしたでしょうね」

「請求書？」エグロフシュタインは一笑に付した。「じゃお前、長靴の革が裂けたら牛に弁償するのか？　請求書とは笑わせる。あのとき誰がドイツを治めてた。選帝侯閣下ならびに方伯閣下、市参事会員諸賢、司教猊下ってとこか。誰もが命令したがって、会計検査院や政府団体は毎日違う勅令や布告を出してたが、従う奴なんかいなかった。もちろん今は違う、今じゃ統治者はただ一人、ボナパルト陛下だ。侯爵も伯爵も、司教も修道院長も、陛下の笛に合わせて踊らにゃならん。腹を減らした尨犬《むくいぬ》みたいに、ちんちんのひとつも――おっとあの娘だ。とうとうお出ましか」

「間違いない。あの靴音はモンヒタだ」ドノプが叫んだ。

わたしたち四人は一かたまりになって窓に殺到した。まさしくモンヒタが、月影のように軽やかに窓の外をかすめ過ぎたところだった。

「いい娘だ」ブロッケンドルフはつぶやいた。モンヒタが約束を守ったことに感じいっているようだった。「ほんとうにいい娘だ」

「窓から離れろ！」興奮を隠せぬささやき声でエグロフシュタインが命じた。「灯りを消せ！　大佐に気づかれるとまずい」

わたしたちは蠟燭を吹き消し、暗くして待っていた。月の光だけが高窓から落ち、石甃におぼろな環や円や渦巻きの模様を描いていた。暗がりで焜炉が音を立てて爆《は》ぜている。向かいの家では大佐がゆっくりと部屋を歩き回っている。まるで次の日曜にそなえて説教案を練っている司祭のようだ。

ブロッケンドルフはテーブルに寄りかかり、調子に乗って、ざまを見やがれとばかりに恋する大佐を罵った。

「おい酢壺、まだ寝ないのか？　お前の恋人はずいぶん待たせるじゃないか」

「声が大きい！」エグロフシュタインが叱った。「悪魔の計らいで、大佐に聞かれでもしてみろ——」

しかしブロッケンドルフは、おとなしく黙るくらいなら、むしろ舌を嚙み切ったことだろう。

「聞かれたからどうだっていうんだ。せっかくあの耄碌《もうろく》爺いを憐れんでやってるのに。明日になったらモンヒタの代わりに別のをあてがってやる。毎日俺の部屋を掃く、あのでぶっちょの婆さんを。鯨みたいな体で胡桃の殻みたいな顔の、あの婆に慰めてもらえばいいさ。お前にはそんな女が似合いだよ」

向こうの部屋で大佐はとつぜん立ち止まり、扉のほうに目をやった。ブロッケンドルフがまたもや無遠慮に声をあげて笑いだした。わたしたちに騙しとられた愛人を信じきって待つ大佐を見物できるのが愉快でたまらないらしい。そしてモンヒタの後釜にいくらでも婆さんを、ラ・ビスバルの婆なら誰でも周旋してやろうと言い出した。

「酢壺、お前はもう寝ろ。悪いことは言わない。どんなに待っても無駄だ。モンヒタは来ない。代わりに歯抜けの鬼婆をよこしてやる。俺の部屋の窓の前の通りで蕪や豆を売ってる婆だ。それともあのがりがり婆あのほうがお気に召すかな、ほれ、あの料理屋の厨房で皿を洗ってる。それとも――」

そこで声がとぎれた。

向こうの部屋の扉がゆっくりと、人目をはばかるように開いた。次の瞬間、若く美しくしなやかなモンヒタが、情熱もあらわに、大佐の首っ玉にかじりついた。

誰もが言葉を失った。銃床で額を殴られた気分だった。短剣の一刺しが四人の胸を等しくえぐった。

それから何年も溜まっていた憤懣が一気に噴き出した。騙されたのは奴じゃなくこちらだった。その衝撃に、失望に、打ちひしがれた自尊心に、わたしたちはわれを忘れた。

「弱虫のくせに！」ブロッケンドルフががなりたてた。「卑怯者のくせに！　ひょうろく玉のくせに！　タラベラで俺たちが散弾を浴びて突撃してたとき、騾馬の死骸の後ろに隠れてたくせに！」

「お前が一万二千フランの給与と八千フラン分のビスケットと塩漬肉をちょろまかしたせいで、俺たちゃ餓え死に寸前だ。戦《いくさ》の前というのに連隊には一ロートのパンさえなかった」

「お前の従弟がヘッセン選帝侯の戦時経済顧問でさえなきゃ、スルト元帥がとっくの昔にお前の肩章を捥《も》ぎ取ってるはずだ」

「どんだけの馬を二重に計上した！　盗人《ぬすっと》！　業突張り《ごうつくば》！　ユダの兄弟！」

頭にきたわたしたちは喉が潰れるほど叫んだが、大佐の耳にはとんと届いてないようだった。

大佐はモンヒタの髪から絹のヘアネットを外し、両手で顔をはさんだ。
「聞こえてやがらん！」憤怒で息を詰らせそうになりながら、ブロッケンドルフが怒鳴った。「見てやがれ、神よわれに呪いあれだ。大佐に聞かせてやる。地獄の悪魔がみな目覚めようがかまうもんか」
そう言いざま両手の拳骨で窓扉を叩いたので、窓ガラスが音を立てて街路に落ちた。それから外にぐいと身を乗り出し、拳骨で拍子をとりながら、深い低音《バス》で、大佐を馬鹿にする歌をがなりたてた。この歌はある龍騎兵と擲弾兵がタラベラでこしらえたもので、士官が誰も聞いてないと知るや、兵卒たちがこぞって歌いだすものだ。

戦たけなわであろうとも
大佐閣下は命が惜しい
キャノン一発どんと鳴りゃ
膝ががたがた震えだす
臼砲ぴかりと閃《ひらめ》いて——

疲れはてて彼は止め、息を喘がせた。大佐は聞いていなかった。モンヒタをかき抱き、身に引き寄せた。モンヒタの顔が大佐の胸につぶされ歪み、赤銅色の髪がしどけなく彼の肩にかかるのを、わたしたちはいやおうなく見守るはめになった。

この光景に憎悪は百倍にも膨れあがり、その狂気じみた怒りにわたしたちの理性は失われた。大佐に声を聞かせ、モンヒタを腕から引き剝がさねば。その一心のあまり、他のことは目にも耳にも入らなくなった。

「お前らも歌え、そしたら奴も聞こえる」ブロッケンドルフが叫んだ。そしてもう一度タラベラの歌を歌いだした。皆でいっしょに、肺の底からありたけの声を絞り、凍える夜気に向けて合唱した。

臼砲ぴかりと閃いて
マスケット銃轟けば
奴はたちまち冷汗たらり
泣き喚いたりお祈りしたり。
けれど金貨が両の手に
銀貨がポケットいっぱいに
転がり落ちさえしたならば
がぜん勇気が湧いてくる。
汚い金を目にするや
ふたたび顔色はつらつと。

しかしとつぜん、歌い終わりもしないうちに、モンヒタが大佐の腕を振り解《ほど》いた。そして壁に掛かったマリア様の絵に近づき、爪先立ちになって、聖処女の顔を絹のヘアネットで覆った。これから起こることを見せまいとでもするように。

すかさず大佐が蠟燭を吹き消した。わたしたちが最後に見たものは、聖母の前の子どもっぽいすらりとした体と大佐のいやらしく垂れた頰だった。すぐに何もかもが消えた。テーブル、ベッド、二つの燭台、覆われた画、椅子のうえの三角帽子――すべて闇に呑まれた。だがわたしは見た気がした。欲望にわれを忘れ、互いに絡みつこうと逸る、大佐とその愛人の影のような姿を――。

わたしたちは錯乱の虜となった。市に迫る脅威も、〈皮屋の桶〉も、合図を待つゲリラもすべて忘れた。誰かの悪態が聞こえた。血が凍るほど瀆神的な言葉だった。狂犬病にやられた犬みたいな咆哮がそれに和した。ブロッケンドルフとドノプがオルガンめがけ、怒濤のように木の階段を駆け上がるのが見えた。

ひとりが鞴《ふいご》を踏み、ひとりが鍵盤を叩いた。オルガンが鳴り響き、タラベラの歌が丸天井に反響《こだま》して部屋に満ちた。わたしたちは四人いっしょになって、歌いに歌いまくった。エグロフシュタインが乱暴に体を揺すり拍子をとった。そしてオルガンは歌を圧《お》し潰《つぶ》すばかりに轟きわたった。

銀貨がポケットいっぱいに

転がり落ちさえしたならば
がぜん勇気が湧いてくる。
汚い金を目にするや
ふたたび顔色はつらつと。
お前の兜《かぶと》は狐色
お前はユダかぺてん師か。

とつぜんわたしは正気に返った。顔を冷汗が伝い、膝が震えだした。お前は何をしでかした——その問いが繰り返し頭に響いた。だがオルガンは鳴り続けている——「お前はユダかぺてん師か」

死がオルガンを奏し、悪魔が鞴を吹いているとしか思えなかった。その下方、部屋の中央では、身の毛もよだつ侯爵の影が、焜炉から弾《はじ》ける火の粉を浴びて立ちはだかり、荒々しい勝ち誇った身振りでわたしたちの死の歌を指揮していた。

いきなりあたりが静まった。オルガンは止み、割れた窓ガラスから吹きつける風の唸りだけが残った。下にふたたび四人が揃った。寒気で震えるなか、ブロッケンドルフの荒い喘ぎが間近で聞こえた。

「何てことを！」エグロフシュタインが呻いた。「何てことしやがった」

「狂ってるにもほどがある」ドノプが喘いだ。「ブロッケンドルフ、あなた叫んだでしょう。

『ドノプ、オルガンに行け』って」

「俺だと？　俺は何も言わんぞ。ドノプよ、お前こそ俺を呼んだろう。『鞴を吹け！』って」

「言いませんよそんなこと。神も照覧あれだ。揃って化物にたぶらかされたんだろうか」

向かいの家の窓が音をたてて鳴った。誰かが走る足音。意味不明の叫び。遠くで太鼓が狂ったように警報を発している。

「外に出ろ！」エグロフシュタインが歯の間からささやいた。「さっさと出ろ！　ここにいるのを見つかるとまずい」

半地下聖堂の石甃を反響《こだま》させ、テーブルを押し倒し、廊下や階段を通り抜け、火薬樽に躓き、転んでは起き、わたしたちは喘ぎ喘ぎ命がけで走った。

通りに出ると、早くも山から一発目の砲声が聞こえてきた。

火災

息を整えるのにしばらくかかった。それまでのあいだは寒さに震え、死ぬほど疲れを感じながらどこかの家の壁にもたれていた。だんだん意識が戻ってくるにつれ、自分がどこにいるのか、周囲で何が起きているかがわかってきた。

ブロッケンドルフは大声で誓わなかったか。「大佐に聞かせてやる。地獄の悪魔がみな目覚めようがかまうもんか」と。その言葉通り大佐はわれわれの歌を聞き、そして神よ、地獄の悪魔がことごとく目覚めたのだ。

ゲリラの砲撃は一時も止まず、街路にも人家にも榴弾や焼夷弾が降り注いだ。侯爵邸の聳える一角が炎に包まれ、アルカー河の橋のたもとの水車小屋からも火の手があがった。聖ダニエル修道院の屋根裏部屋の窓から濃い黒煙が毒々しく渦を巻き、司祭館の破風を突き抜けて火柱が二本、垂直に立ち昇った。

聖母ピラール教会とヒロネラ塔の鐘が鳴り、火災と襲撃の警報を発した。擲弾兵の部隊がめくらめっぽうに街を駆け、てんでに勝手なことをわめいていた。攻撃しろ、発砲しろ、弾籠めだ、方陣を作れ、思いきって出撃だ。恐怖に顔をひきつらせた住民が家財を背負って走る姿があちこちで見られた。火災から免れた家を探して、地下室に籠ろうとしているのだろう。

大佐は着替えもそこそこに、たえずエグロフシュタインとその部下の名を呼びながら、家からまろび降りてきた。誰も耳を貸さなかった。誰にも大佐とわからなかった。それでも彼は騒ぐ群衆を殴ったり突いたりしながらしゃにむに進んだ。

そこにエグロフシュタインがやって来た。大佐は真っ赤になって食ってかかった。エグロフシュタインは拳固を避けるかのように後ずさりして肩をすくめた。そこを人の群れが通り過ぎ、わたしの視界をさえぎった。群れは薄黒い一かたまりとなって、無言のまま突き進んでいく。ドノプが中隊に駆け足をさせ、サンロケの外塁へ率いているのだった。戦闘がはじまったらしい——風に乗って小銃の射撃音と、かすかな太鼓連打、それから入り乱れた叫びが聞こえてきた。

ドノプの中隊が見えなくなったあと、わたしはふたたび大佐に目をやった。大佐は修道院の門前に立ち、二人の擲弾兵に何か命じている。擲弾兵たちは鶴嘴《つるはし》と湿した布で身を守り、燃え盛る建物に押し入ろうとしていた。腕組みをして見守る大佐を眺めているうちに、とつぜんあることに思い当たり、髪の毛が逆立った——自分のサーベル、二連発の小型ピストル、革手袋——何もかも半地下聖堂に置き放しだ。石甃か長椅子のうえにまだあるはずだ。エグロフシュタインやドノプやブロッケンドルフの武器も同じだ。心臓が止まりそうになった。イエスさま、マリアさま、とわたしは心のなかで叫んだ。きっとあの二人に見つけられる。もうおしまいだ。合図を送ったのは死んだ侯爵ではなく、わたしたちであることがばれてしまう。

二人はすぐに戻ってきた。意識をなかば失い、足取りはふらつき、髭と服を焦がし、顔と両手を灰まみれにして。一人の腕には血まみれの布切れが巻かれていた。榴弾の破片が手首に食い込んだのだ。ものの百歩も行かぬうちに引き返さざるをえなかったという。部屋も回廊も濃い煙でいっぱいとのことだ——わたしは胸のうちで神の助けに感謝を捧げた。

そのうち大佐とエグロフシュタインは馬に飛び乗り、風や炎と競いあうように、燃え続けるヘロニモ街を抜け、サンタ・エングラシアの病院を目指し去っていった。病院も砲火を浴びているとの知らせが入ったからだ。

他のものも散り散りに去っていった。街路には人っ子一人いなくなった。残ったのはブロッケンドルフとわたし、それからティーレ伍長などわたしの部下八、九名だけだ。迫りくる危険をものともしない、あるいはそこまで考えが及ばないものばかりだった。建物の地階に蔵《しま》ってある予備の麻屑と麦藁が火種になれば、食堂や集会広間や回廊に置かれた火薬樽にいつ炎が襲ってもおかしくない。修道院の焼失は避けようがない。周囲の建物に燃え広がるのを防ぐだけで満足するしかなかった。

ブロッケンドルフがわたしを呼びつけて命じた。お前はここにいて、部下に通りの向こう端を封鎖させろ、一人たりとも包囲線を突破して修道院に近寄らせるなと。すでに短い轟音が二度、続けざまに屋内から聞こえていた。火薬樽が二つ爆発したのだ。

風が唸り、雪片をわたしにぶつけてきた。街路は煌々と照り映え、燃える修道院の窓が夕陽を浴びたように輝いた。

砲撃はなお市の家々に向かって轟いてはいたものの、侯爵邸のある区域の火災は、なんとか収拾がついたようだ。

わたしが持ち場についていると、騎兵の一団がギャロップで包囲線を蹴散らすのが見えた。先頭にいるのはサリニャックだ。蹄の響きが街路じゅうに反響《こだま》した。

サリニャックは軍帽もマントもつけず、サーベルを握っているだけだった。灰色の口髭は乱れ、気が立っているのか、生気のない顔が痙攣していた。

わたしは飛び出て、馬の前に立ちはだかった。

「申し訳ありません騎兵大尉、ここは通り抜けできません」

「退《ど》け！」彼は怒鳴り、わたしのすぐ前で馬を止めた。

「街路は封鎖されています。大尉の命の保証はできません」

「わたしの命など貴様の知ったことか。自分自身の心配でもしておれ。もう一度言う。そこを退け」

そう言うと馬に拍車をくれ、サーベルをわたしの頭上で振りまわした。

「命令を受けています」わたしは叫んだ。「誰も――」

「命令なぞ糞食らえだ。いいから退け」

わたしはわきに下がり、サリニャックは部下を率いて荒々しく通りすぎた。

そして修道院の門前で馬から飛び降りた。その上着と長靴は、間近で砲弾が落ちたのか、粉塵と泥にまみれている。そしていらだたしそうに、あたりを眺めまわした。

ブロッケンドルフが街路の向こう端から息せき切って駆けつけてきた。

「サリニャック！」まだわたしたちの前に来ない前に、彼は呼びかけた。「いったいぜんたい、何をするつもりだ」

「奴はまだいるのか？　姿は見たか？」

「奴って誰だ。大佐か？」

「ボリバル侯爵だ」サリニャックが叫んだ。これほどの憤りと憎しみを滲《にじ》ませた声は、今まで聞いたことがなかった。

「ボリバル侯爵？」答えに窮してブロッケンドルフは言いよどみ、口を開けたままサリニャックを見つめた。

「奴はどうした。ここから逃げたか」

「わからない」弱ったブロッケンドルフはしかたなく答えた。「この門からは出ていない」

「ならまだ中にいるな」迷える魂を前にした悪魔のように喜んでサリニャックが叫んだ。「今度こそは逃さん」

そして部下の龍騎兵に命じた。

「叛逆者はここにいる。馬から下りてついてこい」

龍騎兵たちに動揺が走った。一様に首を振り、途方にくれたように上官と燃える修道院とにかわるがわる目をやっている。

「サリニャック！」騎兵大尉の気違いじみた企てに肝をつぶしたブロッケンドルフが叫んだ。「死ぬつもりか。火薬が！　火はすぐに――」

「突進！」耳も貸さずにサリニャックが部下に命じた。「臆病者と呼ばれたくなくばわたしに続け！」

龍騎兵のうち四人、いずれ向こう見ずで恐いもの知らずで、マレンゴこのかた百の戦線をくぐり抜けた男らが馬から飛び降りた。一人が言った。

「戦友よ、勇者の行く天国はひとつしかない。またそこで会おうぜ」

「気でも狂ったか！」ブロッケンドルフが怒鳴った。

「皇帝に栄光あれ！」サリニャックが叫び、サーベルを振り回した。「皇帝に栄光あれ！」龍騎兵たちが唱和した。そして五人いっしょに門の奥に突進した。わたしたちは彼らが渦を巻く燃え殻に覆われ消えるのを見送った。

「見るべきものを見たならば、引きかえしてくるだろうよ」しばらくしてブロッケンドルフがつぶやいた。

「帰って来るもんですか、大尉」ティーレが言った。「帰ってなんか来ませんよ」

「誰もこの地獄から生きては戻れない」他のものが言った。

「そのとおりだ」ティーレがうなずいた。

「ありもしないものを追って、死に飛び込んだんですね」わたしはブロッケンドルフにささやいた。「わたしたちのせいで」

「ほんとうのことを言えばよかった」ブロッケンドルフが呻いた。「神よ許したまえ、白状すべきだったのに」

「サリニャック！」わたしは炎のなかに叫んでみた。「サリニャック！」

遅すぎた。何の答えもなかった。

誰かがつぶやいた。「あの士官、まるで死にたくて行ったみたいだったな」

「よく言った！」ティーレ伍長が叫んだ。「そのものずばりだ、若いの！　俺はあの老人を知っている。奴は死に急いでいる――天国へか地獄へか、そこまではわからんが」

一瞬誰もがとつぜん他のものを見失った。凄まじいばかりの雲煙が街路を覆ったからだ。だが突風にたちまち散らされた。続いて爆音が短く轟き、わたしは地面に投げ出された。馬たちは怯えて荒れ狂い、騎手もろとも駆け去っていった。いまやあたりは静まりかえり、物音ひとつ聞こえない。やがてブロッケンドルフが狂ったようにわめいた。

「逃げろ！　退却！　あれは火薬だ！」

気がつくと道の向かいにある家のアーチの下にいた。なぜあんなにすばやく動けたか、今考えてもわからない。頭上でごろごろ、がたがた、めしめし、みりみりと耳を聾せんばかりの音がして、梁が、石材が、燻る瓦礫が、燃える木材が宙に投げ出され、雨あられとなって降りかかってきた。修道院の壁が裂け、灼熱の海と化した屋内を覗かせた。

ティーレ伍長が手を振って合図しながら駆け寄ってきた。そして地面に身を投げ出し喘いだ。

いたるところで人が壁に張りつき、燃え殻や煙が風で目に入るのを腕で防いでいた。燃える梁の下敷きになった死体が街路の中央で手足を長々と伸ばしていた。

「ヨッホベルク！」ブロッケンドルフの声が聞こえた。だが姿は見えない。どこに避難しているかもわからなかった。「どこにいる？　生きてるか？」

「ここです！　大尉はどこに？　サリニャックはどうなりました。見ましたか？」

「くたばった！」ブロッケンドルフが叫び返した。「地獄はひとりも返してよこさなかった」

「サリニャック！」瓦解の轟音に向けてわたしは叫んだ。そして少しのあいだ耳を澄ませた。望みを持っているわけでも信じているわけでもないのに。

「サリニャック！」もう一度呼んでみた。「サリニャック！」

「誰だ呼ぶのは？　わたしはここだ」答えとともに、いきなり騎兵大尉が炎と煙の中から現れた。服はちろちろと燻り、額の布はぼろぼろに焦げ、手に握ったサーベルの刃は柄《つか》まで赤く焼けている。なのに彼はそこに立ち、わたしの目も彼を見ている。だがわたしの目は、彼がそこにいるのを信じようとしなかった。炎と死と地獄と消滅から吐き出されたのを。

わたしはサリニャックを見つめるばかりで、かける言葉が見つからなかった。だがブロッケンドルフが歓呼の叫びを吐き出した。

「サリニャック！　生きてたか！」そう呼びかけた声には驚愕と疑惑、そして恐怖が入り混じっていた。「くたばったと思って悲しんだじゃないか」

騎兵大尉は体をのけぞらせて笑った――総毛の立つその哄笑はいまだに耳に残っている。

「他の奴はどうなった?」叫ぶようにブロッケンドルフが聞いた。

「もし侯爵が、ボリバルがあそこにいたなら——最後の合図はもうあるまい」

そのとき——屋根から垂木が捥《も》がれ、空に舞い、凄まじい音をたててサリニャックの足元に落ちてきた。

「こっちに来い!　サリニャック!」ブロッケンドルフがなおも呼びかけた。だが声はざわめきにかき消された。

サリニャックは微動だにせず、背筋を伸ばして立っていた。ぐらつきだした修道院の壁が撓《たわ》んだと思ったら、轟音とともに崩れ落ちた。火柱が天を突き、焼けた瓦礫が街路に降り注いだ。渦を巻き舌を伸ばす炎を踏みつけ、落ちてくる材木と飛び散る石塊のあいだを縫って、サリニャックが悠々と歩き去っていくのが見えた。滅びと死のさなかにあってさえ、時間にはたっぷりと恵まれているとでもいうように。

祈り

夜の二時ころ、ヘッセン連隊のローヴァッサー少尉が麾下の斥候隊を連れて、わたしたちと交代するためにやってきた。この少尉の報告によってはじめて知ったのだが、ゲリラどもは火災の混乱に乗じてわが軍を撃退し、サンロケ、エストレリャ、モン・クールの各外塁を占領したという。最終防衛線だけはヘッセン連隊がギュンター、ドノプの両中隊の増援を受けて死守した。だがアルカー河と交差するこの防衛線は、市壁からは石を投げれば届くくらいの距離しかない。

この頃には砲撃の激しさも一段落していた。間を置いて轟く砲弾は、必死の覚悟で表に出た住民をそのたび地下壕へ追い戻した。その散発的な砲火も夜明け前に鳴りをひそめた。叛逆軍は夜陰に紛れた襲撃という目的を達し、ボリバル侯爵の次の指令を待っているのだろう。

部隊が交代したちょうどそのとき、天候が急に崩れた。まず吹雪が起こり、やがて土砂降りに変わった。数分のうちに狭い小路は水浸しとなり、地面はぬかるみ、わたしは踝《くるぶし》まで泥にまみれて、濡れ鼠のまま寒さに震えた。ようやく宿舎までたどりつくと、服も脱がずにベッドに身を投げ、三時間ばかり眠った。だが朝の五時ごろ大佐の伝令兵が起こしに来た。直ちにエグロフシュタインの執務室まで出頭せよというのだ。

外に出ると街は深い闇に包まれていた。空気は湿って淀《よど》み、空には厚く雲がかかっているようだ。不安とおぼろな胸騒ぎに襲われて、わたしは思わず身震いした。すべてが露見したとしか思えなかった。今呼ばれたのだって、ドノプとブロッケンドルフがオルガンを弾いたときに居合わせたからに決まっている。

思い切りよく大佐の前に出る気になれず、わたしはのろのろと別の道をたどった。会見に先立ってブロッケンドルフやドノプと話をしたかったからだ。だが二人とも不在だった。扉には鍵がかかり、窓は暗かった。歩くあいだも二人に行き会うことはなく、暗がりから浮かび出るのはスペイン人ばかりだった。男もいれば女もいる。手におのおのランタンを持ち、四方八方から聖母ピラール教会へ押し寄せている。恐ろしい出来事のあとで、ミサを聞いて慰謝と希望を得ようとする人たちだ。

心臓を高鳴らせながら執務室に入ったときには、すでにナッサウ連隊とヘッセン連隊の将校たちが集合していた。非番であるか、あるいは防衛線に配置されていたものだった。サリニャックもそのなかにいて、例の傍若無人な仏頂面をして立っていた。皇帝の近衛兵を長く勤めた老人将校が危険な戦《いくさ》のなかではしゃぎ回るのを禁じられると、よくこういう顔つきをする。わたしが入室すると、灰色の乱れた眉毛の下から刺すような一瞥をくれた。その憎憎しげなまなざしはこう語っているようだった。貴様らがあの晩落ち合ったことはよく覚えている。だが何も喋らぬほうが身のためだぞ。

隣の部屋に木枠に革紐を張ったベッドがこしらえられ、ギュンターが横たわっていた。肩を撃ち砕かれて高熱を出し、呻き声をあげていた。病院は負傷者や病人で満杯なため、ここに運ばれたという。ヘッセン連隊の軍医がベッドのかたわらに立ち、着古した婦人用ブラウスを長々と裂いてギュンターの包帯と取り替えてやっていた。

わたしのすぐあとに、ヘッセン連隊の大尉シェンク・ツー・カステル－ボルケンシュタイン伯爵が、グレーハウンドを連れて悪態をつきつつ入ってきた。足をひきずり、杖で体を支えている。昨夜大慌てで眼鏡形堡塁〈モン・クール〉から退却したとき、左脚を負傷したのだそうだ。伯爵はエグロフシュタインのほうにきっと向くと、せっかちでいらついた口調で訊ねた。何の用で呼んだ、前哨からまっすぐ来たが、そのままあそこにいたほうが議論の余地なく有益だったのに。エグロフシュタインは肩をすくめ、何も言わずに大佐のほうに顎をしゃくった。見ると大佐は机に腰をかけ、蠟燭の芯を切っている。そのときブロッケンドルフが声を張りあげて文句を言った。俺の部下なんかまだ寝るところさえなく、膝まで泥に浸かってる。乾いたマントさえないんだぞ。

大佐が目を上げ、市とその周辺の地図を膝のうえに広げ、静粛を命じた。

彼が話しだすと、ささやき声があちこちで起きた。少しのあいだ、誰もがわたしを見ている気がしてならなかった。まるでわたしは死刑囚で、他のものはわたしを裁くために集まったかとも感じられた。ドノプも打ちひしがれた様子で俯《うつむ》き、エグロフシュタインは心配そうに負傷したギュンターのほうに目をやった。ブロッケンドルフだけがあいかわらず不敵な面構えで、こんなことは時間の無駄だとでも言いたげな不機嫌でいらいらした気持ちを隠していなかった。最初の言葉が大佐の口から発せられたとたんに、わたしの懸念はまったく馬鹿げたものだったことがわかった。明らかに大佐は真相を看破しておらず、事は死んだボリバル侯爵のせいと今なお思っていた。

重い胸苦しさが去っていった。身を引き締めていた緊張がゆっくりと緩んでいった。自分がどれほど疲れているかはじめて意識して、わたしはストーブの後ろに積んであった薪《たきぎ》の山のうえに倒れるように腰をおろした。

大佐の話は夜の戦闘に移り、ヘッセン部隊の規律と将校たちが見せた冷静沈着な行動を賞賛した。われわれの連隊については一言も口に出されなかった。ヘッセンの将校たちは馬鹿にしたようにわたしたちを見てにやにや笑った。それがドノプの気にくわず、エグロフシュタインに小声で言った。「誰もがギュンターみたいに粘ってれば、外塁も奪われなかったでしょうにね」

〈公子〉連隊のフォン・デュビチュ少尉は、一日中海老《えび》を茹でている料理女みたいな赤ら顔をした太った男だったが、これを聞きとがめて、ドノプに食ってかかった。

「何を言いやがる。俺たちのなかに義務を怠ったものがいるとでも言うのか」

「大佐がいま言ったように」カステル‐ボルケンシュタイン大尉も叫んだ。「わが連隊の擲弾兵は最後まで持ち場を離れなかった」

ドノプは何とも答えなかったが、エグロフシュタインの耳に体を傾け、聞こえよがしの声で言った。

「あの人たちが泡を食って逃げてるところにちょうど間に合いましたよ。復活祭の日の仕立屋みたいに飛び跳ねてました」

この発言を皮切りにいっせいに口論がはじまり、辛辣な言葉が飛び交った。赤ら顔のフォン・デュビチュ少尉がドノプをどなりつけ、拍車を響かせ足を踏み鳴らし、カステル－ボルケンシュタインのグレーハウンドがその合間に叫び、しまいには大佐が両手の拳をテーブルに叩きつけ、静粛を命じなければならなかった。

興奮はおさまり、騒いでいたものたちは口をつぐみ、憤怒と軽蔑の目で互いをうかがうばかりとなった。ブロッケンドルフひとり、黙るのをいさぎよしとせず、なんとか鬱憤を晴らそうとあらゆる雑言を並べたてた。なにしろ自分の中隊の兵舎が焼かれたのに、いまだそれに代わるものがないのだから。

「どれだけのあいだ、わたしの部下は雨が降るなか、街路で野営しなくてはならないのでしょうか。醜態ではありませんか。ぬかるみに中隊もろとも沈むのを待っていろというのですか」

「一時間前に、新しい兵舎を割り当てたはずだ」

「兵舎？　あれが兵舎ですと？　羊小屋一軒に納屋一軒じゃ、四分の一しか入りません。おまけに鼠が頭のうえを走ります」

「あれだけあれば十分だ、二個中隊は優に入る。いつまでつべこべ言ってる」

「大佐、わたしの義務は――」

「黙ってわしの決定を尊重するのがお前の義務だ。わかったな」

「失礼いたしました、大佐どの」ブロッケンドルフは吐き捨てるように言った。憤りのあまりに汗が吹き出ていた。「わが与太者どもには泥水を飲ましておきましょう、ぬかるみのなかで窒息させておきましょう。幕僚は誰でも暖房のきいた部屋で――」

そこで口をつぐみ、舌先まで出かかった言葉を飲みくだした。大佐が勢いよく机から立ちあがったからだ。大佐は怒りで赤らんだ顔でブロッケンドルフに迫り、両の拳を握り締め、額に血管を浮かせて言った。

「サーベルが重すぎるというなら、いつ外してもいいぞ、大尉。すぐそこに営倉もある」

ブロッケンドルフは飛び退《すさ》り、大佐をまじまじと見つめたが、何も言わず目を伏せた。怒りの発作を目の当たりにして、覇気と負けん気が萎《しぼ》んでしまったのだ。取り巻く将校たちも死んだように静まりかえった。大佐はゆっくりと背を向け、もとのところに座った。

まるまる一分間も沈黙が支配した。誰も身動きひとつせず、火の爆ぜる音と、大佐が手に持つ紙が擦《す》れる音のほかは何も聞こえなくなった。

それから大佐が報告を続けた。声は落ち着いていて、さきほどの興奮はかけらも見られなかった。

「市とその駐留軍は、逼迫した状況にある。もちろん叛乱軍がすぐ襲撃を再開するおそれはない。というのも、さきほどの敵の作戦行動を市内から合図して指揮しておったボリバル侯爵は

――」ここで大佐は短い間をおき、サリニャック騎兵大尉を目で探した――「侯爵は、信頼すべき報告によれば、火薬庫の爆発により死亡したことが確認されている。現在のところ、叛乱軍には指揮官も作戦計画もない。ゲリラが影の司令官ならびに参謀の死を知る前に、ディリエール旅団がここまで到達できるかどうか、すべてはそこにかかっている。それ以前に攻撃再開がなされればわれわれの敗けだ。というのも――」大佐はここで息を継ぎ、次の言葉を言うのを躊躇した。――「言いづらいことだが、わが軍にはもはや火薬がない」

「水をくれ！」ギュンターが別室で、耳をつんざくような声で叫んだ。軍医はわたしたちとともに、扉にもたれパイプを吹かして大佐の話を聞いていたが、すぐに水差しを持つと負傷兵のもとに走った。

「火薬がないのか」フォン・デュビチュ少尉が困ったようにつぶやいた。エグロフシュタインが真面目な面持ちでうなずいた。わたしたちは何をしたらいいのかわからず、ぼんやり立ちつくしていた。事態がそれほど深刻とは、誰も考えていなかったからだ。

「であるから、何をおいても重要なのは」大佐があらためて話し出した。「わが駐留隊の窮状をディリエール総司令官のもとまで通知することだ。ここに報告書がある。誰かがゲリラの包囲線を突破して届けねばならない。お前らを招集したのはそのためだ」

重苦しい沈黙が部屋を支配した。サリニャックだけが耳をそばだて、一歩前に進み、そのまま立ち止まった。胸をときめかせているようにも見えた。

カステル＝ボルケンシュタインが低い声で言った。

「無理だ」

「無理ではない」大佐が声を荒らげた。「勇気があって知恵が回り、スペイン語が話せ、農夫か驟馬曳きに変装できるものならば」

サリニャックが言葉もなく向きを変え、むっつりした顔で部屋の隅に引っ込んだ。

「ゲリラに捕まれば、首を括られる」ヘッセン連隊のフォン・フローベン中尉が軽く笑い、汗で濡れた額を撫でた。

「違いない」そう言ったフォン・デュビチュ少尉の息づかいは、興奮で荒くなっていた。「今朝、前哨地帯から帰ろうとしたら、向こうの奴らが声をかけてきた。麻は去年豊作だったから、お前らみんなを吊るしても、たいして懐は痛まないとさ」

「そのとおりだ」大佐が静かに言った。「叛乱軍は捕虜を吊るす。いまにはじまった話ではない。だがやらねばならない。お前らのなかでこの冒険を志願するものには――」

甲《かん》高い笑いがわたしたち皆をびくっとさせた。見るとギュンターが熱に浮かされ寝床から這い出してきていた。開け放しの戸口に立ち、笑い続けている。

赤い木綿の毛布の端を片手に持ち、もう一方の手で扉の側柱につかまって体を支えていた。ギュンターはこちらを見ていなかった。熱く淀んだ目は遥か遠くに向けられている。スペインから駅馬車に乗って、たったいま父母の家に帰ってきた。ほてった血に浮かされて、そう信じているらしい。毛布を落とし、手を振り回し、なおも笑うのをやめない。

「ただいま！　誰もいないのかい？　開けておくれ、帰ってきたよ。ほら早く、豚を屠《ほふ》って、鷲鳥を絞めてくれないか！　音楽とワインも！　早く《アレグロ》！　早く《アレグロ》！」

軍医が彼の腕を摑み、ベッドに戻るように必死で説き聞かせた。熱のなかでも軍医はわかったらしく、ギュンターは彼を突き飛ばした。

「行っちまえ藪医者。放っといてくれ。髭剃りと瀉血《しゃけつ》しかできないくせに。おまけにどっちも下手なくせに」

医者は面食らってパイプを落とし、困惑した目で大佐を見つめ、自分自身とギュンターを弁解するように言った。

「熱に浮かされたたわごとですよ。誰にだっておわかりでしょう」

「どうだかな」騒ぎに気分を害した大佐が言った。「そいつをつまみ出せ」

「俺は病気だ」ギュンターは溜息をつくと、わたしたちの頭越しに遠くを見つめた。「熱いものを食って冷たいものを飲む、肝臓はそんなのには耐えられない。寺男のおかみがそう言ってた」

「奴は母親にはもう会えまい」フォン・デュビチュがカステル－ボルケンシュタインにささやいた。

軍医はやっとのことで病人を追い出して寝床に連れ戻した。ほんとうは腕の立つ医師で、数年前に憂鬱症の本質に関する小冊子を刊行したこともあった。だがここでは誰も正当に遇さない。

大佐は居住まいを正し、懐中時計に目をやり、それからあらためて将校たちのほうを向いた。

「もう時間がない。これ以上の逡巡は破滅を招きかねない。志願したものは陛下の前で推挙してやる。即時の昇進は確実だ」

それでも部屋は静まりかえったままだった。ギュンターが喘ぐ声が外から聞こえた。ブロッケンドルフは決心がつかぬように立ち、ドノプは頭を振った。カステル＝ボルケンシュタインは困ったように自分の麻痺した足を指し、フォン・デュビチュはブロッケンドルフの広い背に隠れて大佐の視線を避けようとしていた。

何かが動く気配がした。一人の男がフォン・デュビチュとブロッケンドルフのあいだを無理やり通り、エグロフシュタインを押しのけて大佐の前に現れた。サリニャックだった。

「わたしに行かせてください、大佐」性急にそう言ってのけると、先んじるものはないかと恐れるように一同を見回した。闘争心と興奮が稲妻のように淡黄色の顔に走り、胸のレジオン・ドヌール勲章が蠟燭の光に輝いた。前屈みで立つその姿勢は、まるで見えない手綱を手に取り、すでに鞍に乗ってゲリラの戦線をギャロップで突破しているようにも見えた。

大佐はサリニャックをしばらく見つめていた。それから手を差し出し握手した。

「サリニャック、お前は勇敢な男だ。感謝するぞ。陛下にも報告してやる。すぐ家に戻って、おまえが最適と思う変装をしてこい。敵の前哨地域までヨッホベルク少尉に付き添わせよう。すぐ行け。そして十五分後にまた来てくれ。詳しい指示はそのときする」

そして他のものに退室を命じた。執務室から人が引き上げていった。まっさきにフォン・デュビチュが、危険な任務を肩代わりしてくれたことを喜びながら出ていった。エグロフシュタインとシェンク・ツー・カステル‐ボルケンシュタイン伯爵は一瞬戸口で立ち止まった。互いに先を譲ろうとしたのだ。

「どうぞ、男爵」カステル‐ボルケンシュタインが軽く手を振って言った。

「伯爵こそ」エグロフシュタインがぎごちなくお辞儀を返した。

誰かが蠟燭を吹き消した。だがわたしは闇のなかで、ストーブに寄りかかったままでいた。立ち去りがたい温《ぬく》もりだったし、雨でずぶ濡れの服も乾かしてくれるからだ。外から大佐の声が聞こえた。ぶっきらぼうな、相当に不機嫌な声だ。

「お前か、ブロッケンドルフ。このうえ何が望みだ?」

「大佐どの、兵舎の件でありますが」声は哀願口調になっていた。

「ブロッケンドルフ、お前はわしをうんざりさせる。他に兵舎なぞないと言ったろうが」

「大佐どの、ひとつ心当たりがあるのです。中隊全員に十分な広さがあるところです」

「心当たりがあるなら、行けばいい。なぜわしをこうも悩ませるのだ」

「しかしスペイン人どもが――」ブロッケンドルフが異をとなえようとした。

「スペイン人だと?　スペインの奴らなぞ気にするな。構わず追い出せ。どこだろうと勝手に入れ」

「すばらしい!　それじゃさっそくそうしましょう」満足げにブロッケンドルフが言った。短い階段をどかどかと駆け下りる音がしたかと思うと、熱狂してわめき叫ぶ声が外から聞こえた。

「大佐は話がわかる、部下を思いやる心を持っている。俺はいつもそう言っていた。大佐を悪く言う奴は糞食らえだ！」

それから家の奥に足を運ぶ大佐の重い靴音が聞こえた。扉が閉まった。あたりは静まりかえり、ストーブの火が爆ぜるかすかな音が聞こえるだけになった。

だんだんと闇に目が慣れてくると、自分がひとりでないのに気がついた。

サリニャックがまだ、部屋の中央に立っていたのだ。


あれから何年もの時が過ぎてしまった。思い返そうとしても、かつて鮮やかに目に映っていたものは茫として時の薄闇に沈んでいる。サリニャックが目に見えぬものと交わした奇妙な対話も、夢だったかと思えるときがある。だがそうではない。わたしは覚えている。わたしはちゃんと目覚めていた、そしてエグロフシュタインが大佐とともに戻ってきて、その蠟燭の親しげな光が部屋を照らした一瞬だけ――その何秒かのあいだだけ、ちょうどそのとき重苦しい悪夢から覚めたばかりであるかのような気がしたのだ。しかしそれは錯覚にすぎない。わたしは少しも眠っておらず、闇の中でサリニャックを認めて驚いたことも覚えているのだから。どうして彼がここに？――わたしは不思議だった。家に戻りスペインの農夫か騾馬曳きの服に着替えるよう命ぜられたはずなのに、まだここにいる。身動きひとつせず、時が過ぎるのも気づかぬように、じっと壁を見つめている。

そのうちサリニャックのささやきが聞こえてきた。てっきり誰かもうひとり部屋にいるのかと思った。ドノプか、ヘッセン連隊の将校か、それとも軍医だろうか。これほど人目を忍んで何をサリニャックと話そうというのだろう。闇のなかを透かし見ると、机と椅子のおぼろな輪郭が認められた。椅子の肘掛けにエグロフシュタインのマントがかかっている。連隊の書類一式が施錠して仕舞われている二棹のオークの櫃も見えた。部屋の隅に小さなテーブルもあって、エグロフシュタインの野戦用銀食器と陶製の洗面器が載っている。これらすべてがわたしの目に、部屋の中央にいるサリニャックの亡霊じみた姿とあわせて映った。だが他には軍医も将校もいなかった。

疲れ果ててはいたが、知りたい気持ちが湧いてきた。サリニャックがあんなに熱心に話しかけているのは誰だろう。わたしの目に映らぬ謎の男はどこにいるのか。わたしは耳を澄ませようと目を閉じた。しかし風が扉をがたつかせ、窓をしきりに鳴らしたため、低い呟きはかき消された。部屋の隅を仄かに照らすストーブの炎が眠気を誘った。手探りでもとのところに戻り、手で頭を支え、もしかしたら何秒か眠り込んだのかもしれない。サリニャックの笑い声がふたたびわたしの気を引き締めるまで。

サリニャックは笑っていた。だが楽しげな笑い声ではなかった。何かがそこにあった。憎悪か、反抗か、軽蔑か――どれも違う。ましてや絶望でもない。不安――でもない。腹立ちまぎれの愚弄。鬱憤晴らしの嘲笑――すべて違う。こんな笑いは聞いたことがない。そしてサリニャックがそのすぐあと空《くう》に向けて放った言葉も、負けず劣らず不可解なものだった。

「またしてもわたしを呼ぶのか」サリニャックは言っていた。「善良なるものよ、否だ。貴様に望むことはない。賢きものよ！　慈悲深きものよ！　否だ。貴様はあまりに何度もわたしを欺いた」

わたしは壁に貼りつき、息をつめて聞いていた。サリニャックはなおも続けた。

「またも希望で釣って、わたしを虚仮《こけ》にするつもりか。またもわたしが裏切られ、惨めに絶望するのが見たいのか。貴様の残酷な意志は先刻承知だ。正しきものよ、貴様は時間と永遠とに、復讐の遊戯で甘みをつけている――誰が信じるものか。ただわたしは知っている、貴様に忘却はないことを」

そして沈黙した。まるで雨の滴りから、風のざわめきから迫る声に耳を傾けているように。

それからサリニャックは躊躇《ためら》いながら、ゆっくりと一歩前に出た。

「貴様は命令するのか？　またもやわたしは従わねばならない。それが貴様の望みか。よかろう。行ってやる。だか知っておけ、わたしは貴様が遣わした道を、貴様以外のもののために行く。貴様より強いもののために」

サリニャックはふたたび黙し、闇に耳を澄ませた。いかなる深みから、いかなる遠方から答えが来たのかはわからない。声はまったく聞こえなかったから。

やがて彼は闇に向けてぐいと背筋を伸ばした。

「貴様の声は狂える嵐だ。だが恐れるものか。わたしの仕えるお方は獅子の口を持ち、声が千の喉から血に塗《まみ》れた野に轟きわたる」

ストーブの炎がいきなり揺れた。炎は激しい恍惚境にある土気色の顔を一瞬だけ照らし、ふたたび闇に沈めた。

「そうだ！　あの方がそうだ」サリニャックの声は喜びに溢れていた。「嘘をつくな！　あの方こそ約束された方、正しいお方だ。すべてが高い徴《しるし》に満ちているではないか。海より上り、頭《かしら》に十の冠冕《かんむり》を戴いている。まさしく告げられたとおりだ。『誰か此の獣に等しき者あらん、誰か之と闘ふことを得ん』。あの方には地の諸族に及ぶ力が授けられている。『全地の者これを怪しみて獣に従へり』」

　これを聞いてわたしは怖気だった。反《アンチ》キリストの姿が彷彿としてきたからだ。あの人類の敵は、その徴《しるし》と奇跡とをもって、その勝利と凱旋とをもって、神と称えられるもの、人の拝むあらゆるものより己を高くしようとする。生の封印が目の前で破かれた。そしてわたしは時の混乱のなかで、一瞬にしてその秘密の恐ろしい意味をはっきりと意識した。恐怖がわたしを金縛りにした。飛びあがって外に逃げたかった。一人になりたかった――だが体が動かない。胸に山ほどの石を載せられた囚人のように、なすすべもなく横たわるばかりだ。そして闇のなかで声は高まっていき、歓喜の、反抗の、暴動の、そして凱旋の荒々しい咆哮となって響きわたった。

「震えるがいい、哀れなものよ！　貴様の力はもうすぐ終わる。貴様に組して戦うものはどこにいる。額に貴様の名を記《しる》す十四万四千人はどこにいる。とんと見えぬぞ。しかしあの方は来られた。恐怖をもたらすもの、勝鬨《かちどき》をあげるものとして、貴様の地上の王国を粉々に砕くあのお方が」

　わたしは呼びかけようとした。叫ぼうとした。だが無駄だった、声一つあげられなかった。

低い呻きがかろうじて喉から出ただけだ。ひたすら騎兵大尉の言葉を聞き続けるほかなかった。たえまなく窓を打つ暴風と雨のざわめきを圧して、その言葉は響いた。

「かくてわたしは、またも貴様の前に立つことになった。またも貴様を無力な挫《くじ》けたものと見ることになった。誰がさえぎられよう、拳を上げ、憎らしいこの面《つら》にもう一度――」

サリニャックが不意に黙した。扉が叩かれ――勢いよく開いた。蠟燭の光が部屋に落ちた。エグロフシュタインと大佐が立っていた。

何分の一秒かのあいだ、サリニャックが拳を丸め顔を歪ませて、目をじっと、灰色の漆喰壁に掛けられた救世主像に注いでいるのが見えた。その険しい表情が緩んだ。そして拳を下ろして振り返り、ゆっくりと大佐に歩み寄った。

大佐は彼を見つめ、額に皺を寄せた。

「サリニャック！　まだいたのか。家に帰って支度をしろと命じたはずだ。時間を無駄にするな。何をやっていた」

「祈っておりました。大佐」サリニャックが言った。「これで準備は整いました」

そのあいだ部屋を眺め回していた大佐の視線が、わたしのうえに落ちた。

「ヨッホベルクじゃないか」そう言って彼は微笑んだ。「こいつめ、きっと眠りこけてたんだろう。やっと目を覚ましたか、ヨッホベルク！」

自分でも今まで眠っていて、深い夢のなかにいたような気がした。しかしわたしは頭を振った。大佐はそれ以上わたしにかまわず、あらためてサリニャックのほうを向いた。

「制服を脱いで、農夫か騾馬曳きの格好をしろと言ったはずだ——」

「大佐、わたしはこの姿のまま、馬に乗って行きます」

大佐の顔に驚愕と当惑と憤怒がかわるがわる現れた。そして癇癪が破裂した。

「サリニャック、気でも狂ったのか！　敵の歩哨に見つかったら最後——」

「敵は打ち倒します」

「アルカー河の木橋は敵の射程内に——」

「ギャロップで駆け抜けましょう」

大佐は足を踏み鳴らした。

「あきれた頭の固さだ！　お前はフィゲラスを抜けねばならない。あの村はゲリラの大群に占領されている。とうてい通過できまい」

サリニャックは昂然と頭をもたげた。

「わたしのサーベルの腕前を、ここで実演しろとでも言うのでしょうか」

「サリニャック！」困りきって大佐は叫んだ。「正気に戻ってくれ！　連隊の運命は、いやそれどころか、出兵軍全体の帰趨さえお前次第なんだぞ」

「心配していただく必要はありません、大佐」落ち着きはらってサリニャックは言った。

大佐は憤怒の面持ちで部屋をうろついた。そこにエグロフシュタインが割ってはいった。

「わたしは騎兵大尉を東プロイセン出兵時から知っています。生きたままゲリラの包囲線を突破できるものがあるとすれば、このものをおいて他にはいません」

大佐は決めかねたように立ったまま少し考え込んでいた。やがて肩をすくめて、不満を残した声で言った。

「よかろう。どのみちどうやって突破するかはお前の問題だ。他の誰でもない」

そしてテーブルから地図を取り上げて広げ、サリニャックがディリエール将軍の先遣隊と落ち合うべき場所を指でさした。

「わしの一番いい馬をやろう。イヴァネツ厩舎の焼印がある黄灰色の馬だ。精一杯走らせろ」

わたしたちは部屋を出て、ギュンターの部屋の前を通った。彼は寝床から半ば起き上がっていた——熱はひとまず引いたらしい。

「具合はどうだ、ギュンター?」通り過ぎざまに大佐がたずねた。

「奴らは俺を撃ちやがった。mortaliter（死ぬほど）」ギュンターがつぶやいた。「bestialiter（獣のように）、diaboliter（悪魔のように）。おいドノプ!」彼は叫んだ。また意識が乱れだしたらしい。「お前にもこのラテン語がわかるか? 可愛いお前! 泣くなと言ったろう。お前は泣くとマグダレーナみたいに——」

扉を閉じ、わたしたちは外に出た。曇った朝の最初の光が東の空から現れた。

大佐がサリニャックに手を差し出した。

「時間だ。くれぐれも気をつけてうまくやってくれ。神がお前をお守りくださるように」

「心配ありません、大佐」サリニャックは表情を動かさず答えた。「神はわたしを守ってくれます」

急使

サリニャックとわたしが堡塁を出発したのは朝の七時ころで、日はまだ上っておらず、大きなターレル銀貨のような月が灰色の雲の切れ目から顔を見せていた。ティーレ伍長と四人の龍騎兵が随行した。わたしたちは馬を宿舎に残し、サリニャックひとりが、頭を垂れ緩やかな足取りで歩む大佐の馬を曳いていった。

黒梅擬《くろうめもどき》の繁みの手前でわが軍の哨兵線に行き当たった。曹長と二人の榴弾兵が地面に寝転がっていた。マントはすっかり濡れ、軍帽にも霜が降りている。下士官はわたしたちが近寄ると起き上がり、足でトランプを脇にどけた。三人で勝負できるくらいにあたりが明らむのを待っていたと見える。

下士官は合言葉を訊ねて来なかった。わたしやティーレ伍長の顔を知っていたからだ。

「大佐の急使だ。密命を帯びている」サリニャックが手短に言った。下士官は帽子に手をやり敬礼した。そしてふたたび地面に腰を下ろし、凍えた手を擦りながら不平をこぼした。夜っぴて雨が降ったから、今日は銃に火がつくかどうかわかりませんよ。

「きっと今日も雨でしょうよ。暖《あつた》かい雨が降りますよ。蟇蛙《ひきがえる》や蝸牛《かたつむり》も穴から出てくるでしょう」

徹夜で疲れていたうえ腹も減っていたので、誰も天気の話題に乗る気になれなかった。わたしたちはそのまま歩を進めた。しばらくは繁みをまっすぐに抜け、それから左に折れた。馬が耳を立てて鼻を低く鳴らした。水の近くに来たのだ。

東の空が明らんできた。丘や野原にかかる霞《かすみ》を風が吹き払っていった。わたしたちの行く手に馬の死骸が横たわっていた。背に銃弾の痕があり、猛禽や狐に半身を食い散らかされている。そのまま近寄ると鳥がいっせいに鳴き声をあげて飛び立ち、アルカー河のほうに消えていった。一羽だけが途中で引き返し、凄まじい羽ばたきをさせて頭上を舞い、追い払っても逃げようとしなかった。

ティーレが立ち止まり、頭を振って毒づいた。

「腐肉のうえを飛ぶ鳥は縁起が悪い。悪魔の使いだ。俺たちのうち誰かが撃たれるって告げてるんだ」

「予言してもらうまでもない」龍騎兵のひとりがサリニャックを横目で見て応じた。「俺にはそれが誰かまでわかる。わざわざ悪魔が使いをよこして知らせてもらうまでもない」

「ひどい話だ」別の龍騎兵が言った。「だってそうだろ。勇ましい将校さんが、むざむざ死ぬんだから」

ティーレは頭を振った。

「いや、死にはしない。お前らはあの人を知らない。むざむざ烏の餌になるもんか」

しばらくのあいだ、わたしたちはアルカー河沿いに歩んでいった。岸辺の葦のあいだで風が歌を歌っていた。対岸に篝火《かがりび》の長い列が見えた。あそこでゲリラたちが夜を過ごしているのだ。それから方向を変え、コルク樫の生い繁る丘を登っていった。頂上に小屋が見える。葡萄畑で働くものが農具を仕舞うために使うような小屋だった。

だが河に背を向けた瞬間に、とつぜんある考えが閃き、わたしは騎兵大尉に向かって走った。すぐに彼に追いついた。馬がぬかるんだ地面に足をすべらせ、自分の体を嚙んで暴れだしていた。サリニャックは馬を落ち着かせようとポケットからパン切れを出して与えた。

「いま思いついたのですが」わたしは息を切らせ騎兵大尉に走り寄った。「ボートで河に漕ぎ出して、岸辺の木陰伝いに上流に行けばどうでしょう。ゲリラが気づく前に十分遠くまで行けるのではないですか」

「ヨッホベルク」わたしが彼ではなく自分の身を心配しているとでも思ったのか、騎兵大尉は振り返ろうともせずに言った。「部下をつれて引き返せ。護衛はもう要らない」

「要ろうと要らなかろうと」わたしは答えた。「敵の前哨地点まで随行するよう命ぜられています。それに、その地点まではもうそれほど遠くはありません」

あたりは明るくなっていた。コルク樫の巨大な幹に身を隠しながら、わたしたちは小屋から百歩のところまで近づいた。黒い煙が小屋を囲む柵の背後から薄く立ちのぼっている。あれは間違いなく叛乱軍の哨所で、今はスープを作るか玉蜀黍を炙っているに違いない。

わたしたちは朝顔と黒梅擬の繁みのあいだで歩を止め、ティーレが部下を連れて追いつくのを待った。それから小声で、どうすれば一番たやすく小屋を奪取できるかを話し合った。ゲリラどもに発砲の機会を与えてはならないことに意見は一致した。そんなことになればたちまち何百人もの敵が集まってくるに違いない。

準備は整った。龍騎兵のひとりがブランデーを一口飲み、わたしにもその水筒を差し出した。そしてわたしの号令一下、いっせいに音をたてぬよう丘を駆け上がった。

もう少しで頂上に着こうというとき、色とりどりの三角帽子と驚き慌てたゲリラの顔が柵の向こうに見えた。わたしはティーレと同時に柵を飛び越えて、地面に着きざま、ティーレを狙った敵のカービン銃を叩き落とした。部下たちも柵を乗り越えた。数において劣勢と見るや、ゲリラたちは呪いの言葉を吐きながらも、さして抵抗もせず降伏した。ゲリラは全部で三人で、褐色の上着に肩帯を掛け、その端には銀糸が織り込まれていた。まさにその瞬間、四人目が小屋から盥《たらい》を手に出てきた。河に水を汲みに行こうとしたらしい。

巨人のような体軀の男で、カルメル会修道士の僧衣のうえからサーベルを佩《は》いていた。われわれを見るや、盥を手から落とした。サーベルは抜かず、その代わり屈んで車の轅《ながえ》を拾い上げると、この危険な武器を空中で振り回しながら襲いかかってきた。

射撃はできなかったのでおとなしくさせるのは簡単ではなかった。まずティーレが一発殴り、奴の腕をしばらく麻痺させた。そしてなんとか修道士の手から轅をもぎ取れた。ゲリラは四人とも小屋に閉じ込め、扉を封鎖した。

わたしの任務はこれで終わりだ。龍騎兵たちは生の騾馬肉を見つけるとサーベルの先で刺し、焚き火で炙った。ティーレがパイプを皆に回した。そのあいだサリニャックは落ち着かなげに大股で行ったりきたりしていたと思うと立ち止まり、馬の鐙《あぶみ》をいじっていたが、やがてわたしのほうに近づいて言った。

「ヨッホベルク、そろそろ行くぞ。手紙をよこせ」

わたしは地図とコンパスとディリエール将軍宛の報告書が入った背嚢を手渡した。サリニャックは馬に柵を乗り越えさせ、残りのものも後に続いた。

今いる場所からは、辺《あた》りの丘陵が一望のもとに見渡せる。いたるところに大小のゲリラ部隊、騎兵隊や歩兵隊がいた。歩哨が肩に銃を担いで行き来し、荷を負った騾馬の群れが交差路で立ち往生し、糧食補給車が牛に曳かれてのろのろと橋を渡り、馬が水を飲ませにやられていた。遠くで召集ラッパが鳴ると、農家の納屋から男が二人出てきた。太い辮髪《べんぱつ》と三角帽子で将校とわかった。

サリニャックはすでに鞍のうえにいた。龍騎兵たちはおずおずと不安げなまなざしで彼を見上げげた。この見込みのない気違いじみた企てに誰もが怖気をふるっていた。サリニャックは前方に身を乗り出し、ポートワインを染ませた砂糖の塊を二つ馬にやった。それからわたしに手でさっと合図すると、馬に拍車をくれた。馬勒《ばろく》が鳴り、次の瞬間、馬は唸りをあげて坂を駆け下りていった。

強いて平静を装おうとはしたものの、気が高ぶってわたしの手は震えた。隣にいる部下の唇が動いていた。祈りのようだった。

銃声が間近で聞こえ、わたしたちは皆、生まれてはじめてその音を聞いたようにびくっとした。だがサリニャックは構わず進んだ。前方から目をそらさず、雪を蹴散らし、後に白い靄《もや》を残しながら。

やがて栗林のあいだに紛れたが、何秒かすると、ふたたび姿を見せた。

ふたたび銃声が鳴った。続いてもう一発。さらにもう一発。サリニャックは微動だにせず鞍に座っている。とつぜん背後の繁みから男が飛び出し、手綱に飛びつこうとした。サリニャックは間をつめ、サーベルで敵を打ちのめした。邪魔者はいなくなった。馬はひたすら、競馬場のトラックにでもいるように、わき目もふらず疾走していく。

あたり一帯が大騒ぎになった。ゲリラどもが塹壕から這い出してきた。四方八方から叫《おら》び声があがり、何頭もの馬が大股のギャロップでサリニャックを追った。連射音が鋭く響き、紫色の煙が空に漂った。この喧騒のなかをサリニャックは、背筋を伸ばし鐙を踏みしめ、サーベルで周りを威嚇しつつ駆け抜けた。もうすぐ橋までたどりつく。だが——何としたことだ——橋の上にゲリラが六人——八人——いや、すくなくとも十人はいる！　サリニャックは気づかないのか？——敵が間近に迫る。一人が銃の狙いをつけた。馬が前脚を上げ、棒立ちになった——やられたか——しかし馬はゲリラどもの頭を越し、うち二人を踏み倒し、あっというまに橋を渡っていった。

まさに見世物《スペクタクル》だった。呼吸を忘れるほど恐ろしい、胸のつぶれるような見世物だ。一難去ったあとではじめて気づいたのだが、わたしは興奮のあまりティーレの手を取り、わななかせつつ握り締めていた。わたしは手を放した。向こう岸には森が見える、あそこまで行けば一安心、と思ったらたちまち――わたしの横で部下が声をあげた――森から騎馬の一群が躍り出て、サリニャックの行く手を塞いだ――あれが見えないのか？「向きを変えろ！」わたしは大声でわめいた。「向きを変えろ！」聞こえるはずもないのに。すぐに双方は鉢合わせした。サリニャックの馬が倒れ、彼の姿が見えなくなった。敵の頭や馬の鬣《たてがみ》が、振り回すサーベルやフリント銃の銃身が、掲げられた腕や雪と硝煙の靄《もや》が入り乱れてサリニャックを覆っていったからだ。攻め込み、組み合い、抵抗し、倒れる敵どもがあちらでもこちらでも縺《もつ》れ波打った。――もうだめだ。これでお終いだ。

低く唸る音が聞こえた。二十回の戦闘で耳になじんだ音だ。わたしは身を屈めた。前に立っていたティーレが膝をつき、声も上げず仰向《あおむ》けに倒れた。流れ弾に当たったのだ。

「ティーレ！」わたしは叫んだ。「どうした、しっかりしろ」

「やられました」伍長は呻き、胸に手をやった。

わたしは彼のうえに屈みこみ上着を引き裂いた。血が傷口から溢れだした。

わたしは伍長を肩で支え、空いた手で包帯代わりの布を探り、他のものに助けを求めた。だが誰も聞いてなかった。ひとりがわたしの腕をつかんだ。

「見てごらんなさい。少尉、あれをごらんなさい」

群れがあっというまに散り散りになった。何頭もの馬が傷ついて地面で踠《もが》いている。ゲリラどもが手を掲げ叫び走っている。それらすべてをどこ吹く風と、端然と鞍に座しサーベルを揺らして走っていくのは――サリニャックだ。無事だったのか。塹壕を跳び越え、雪塊を、ゲリラどもを、灌木を、壊れた砲架を、土塁を、堡籃《ほうらん》を、燎火の燃え殻を跨ぎ越して馬は走っていく――

苦しげな喘ぎが横から聞こえた。

見るとティーレ伍長が両手を突っ張って体を持ち上げ、生気の失せかけた目でサリニャックを見つめている。

「知ってますか?」そして苦しげな息のもとで言葉を続けた。「俺は知ってるんです、奴に弾は当たらない。四大がみんな、ぐるになってますから。火は奴を焦がさない。水は奴を溺れさせない、空気は奴の息を窒《つ》めない、地は奴を埋もれさせない――」

他の兵卒の歓声がその弱々しい声をかき消した。ティーレの息づかいが荒くなった。血がシャツと上着を染めていった。

「やった! 突破した!」龍騎兵のひとりが喜びの声をあげた。他のものも帽子を投げ、カービン銃を振り回し、有頂天になって勝利の叫びをあげている。

「罪深い魂に祈ってやってください」臨終の言葉がティーレの口から、とぎれとぎれに漏れ出した。「祈ってやってください。さまよえるユダヤ人のために。奴は死のうにも死ねないのです」

ことの推移と結果を即刻大佐に報告するため、わたしは龍騎兵のひとりに命じて先に帰らせた。それから一時間ほどして自ら執務室に足を運んだ。部屋にいたのはカステル－ボルケンシュタイン大尉一人だった。大尉は自分の中隊の次の行動に関する指示書を手にして部屋を出かかっていた。

だが一瞬戸口で立ち止まり、わたしに結果がどうなったかを聞いた。わたしは手短に報告した。話が終わらぬうちに、エグロフシュタインが隣の部屋から顔を出してこちらにやって来た。そして執務室に入ると、音をたてぬように扉を閉め、窓のほうに寄ると、こちらに来いとわたしを手招きした。

「まずいことになった」そして声を潜《ひそ》めてそう言い、気遣わしげな目で扉を見た。「奴がベッドのそばにつきっきりなんだ。コールタールみたいにへばりついて、どうにも引き剝がせん」

「誰がへばりついてるんですか」訳がわからずわたしは聞いた。

「大佐に決まってるだろ。ギュンターの奴、囈言《うわごと》でフランソワーズ－マリーのことを喋り散らかしてやがる」

　刺すような痛みが心臓に走った。エグロフシュタインの潜めた声が警報ほどにも響いた。なるほど一大事に違いない。ギュンターが熱に浮かされて自分自身やわたしたちのことを漏らす、これはまったくありそうなことだ。しかしどうしたらいいだろう。途方にくれてわたしたちは目を見交わした。大佐の嫉妬深い性格、なりふり構わぬ怒りの発作、怒ったときの陰険な仕打ちは二人とも身に染みていた。

「奴があれを知ったら」エグロフシュタインが言った。「神よ、なにとぞ俺たちと連隊をお守りください、あれを知ったら最後、今の危機も絶望的な状況も、ゲリラも包囲された市も何もかも忘れて、どうすれば俺たちに一番酷《むご》たらしく報復できるかとかそんなことばかり考えるに決まってる」

「ギュンターがあの人の名を口走ったんですか」

「まだだ。今のとこいい塩梅《あんばい》に眠りこけている。だがさっきまで――あの女のことをずっと喋り散らしていた。叱ったり機嫌をとったり、優しい言葉やひどい言葉をかけてるあいだ、大佐がずっと付いていて、名を漏らすのを待ち構えてるんだ。まるで悪魔が迷える魂に舌なめずりしてるみたいに――どこへ行く、ヨッホベルク。ここにいろ！　ギュンターを起こしたら事だ！」

　エグロフシュタインの警告にかまわず、わたしはギュンターの病室にこっそりと入った。寝床に横たわったギュンター少尉は、しかし眠ってはいなかった。とめどなく喋り、からからと笑っていた。顔は紅潮し、眼窩が空《うつ》ろな胡桃の殻のように窪んでいる。軍医は病院に回診に行っているので、こちらへは助手をよこしていた。額の傷にあてた湿布をときどき替えるしか能のない、髭のない若造だ。

大佐はベッドの頭のほうに立っていたが、部屋に入ったわたしを、邪魔者でも見るような不機嫌な目で見た。わたしは大佐の前に立ち、彼がすでに承知しているはずのこと、すなわち急使がゲリラの包囲線を突破したことを報告した。

わたしに耳を傾けているあいだも、大佐の目はギュンターから離れなかった。

「十六時間もすれば手紙はディリエール将軍の手に渡る」大佐がつぶやいた。「うまくいけば三日後には、将軍の先鋒隊のマスケット銃の音を聞けよう。そうだろう、ヨッホベルク？　ここまで四十レグアだし、主街道は石と漆喰で舗装されているからな」

「愛しいお前！」そのときギュンターが呼びかけ、痩せた手を夢の中の幻に向けて伸ばした。「お前の肌はなんて白いんだ。まるで白樺のようだ」

きつく閉じた大佐の唇が痙攣した。ギュンターのうえに屈みこむと、秘められた名を口から絞り出そうとばかりに彼を睨みつけた。だが大佐はすでに知っている。わたしと同じく知っている。誰の肌が白樺のように白いのかを。

「他の女は」ギュンターは愉快そうにひとり笑った。「他の女は蠟や白墨、蝸牛の粉末や蛙の脚を飲む。顔に膏薬を百種類も塗りたくる。でも無駄だ。肌はいつも吹き出物と染みだらけだ。だがお前は――」

「お前とは誰だ！」大佐の口から思わず叫びが漏れ、わたしは絶望で気が遠くなりそうだった。今にも名前が出るだろう。破滅の時は迫りつつある。だがギュンターの高熱はわたしの不安と大佐の嫉妬を、鼠をいたぶる猫のように弄ぶばかりだった。

「行け！」ギュンターが絶叫し、寝床で身をよじった。「行っちまえ！　あいつがお前に会うわけがない！　何しに来た、ブロッケンドルフ！　何だそのズボンは！　俺の女のレースのハンカチくらいに薄ぺらじゃないか！　飲み屋にずうっと座ってるからだ！　〈ペリカン〉亭や〈黒いムーア人〉亭のワインはどうだ？　軍医！　軍医！　神よ憐れめ、俺に何をした！」

その声はしゃがれ、胸からはぜいぜいという音が聞こえた。手は粉屋の篩い分け機のように、悪寒でたえまなく震えていた。

「軍医！」彼はふたたび叫び、大きな声で呻いた。「お前の首は括られる。可哀想に！　嘘じゃない、人相見ならまかせとけ！」

そしてのけぞると、目を閉じてぐったりし、そのまま動かず喘ぎだした。

「悪態野郎め」軍医の助手が言い、湿布を冷たい水に漬けた。「こんな雑言ばかり吐いてるんです」

「もうだめなのか」大佐が言った。恋人の名を言わずに死なれては困るという、身も蓋もない焦りがその口調には感じられた。

「死ハ物事ノ終着点ナリ」助手はそっけなく言い、濡れた布をギュンターの額にあてがった。「もはや人の助けは、さして必要としません」

わたしの存在を、大佐はすっかり忘れていたらしい。あらためて思いだしたとでもいうように、ひとつうなずいて言った。

「よかろう、ヨッホベルク。もう行け。わしにかまうな」

わたしはためらった。部屋から出たくはなかった。居座る口実をあれこれ考えていたところに、別室から足音と大きな声が聞こえた。扉が開き、エグロフシュタインが入ってきた。続いて長身《のっぽ》で痩せぎすな男も現れた。ヘッセン連隊の伍長だ。

「音を立てるな！　静かにしろ！」大佐は言い、ベッドを指した。「どうした、エグロフシュタイン」

「大佐、この男はローヴァッサー少尉の中隊から来たものです。街路の治安を任ぜられたと言っております」

「その件は承知だ。この男も知っておる。何ごとだ、伍長」

「反乱です、一斉蜂起が起こりました！　暴動です！」息を切らして伍長は言った。「スペイン人どもが歩哨や巡回兵を襲っています」

わたしはエグロフシュタインを感嘆のまなざしで見た。なんとか大佐をギュンターの部屋から連れ出そうと、この伍長と示し合わせて、狡猾にもありもしない暴動を作りあげたのだ。わたしはそう信じて疑わなかった。

だが大佐は頭を振ってせせら笑った。

「あの拝んでばかりのキリスト教徒どもが暴動だと？　伍長よ、誰がそう言った？」

「ローヴァッサー少尉であります」

「そんなこったろうと思った。そんなこったろうとな」そしてわたしたちの方を向いて笑った。「あの男は頭がおかしい。ありもせんものをいつも見る。さて、明日はどんな報告が来るかな。男が三人燃えたとか、傴僂の小鬼《コボルト》ザンクトルヌスが現れたとか」

　このとき外でどかどかと音がしたと思うと、扉が勢いよく開き、ドノプが転がり込んできた。

「暴動です！」あわてて来たためか、顔がほてり、息を切らしている。「中央広場で歩哨が襲われました」

　大佐は笑いをひっこめ、顔が石灰のように白くなった。静まりかえった部屋で、ギュンターの囈言《うわごと》だけが切れ切れに聞こえる。もはや夜か昼かもわからなくなっているようだ。

「灯りをつけてくれ、畜生！　なぜこんなに暗い。鬼ごっこでもしたいのか」

「スペイン人ども、気でも狂ったか」大佐が吐き捨てるように言った。「歩哨を襲っただと！　みな絞首刑にしてやれ。何百人いようが、かまわず吊るせ。だがいったいなぜだ」

「ブロッケンドルフが――」ドノプが言いかけて口ごもった。

「ブロッケンドルフがどうした。どこにいる。どこに隠れおった」

「ずっと教会にいます」

「教会だと？　とんだハレルヤだ。説教など聞いとる場合か？　スペイン人が暴れてるのに、ワインの収穫でも祈っとるのか？」

「ブロッケンドルフが中隊を引き連れて、聖母ピラール教会を兵舎として接収したのです」

「教会に――中隊を――」大佐は口をぱくぱくさせ、顔は憤怒で紫色になった。今にも窒息するか、卒倒するかとも見えた。ギュンターがうめき、寝床のうえで踠《もが》いた。「神よ憐れみたまえ、俺は死ぬ。可愛いお前、いよいよお別れだ」

「大尉は――ブロッケンドルフは、大佐ご自身の命を受けたと言ってます」ドノプが思い切ったように口をはさんだ。

「わしの命令だと！」大佐が怒鳴った。「ようやく腑に落ちた。道理でスペイン人も暴れるわけだ」

そしてむりやりに癇癪を抑えつけ、伍長がまだ部屋にいるのを見て命じた。

「急げ、すぐにブロッケンドルフ大尉をここによこせ。それからドノプ、お前は司祭と市長を連れてこい。ぐずぐずするな！　なぜ突っ立っている？――エグロフシュタイン！」

「何でしょう、大佐」

「街の交差点に据えたキャノン砲だが、装塡はしてあるか？」

「榴弾を詰めてあります。よろしければ――」

「わしが命ずるまでは撃つな。騎兵斥候隊を二個中隊繰り出して街を一掃しろ」

「一斉射撃でですか」

「銃の台座を肋骨にくれてやれ！」大佐がまた怒鳴った。「命令するまで撃つな、と言ったはずだ。ゲリラどもにわしの首を刈らせたいのか？」

「了解です、大佐」

「全部署で哨兵を倍に増やせ。部下を十人連れて市庁舎を占拠し、評議員《フンタ》を招集して逮捕しろ――ヨッホベルク！」

「はい、大佐」

「お前はカステル‐ボルケンシュタイン大尉のところに行け。麾下の中隊を衛兵本部の裏庭に配備しろと伝えろ。わしの命令があるまで、くれぐれも発砲はするな。わかったな」

「了解です、大佐」

「よし。行け」

三十秒後、わたしたちは皆、命令にしたがってそれぞれの道を行った。


わたしはエグロフシュタイン大尉とその部下とともに、カルメル会通りを早足でつっきった。遠くに見える修道院の壁の黒く焦げた残骸、その陰にスペイン人が二人、すばやく隠れるのが見えた。槍か堆肥鋤かで武装していた。通りを抜けたところでわたしたちの行き先は二手に分かれる。エグロフシュタインはそのまま行こうとしたが、わたしは思いついたことがあって、大尉の手を摑んだ。そして口早に言った。

「大尉、何もかも、ボリバル侯爵の思惑どおり進んでます」

「そのようだな、ヨッホベルク！」そう言って大尉は先に進もうとした。

「聞いてください。始めの合図をしたのはギュンター、わたしはそれを知ってます。次のはわたしたち、つまり大尉とわたしとブロッケンドルフとドノプ。そしてブロッケンドルフが暴動に火をつけました。一体全体、短刀はどこにあるんです」

「短刀ってどの短刀だ」

「クリスマスの前夜、ボリバル侯爵を銃殺したとき、大尉は奴の鞘付き短刀を懐《ふところ》に入れたじゃないですか。柄が象牙だったやつです。キリストの遺体を前にしたマリアさまが彫ってある——覚えてませんか。あれが三度目の、そして最後の合図です。大尉、あの短刀はどこにあるんです。あれが大尉の手にあるうちは、気が気ではありません」

「短刀か」エグロフシュタインは鸚鵡《おうむ》返しに言い、考えこんだ。「鞘付き短刀——俺が持ってるのを大佐が見て、よこせと言った。見事な彫刻だったからな。俺はもう持ってない」

わたしはそれを聞いて、心の重荷が消えた気がした。

「ならば安心です。おかげでほっとしました。大佐が三度目の合図をすることは、まかり間違ってもないでしょう」

「そうとも、奴がするもんか」エグロフシュタインはそう言って笑った。罪の意識と後悔をごまかすような空ろな笑いだった。

そしてわたしたちは別れ、おのおのの道を行った。

青い金鳳花《きんぽうげ》

カステル-ボルケンシュタイン大尉の宿舎まではなんなく行けた。暴動は始まったばかりだったからだ。それだけに帰りはいっそう難儀で剣呑で、大尉の部下を護衛に連れて来なかったことが今更のように悔やまれた。街路はいきりたつ群集で溢れ、何百とも知れぬ憤りの声がわが軍を呪い、あいつらはキリストの敵だ、聖なる教えを辱《はずかし》め教会を穢《けが》すしか能のない、子供を拐《かどわか》し奴隷にしてアルジェで売るのも厭わぬ奴らだと叫んでいた。今にはじまった話ではないが、悪魔を描くときは煤《すす》がもっともよく使われる。だから坊主どもも嘘をどす黒く塗り固めてわれわれを誹謗し、憎しみに満ちた住民がそれを鵜呑みにしたのだ。どんなに馬鹿馬鹿しかろうと、恥知らずなでっち上げであろうとおかまいなしに。

　ギュンターのもとにひとり残った大佐が気にかかり、足はおのずから速まった。喚声にも雑踏にも臆すことなく、最短距離をつっきった。ロス・アルカデス通りに入ったところで一人の老人が立ちふさがり、ここから先に行くなと警告してきた。三十人のスペイン人が武装して通りの向こう端を塞いでいるという。だがわたしはさほど気にしなかった。何かあったら持ってきたピストルで、道理をわきまえさせてやればいい。奴らの銃は部隊が到着した次の日に接収してあるから、今は棍棒か草刈り鎌か、なまくらなパン切りナイフくらいしか持ってはいまい。だが更に歩くと石が唸りをあげて飛んできて、わたしの頭をかすめた。高窓からは耳障りな女の声が降ってきた。あんたらは聖三位一体の敵《かたき》で、聖母さまを侮《あなど》るものだよ、ドイツは火を吐く邪教徒でうじゃうじゃしてる、あんなとこは滅びてしまえと喚《わめ》き続けている。わたしは辟易して表通りは避け、人目につかない路地や菜園を抜けることにした。少し遅れはしたが、なんとか無事にカルメル会通りまでたどりつけた。

司令部の前には龍騎兵中隊の半数が集合し、暴徒との争いに介入する指示を待っていた。そのとき司祭と市長が護衛兵にともなわれて階段を降りてきた。暴徒が半時間以内に武器を捨て、各自の家に帰るよう取り計らえ。この三十分が過ぎたあとで、民間服姿のものが武器を手にしているのを街で見かけたならば、有無をいわさず龍騎兵が射殺する。そう二人は言いわたされたのだという。

司祭も市長も途方にくれ、打ちひしがれているようだった。この使命は全うできそうもないことが顔に表れていた。二人に続いて全責任を負わされた不運なブロッケンドルフが現れた。この三人と護衛兵が階段を幅いっぱいに占領したので、いやおうなしに彼らの諍《いさか》いを聞く羽目になった。

「教会は」司祭が大声で言った。「すっかり略奪されました。絵だってみんな盗まれて——」

「嘘をつけ！　恥知らずめ！」かっとなってブロッケンドルフが言った。「絵はちゃんと俺の手で聖具室に運んだぞ」

「聖者さまの腕に馬が繋いであるし」市長が嘆いた。「馬糞は膝の高さまで床に積もっている。聖水盤は飼葉桶になってしまった。神の家が厩に使われている」

この非難をブロッケンドルフはどこ吹く風と受け流した。そして市長に言った。

「あんたが最初にぶら下がりゃ、騒ぎはいっぺんに治《おさ》まりますよ。ビールの泡みたいにすっと消えますとも。なにしろ町じゅう無頼漢《ならずもの》だらけというのに、絞首台はがら空きですから」

市長がきつい目でブロッケンドルフを睨んだ。わたしはそのまま通り過ぎたかったが、ブロッケンドルフが引き止め、市長のほうに顎をしゃくった。困ったことだがどうしようもないとでも言いたげなしぐさだ。

「可哀相だが首を吊ってもらわないと。めっぽう愉快な道化だったのに。きわどい話をどっさり知ってて、俺は何べんも笑いすぎて死にそうになった——じゃあな、ヨッホベルク。俺は部屋に戻らないと。大佐に拘禁刑をくらっちまった」

「そうなされた主は褒むべきかな、至高の神にして聖なる救世主よ」そうつぶやくと司祭は魂の奥からのような溜息をついた。

「救世主や聖者どもを巻き添えにするな」拘禁刑を与え給うた神を司祭が讃えたので、ブロッケンドルフが辛辣に言い返した。「そんな言葉は叛逆者の口には似合わんぞ」

暴動はそもそも大尉のせいではありませんかと、わたしはブロッケンドルフを咎めた。だが彼は頑として認めなかった。そしてきっぱり断言した。

「どっからこんな騒ぎが持ち上がったかというと、ここの奴らがクアドルーペル貨や何オンスもの金や、この呪われた地でデュカートとか言ってるものを教会の敷石の下に隠してたからなんだよ。俺に掘り出されちゃ困ると思って大慌てなのさ。スペイン狐ときたらずる賢いのなんの」

それでやっと腕を放してくれたので、わたしは階段を駆け上った。執務室に入ると、まず大佐に目をやった。

部屋から出されたときと同じように、ギュンターの寝床の傍らに大佐はいた。うかがうような緊張はまだ顔から消えていない。今のところは何も漏れていないらしい。外で暴徒が騒いでいるというのに、大佐はここから動かず、熱に浮かされた懺悔に耳を澄ませ、縺《もつ》れ乱れた幻影を読み解こうとしている。

ギュンターの病状はさらに重くなり、死も遠くないと思われた。囈言はまだ続いている。とめどなく切れ切れの言葉を吐いては、合間に息を喘がせ喉を鳴らしている。頬と額はほてり、唇は乾いて罅《ひび》割れている。部屋に入ったとき呟いたり叫んだりしてたのは過去の恋の冒険で、わたしのあずかり知らぬものだった。

「窓から口笛を一度吹く、すると馬丁がやって来る。でも二度吹けば、若くきれいな娘が来る」

「何を言ってるんですか」エグロフシュタインに小声で聞いてみた。

答える代わりに彼はわたしの腕を取ると、寝床から引き離した。

「お前はずっと外に出ていたな」性急に彼はささやき返した。「俺の言うとおりにしろ。質問はするな。ただ従え」

それから声をはりあげて言った。

「ヨッホベルク少尉！　師団参謀長の指令が他の連隊書類に紛れ込んでしまった。遅滞した俸給の支払に関する奴だ。ここ何か月かの通信を見直して、通告と報告を順に読みあげてくれ」

大尉の狙いはすぐさま読めた。大声をはりあげて読み、熱に浮かされて漏らす言葉を一言も聞こえぬようにせよと命じているのだ。エグロフシュタインが机越しに渡した書類の一束を受け取り、わたしは朗読をはじめた。

なんとも奇妙な状況ではあった。読みあげるにつれて従軍のあらゆる場面が目に浮かんできた。尽力や配慮、戦闘や辛労、危機や冒険。こうしたものが何もかも、ひたすら臨終の言葉をかき消すためだけに今はあるのだ。

「『指令　九月十一日
大佐ヨ、皇帝陛下ノ要請ハ下記ノ通リナリ。兵営在駐ノ部隊モ陣営ノ部隊ト同等ニ待遇スベシ。スナワチ一人一日ニツキ十六おんすノ肉、二十四おんすノ黒ぱん、六おんすノすーぷ用ぱん――』」
「ヘッセン連隊の糞豚野郎！」ギュンターが叫び、寝床から頭をもたげた。「いつもつるんでやがって。悪魔に憐れまれるがいい！」

「次の指令を読め！」あわててエグロフシュタインが命じた。「その指令は違う！」

「『通告　十二月十四日
師団司令部ヨリでゅれっと少尉経由ニテ
すると元帥ヨリノ要請以下ノ如シ。大佐ニオイテハ、ら・びすばる要塞ヲ占拠次第、速ヤカニ覚書ヲ送付セヨ。完全ナル兵備ノタメニハ何架ノきゃのん砲ガ――』」

「ようこそ！　愛しいお前！　よく来てくれた！」またもギュンターが掠《かす》れ声で呟きだした。不意をくらって朗読が途切れた。隣でエグロフシュタインがささやいた。

「声が小さい！　もっと大きな声を出せ、馬鹿野郎！」

「『きゃのん砲ガ必要ナリヤ』」わたしの声はほとんど叫びにまで高まり、文字は紙のうえで猟犬に狩りたてられたように動き回った。「『飲料水、広イ敷地、大型建築物ハアリヤ？　補充倉庫ハ設置可能ナリヤ、ぱん焼キ窯ハ――』」

「ヨッホベルク！　もっとはっきり！　一語も聞き取れん！」エグロフシュタインが叫んだ。

「『食糧貯蔵庫』」わたしはやぶれかぶれになって叫んだ。「『兵器庫、最後ニ軍団ノ行李ノ置キ場ハ敷設可能ナリヤ？　サラニ大佐ハ以下ヲ確認サレタシ。市ガスデニ通達シタ点ニ関シ』――大尉、次の行は擦《こす》れて読めません」

「それはもういい。次に移れ！」

次の書類を広げようとした拍子に床に落としてしまった。拾おうと身をかがめたちょうどそのとき、あらたにギュンターの声が、非難に溢れて響いた。

「愛しいお前、あんなに頼んだじゃないか、遅れず俺のもとに来てくれと。奴がお前を外に出さないのか？　ああ、お前はなんでも奴に従う」

彼女のことだ！　フランソワーズ＝マリーだ！　大佐の顔に痙攣が走り、エグロフシュタインの顔は蠟のように白くなった。わたしは通信紙を拾いあげ、やけになって乱暴に読みあげた。そこにドノプが入ってきたが、きっと訳がわからなかったのだろう、そのまま口をあけて突っ立っていた。

「『大佐ヨ、ワガ師団ニ属スル第二十五猟兵連隊ハ、騎兵廠ニオイテ百五十名分ノ馬ガ不足セリ。貴下ノ守備地域ノモトデハ安価ニ馬ヲ購入スルコトハ容易ナルベシ。全部デ五百頭ノ軍用馬シカ所有シテオラヌユエ、ナオ百頭ヲ調達シ、最終的ニハ――』」

「ずっと前の話じゃないか！」戸口からドノプが声をかけてきた。「あれは俺が――」

「黙っとれ！」エグロフシュタインが怒鳴った。「ヨッホベルク！　続けろ！　次は何だ！」

「『十二月十八日　すると元帥自身ニヨリ署名

大佐ヨ、びすかやヨリ受ケ取リシ報告書ハ、当該地ヨリ一名タリトモ派遣スルコトヲ不可能ナラシメル類ノモノナリ。敵ハ市ヲ――』」

ここで息を継ぐために中断したのだが、まさにそのとき、ギュンターがわたしの名を呼ぶのが聞こえた。

「そんな技は誰に教わった！　ヨッホベルクか？　それともドノプか？　白状しろ！」

わたしは声を励まし読みあげた。「『敵ハ市ヲ攻囲セント躍起ニナリ、過去二カ月ノ間ニ近郊ニ大倉庫ヲ二棟建造シ、ナオモ建テ増サントス――

十二月二十二日　師団参謀長ヨリ

大佐ヨ、本官モ他ノ者ト同様、げりら指導者ヨリモうぇりんとん卿ヲ相手ニスルホウガ陛下ノ栄誉ナラビニ利益ニトリテ重要ナルコトハ承知シテオリ。シカシナガラ貴下ノ要請ハ元帥閣下ニハ推挙ハシガタシ。ナントナラバ――』」

「デニュエッテ大佐は何と書いている」大佐が不意に気にとめてわたしをさえぎった。「推挙しないだと？」

「『貴下ノ要請ハ元帥閣下ニ推挙ハシガタシ』」わたしはもう一度読みあげた。「そう書いてあります。『ナントナラバ、コノ冬あすとぅりあす地方ヨリ如何ナル敵が到来スルカ不明デアルタメナリ。シカモ貴下ノ要請ヲ承認スルニハ、当方ノ歩兵隊ガ余リニ不足シテオリ――』」

「そこまで！」大佐がいきり立って怒鳴った。「あいつは何をほざいてやがる。『承認スルニハ』だと？　デニュエッテの奴め、何が承認だ！　推挙だと？　わしと同階級のくせして！――エグロフシュタイン！　この無礼な通信にもう返答はしたか？」

「まだです、大佐」

「ペンを取れ！　わしの口述するとおり書いて、大至急で発送だ！　デニュエッテの奴め！」

そして怒りもあらわに大股で部屋を行き来していたが、やがて「書け！」と命じた。

「『大佐ヨ、今後ハ貴殿ノ好意ハ以下ニ留メラレタシ。スナワチ我ガ具申ハ如何ナル推挙モ行ワズ元帥ニ提示サレタシ。シカシテ通知ヲ乞ウ――』いかん！　これじゃ生温《なまぬる》すぎる」

大佐は立ちどまり、声を出さず唇だけ動かして考え込んだ。わたしは先を読むわけにもいかず、どっちつかずで所在なく待っていた。この沈黙のときを狙ったように、ギュンターが熱に浮かされ大きな声でゆっくりと、そしてきわめて明瞭に叫んだ。

「お願いだ！　お前の青い金鳳花《きんぽうげ》にキスさせておくれ！」

このときわたしはどうなったのだろう。一瞬気を失ったのか。それとも百もの恐ろしい幻に頭を射抜かれ、すぐさまそれを忘れ去ったのか。覚えてるのはただ、われに返ったあとも、いましがたの衝撃の名残に手が震え、背を冷汗が伝ったことだけだ。この一年ひたすら恐れていた瞬間が、今ここにやって来た。気を引き締めてわたしは自分に言い聞かせた——勇気を出せ！　毅然としろ！——それから大佐に目をやった。

大佐は背を伸ばし、身じろぎもせず、頭痛に耐えるように唇をかすかに歪めていた。しばらくそのまま立っていたが、急にエグロフシュタインのほうに、体ごと向き直った——いまにも怒りの爆発が——。

だが大佐は取り乱すこともなく、落ち着きはらって、無造作ともとれる口調で言った。

「どこまで言ったかな。エグロフシュタイン、書いてくれ。

『大佐ヨ、今後ハ下記ノ如キスルガ宜シカロウ——』」

夢でも見ているのだろうか。こんなことがありえようか。妻を寝取られたのをたった今知りながら、何事もなかったように静かに通信文を口述している。わたしたちは皆、大佐から目が離せなかった。エグロフシュタインもペンを握ったまま手が止まっていた。向こうのベッドでギュンターがまたも呟いた。

「青い金鳳花、お前は聞いてるか？　ドノプもキスしたか？　エグロフシュタインは？　ヨッホベルクは？」

大佐は眉一つ動かさなかった。聞き耳をたてるものの緊張した姿勢を崩さなかった。固く結んだ唇に薄く浮かぶ皺は苦痛のせいか、それとも自嘲のせいだろうか。いきなり大佐は窓に寄った。街路からは遠くざわめきが、低い唸りとなって聞こえる。そうした物音だけを大佐は聞いているように見えた。

エグロフシュタインがペンを投げ出し、決然と立ちあがった。そして大佐の前に立つと、直立不動の姿勢をとった。

「大佐！　わたしは罪あることを告白します。言うまでもなく、わたしの処分は大佐の意のままであります。なんなりとご指示ください」

大佐は頭《こうべ》をあげ、彼を見つめた。

「わしの指示だと。目下の非常事態においては、将校一人たりとも、くだらぬ理由で連隊から失うわけにはいかん」

「くだらぬ理由ですと？」エグロフシュタインは言葉に窮し、大佐の目をのぞきこんだ。

大佐の肩がすくめられ、うるさそうに手が振られた。

「真実さえ知れば十分だ。そしていま、それを知った。驚くほどのことでもない――これはこれきりにしよう」

わたしには理解できなかった。呆気《あつけ》にとられるばかりだった。癇癪玉を爆発させて、われわれ全員を破滅させようと躍起になるかと思いきや、今聞く言葉は冷ややかで、落ち着いていて、賢者の風さえ漂わせている。

一同が静まりかえったなか、大佐は言葉を続けた。

「おめおめと欺かれるわしではない。あの似姿にわしの五感は参ったが、しょせん上っ面にしかすぎん。顔つき、身のこなし、髪の色――たしかに一身に備えていた。誰が意味のない偶然、惨めな虚像から貞淑なぞ期待するものか」

街路はますます騒然としてきた。暴徒は間近まで迫り、一人一人の声まで聞きわけられるほどになった。ギュンターの囈言はなお続いていたが、すでに気にするものは誰もいなかった。

「揃いも揃って不思議そうにわしを見とるな」大佐が言った。「あの女め、お前ら全員によほどの愛想を振りまいたと見える。そんな女のために、わしが嫉妬に狂う耄碌爺《パンタローネ》の役をすると、本気で考えておるのか？　そんなくだらぬことで大騒ぎするとでも？　エグロフシュタイン、さっきのお前は見られたもんじゃなかったぞ――もういい、行け。外で何が起こっているか見てこい」

エグロフシュタインは窓辺に寄り、左右の扉を勢いよく押し開いて身を乗り出した。喚《わめ》き声が入り乱れて部屋になだれ込んだ。それがふいに静まったと思うと、突風が吹き過ぎ、卓上の書類を舞い散らした。

エグロフシュタインが戻ってきた。

「暴徒どもは中央広場の非常線を突破しました。ローヴァッサー少尉が馬から引きずり落とされ、暴行を受けています」

「なのにわしらはここで女だの色恋だのと言い争っておったのか」大佐が叫んだ。「行くぞ、エグロフシュタイン！」

二人はサーベルとマントを掴むと、さっと部屋を出て行った。だが何秒もたたぬうち、エグロフシュタインだけが戻ってきた。そして吐き出すように言った。

「時間がない。二人ともよく聞け。あれを遠くにやれ。奴が戻っても、二度と会わせるな」

「誰にですか」ドノプが聞いた。

「モンヒタだ」

「モンヒタですって。あれはモンヒタのことだったのですか」

「他に誰がいる。大佐が真相に感づいたなら、俺たちは誰も生きてここを出られまいよ。女房が裏切ったとは、奴はこれっぽっちも考えてない」

「でも青い金鳳花と！」

「まだわからんか」じれったそうにエグロフシュタインが叫んだ。「お前らは二人して木偶《でく》の坊みたいに突っ立ってたな。だが俺はすぐ閃《ひらめ》いた。奴はモンヒタに金鳳花を刺青したんだ。幻が完璧になるように。わかりきった話じゃないか」

「馬に乗らんか！」外から大佐の声が聞こえた。サーベルや拍車や馬勒をうるさく鳴らす音も。「わかっただろ。だから女は遠くに行ってもらわねば。大佐には会わせるな。本当のことがばれてしまう」

「でもどこへ」

「お前らに任せる。家から追い出せ。市から追い出せ。俺はもう行く」

エグロフシュタインは出ていった。まるまる一分間、何も聞こえなかった。それから蹄の音が幾重《いくえ》にも重なりあって、中央広場のほうへ遠ざかっていった。

最後の合図

モンヒタが階段のところにいた。手すりに寄りかかって立ち、見動きもせず、視線はうつろだった。わたしたちが近づくと、びくっと身を縮め、目から涙をあふれさせた。

取り乱したその顔からすぐにわかった。大佐が家を出るところに出くわしたのだ。おそらく彼の口から嘲りの言葉が吐かれ、それがモンヒタをこれほどまで取り乱させたのだろう。あるいは敵意あるまなざしか、出て行けよがしの蔑みのしぐさだったかもしれない——もちろん単に表情に表しただけだったかもしれないが、いずれにせよ大佐の心変わりに説明がつけられず、途方にくれて絶望しているのだろう。

ドノプが彼女に近寄り、ここを出なければならぬと言い聞かせた。お前をより安全な場所に移すよう命ぜられたんだ。今夜にも新たな砲撃が市に加えられかねないから。

モンヒタはドノプの説明に一言も耳を貸さなかった。

「何が起こったっていうの。あの人ったら、これまで見たこともないほど怒ってるじゃないの。なんでああなったの。いつ戻ってくるの」

ドノプがなおも話しかけた、俺を信じてついて来てくれ。ここに残っても危険なばかりでなんにもならない。

訳がわからないというように、モンヒタは彼を見つめた。そしていきなり、彼女の狼狽は怒りへ変わった。

「大佐さんに告げ口したんでしょ。父さんの家で仕立屋の息子に会ったって言ったのね。あなたじゃなきゃあなたの仲間かしらね。なんてことしてくれたの。いまじゃあの人、あたしをとんだあばずれだと思ってる」

仕立屋の息子のことは初耳だったから、わたしたちは戸惑《とまど》いの目で彼女を見た。だがモンヒタは言いつのった。

「あたしに恋人がいたことは、事実そのとおりで、大佐さんも先刻承知よ。でも別れてもう半年以上になるんだから。昨日父さんの仕事場で会ったのだってあたしのせいじゃない。あいつはアリマタヤのヨセフのモデルを、一レアル半で引き受けたの。でも本当は、あたしに会いたかったの。今日の朝、あたしが窓辺に立つと、前の道にあいつがいてあたしの気をひいたけど、無視してやった。たったそれだけ。あたしは悪くない。大佐さんのとこまで連れてってちょうだい。疚《やま》しいことはしてないって言って聞かせなきゃ」

「大佐は前哨にいる」あわててドノプが言った。「そして今晩はずっと、おそらく明日も一日中、戻ってはこない」

「連れてってよ！」モンヒタがせがんだ。「どうやって行くか教えて。そしたら神さまがあなたたち二人に、千年の祝福をしてくれるわ」

ドノプがわたしを横目で見た。わたしたちは卑劣な任務を引き受けたのを互いの前で恥じた。なにしろモンヒタが誤解してるのをいいことに丸め込もうというのだから。だがやらねばならない。他に道はない。二度とこの娘を大佐に会わせてはならない。

「よかろう」ドノプが言った。「望みどおりにしてやる。だが道は遠いし、敵の近くを通らねばならない」

「どこへでも行くわ！」喜びに溢れてモンヒタが言った。「やれって言うなら水の底にだって潜ってみせる」

しかしそこでとつぜん、疑惑を感じたらしい。昨日わたしたちが一夜をともにするよう迫ったのを、このとき思い出したのだろう。彼女は探るような目で、まずわたしを、それからドノプを眺めた。わたしたちがまだあきらめていないとでも思っているのだろうか。

「ここで待ってて」やがて彼女は言った。「上《あが》って泊まりに要るものを持ってくるから。すぐ戻ってくる」

しばらくすると小さな包みを持って降りてきた。持ってやろうかと言うと、少したためらってからよこした。

たいそう軽い荷物で、ほとんど重さを感じさせなかった。自分で手にしていながら思ってもみなかったが、わたしが運んだのは破滅そのものだった。避けえぬ運命、部隊の崩壊、すなわち最後の合図だった。

あらかじめドノプと相談し、モンヒタはわが軍の前線を超えて敵の前哨地帯まで連れていくことにしてあった。ゲリラ隊には必ずウェリントンかローランド・ヒルの配下が相談役として付き、指揮官の戦術上の疑問に答えている。わたしは軍使の旗を見せ、そうした相談役の一人に話を通じさせるつもりだった。そして敵にモンヒタの身柄を委ねるために、この娘は身分の高いもので、市を包囲された指揮官が保護を要請していると説明するのだ。

わたしは河の上流に向かって舟を漕ぐことにした。早朝の巡察のとき見たかぎりでは、この道のりがもっとも安全と思えたからだ。ゲリラが軍使旗を蔑《ないがし》ろにした場合も、岸の繁みを盾にして流れに沿って漕げば、敵の射程外まですばやく逃げられる見込みもなくはない。

市壁にほど近い川辺の、ついこないだまで洗濯女が大勢いたところで、わたしたちは小舟に乗りこんだ。わたしが櫂《かい》を握り、モンヒタは包みを手に背後に回り舟底にうずくまった。

中央広場のほうから銃声が聞こえた。良くない徴《しるし》だ。群集はなお暴動を止めず、鎮圧に手こずっているに違いない、でなければ大佐が射撃を命ずるわけがない。あたりはそろそろ暗くなりかけている。ドノプが手を差し出し、わたしと別れの握手をした。その顔には憂慮と危惧が見えた。二度と会えないと予感しているのだろう。なにしろこの任務は恐ろしく危険で、結果がどう転んでもおかしくないのだから。

湿り気を帯びた風が吹きつけるなか、わたしはゆっくり、音を立てぬよう櫂を水に浸した。水の匂いが辺りから立ちのぼった。大きな氷塊が流れに乗って現れ、舟縁《ふなべり》や根を露出させた繁みや群生する葦に当たった。岸の柳は裸の枝をひろびろと河面に伸ばし、それを避《よ》けるために、ときどき頭を低めねばならなかった。遠くで河の流れが灌木のおぼろな輪郭と溶け合い、ひとかたまりの大きな夜の影となっていた。

河が最初に曲がる所で、味方の歩哨の誰何《すいか》を受けた。フォン・フローベン中尉が現れ、わたしを認めると、不思議そうに渡航の目的と行く先を訊ねた。わたしは必要と思われることだけを話した。

中尉の話によると、前線には最小限の人数を残し、部隊の大部分は市に向かったという。というのも反乱は危険な形をとり、大佐は暴徒の群れによって市の中心部にまで追い詰められてしまったからだ。

「ゲリラどもめ、今夜は俺たちを放っておいてくれればいいのだが」フォン・フローベンが心配そうな口調で付け加え、暗がりを透かして谷のほう、〈皮屋の桶〉の軍隊がいるあたりを見やった。

モンヒタはこの会話をまったく理解できなかった。ただ大佐の名が出たときだけ、目をあげ、もの問いたげなまなざしでわたしを見た。

わたしはさらに漕いでいった。

「もうすぐなの?」彼女が聞いてきた。

「もうすぐだ」わたしは答えた。

彼女はそわそわしだした。

「向こうでセラノの火が燃えてるわ」市に住むスペイン人は、ゲリラのことを〈セラノ〉すなわち〈山に住む人〉と呼んでいるのだ。「どこに連れていこうっていうの」

そろそろ本当のことを言うときが来たようだ。

「モンヒタ、君をここに連れてきたのはね、君を敵の将校に匿《かくま》ってもらうためなんだ」

彼女は驚きと恐れの混じった叫びを小さくあげた。

「それじゃ大佐は？」

「二度と会うことはないだろう」

彼女は立ち上がり、舟は激しく揺れた。

「騙したのね！」彼女は怯えた顔で言い、息がわたしの顔にかかった。

「こうするしかなかったんだ。いい子だから従っておくれ。お前は賢い娘だ、俺はそう信じている」

「帰してくれなきゃ大声あげるわよ」

「叫ぶなら叫べ。だが何にもならない。哨兵はもうお前を市内に入れないだろう」

彼女は絶望のしぐさをし、威《おど》したり賺《すか》したりをはじめた。だがわたしは折れなかった。一つの考えが頭から離れなかったからだ。今舟にいるモンヒタとともに、連隊の不運も市から追い払えるのではなかろうか。ボリバル侯爵の最初と二度目の合図をわれわれがしたのも、元はといえばこの女のせいだ。ギュンターと争うはめになったのもこの女のせいだ。奴にしても今頃はエグロフシュタインの部屋で死んでいるかもしれない。もしこの女がふたたび大佐に会ったら、わたしたちの真の秘密はきっと露見し、われわれも大佐も皆お終いになるに違いない。

彼女はもはや懇願をしなかった。しても無駄なことがわかったのだろう。呟くように祈る声が聞こえた。熱心に神に呼びかける言葉に、すすり泣きが入り混じった。

そして静かになり、呟きはもう聞こえなくなった。ただ小さな溜息が一度、それから果てしなく長い呻きが聞こえるばかりだった。

そうこうするうちに舟は第二の曲がり角にまで達した。両岸で高く積み上げた柴が燃え、河は一面炎の色に照り輝いていた。岸のそこここで影が蠢《うごめ》いていた。呼びかける声が聞こえたと思うと発砲がなされ、弾が舟縁に間近い水面に落ちた。

わたしは櫂から手を離し、急いで足元に置いてあったランタンに火を灯した。そして左手でランタンを、右手で白い布を振った。舟は岸に向かって漂っていく。四方からゲリラが、カンテラやランタンや松明やタールを塗った輪を手に走り寄ってきた。今や百人かそれ以上の敵が舟の接岸を待ちかまえている。だがありがたいことに、ゲリラどもの中央に深紅のマントと白の羽根飾り帽が見えた。ノーサンバランド燧石銃《フユジリエ》兵隊の将校だ。

わたしは白布を手に舟から飛び降りた。そして他のものには目もくれず、この将校の前に進み出て、一ダースのフリント銃が頭に狙いをつけるなか、ここに来た目的を説明した。

将校は黙って聞いたあと、モンヒタに近寄った。手を貸して舟を降りるのを助けるつもりだったのだろう。一緒について行こうとしたが、その瞬間に肩をつかまれた。振り返ると〈皮屋の桶〉の顔が目の前にあった。

奴だとすぐにわかった。杖で体を支え、がっしりした足に襤褸《ぼろ》切れを巻いている。赤い肩帯から、短刀と弾丸とピストルと大蒜《にんにく》とパンがはみ出ていた。首からビスケットのかけらを、ロザリオのように紐に通してぶら下げていた。

「何よりもまず、お前は俺の捕虜だ」〈皮屋の桶〉が不気味な声で言った。「それ以外はこれからわかる」

「わたしは軍使だ」わたしは抗《あらが》った。

〈皮屋の桶〉は満足そうにくつくつと笑った。

「悪魔が別の悪魔の口に、腐った魚を投げてよこしたってわけか。サーベルをよこしてもらおうか」

わたしはためらい、舟までの距離を目で測った。だが覚悟を決めるまえに、イギリス人将校がわたしに顔を向け、ゆっくりと言った。

「お前の司令官はたいそうな贈り物をよこしたな――この娘、死んでるぞ」

「死んでいる?」あわてて舟に駆け寄ろうとしたが、〈皮屋の桶〉が立ちはだかった。そしてモンヒタのうえに屈みこみ、その顔を照らした。

「本当だ。死んでやがる」しゃがれ声で言った。「この女をどうしろってんだ。ミゼレーレの祈りを祈れというのか。ミサでも上げろというのか。〈深淵ヨリ《デ・プロフンディス》〉、〈魂ヨ安ラカニ《レキエスカト》〉、ロザリオの祈りを唱えろとでも?」

わたしは黙っていた。だが〈皮屋の桶〉はとつぜん突拍子もない、威嚇する猫のような声をだした。

　そして体を起こすと、わたしをしげしげと、不思議なものでも見るように見た。それからすっかり態度の改まった声で言った。

「そうだったのか。わしの古い刃《やいば》に新しい鞘が——よし見てろ」

　そして肩帯からピストルを抜いた。撃たれると思ってわたしはサーベルに手をやった。だが奴は続けて二発、空に向けて発砲し、その合間に口笛を高く吹いた。

　わたしは知っていた。ゲリラのあいだでこの合図は〈警戒〉を表す。

　あいかわらず〈皮屋の桶〉の不恰好な体にさえぎられて、舟やモンヒタは見えない。だがとつぜん気がついた。奴の右手——奴が右手で握っているのはあの小刀、ボリバル侯爵の短刀だ。象牙の握りにマリア様とキリストの亡骸が彫ってある——三度目の合図だ。

　足もとの地面がぐらついた。周りのゲリラと松明と樹々がおもむろに揺れ始め、環を描いて巡りだした。目に映るのはただ短刀、そして刃から滴る血——モンヒタの心臓の血だけだった。わたしの目はその動きを追った。血は、破ることのできない恐ろしい戒律《おきて》のように、ゆっくりと、容赦なく、いつ尽きるともなく地に滴っていった。とつぜんモンヒタが目の前に現れた、生まれてはじめて見るように——「こっちにおいで、燃える目をしたお前」——大佐の言葉が頭を過《よ》ぎる——安楽椅子に寄りかかって、暖炉の火に照らされて——モンヒタはもういない——かぎりない悲しみ、惨めさ、絶望がわたしを押し潰《つぶ》した。だが同時に、心の中で叫ぶものがあった。自分のものでない誰かの声が、怒気も露わに、声高に叫んでいた。

「三度目の合図！　お前のせいだ！」

「お前を遺《よこ》したものに言いな――」遥か遠くからのように声が響き、朦朧《もうろう》としていたわたしを目覚めさせた。見ると今ここにいるのは、〈皮屋の桶〉とイギリス人将校、それにわたしの三人だけだ。

「お前を遺したものに言いな」〈皮屋の桶〉がそう言っていた。「十五分後に俺たちは――だがお前はあの人なのか、そうでないのか、あらゆる天使と聖者にかけて、そこんところがどうもわからん」

そう言うと一歩後ろに下がり、ランタンをわたしの顔の間近に寄せたかと思うと、笑い出した。

「なんだかごく最近見た顔みたいな気がしてきたぜ。そのときはモロッコ革の靴に絹靴下姿だったが――大尉、あなたの意見はいかがです？」

イギリス人将校がにこやかに笑った。

「あなたを見わけられて欣快のいたりです、侯爵。いくら変装なさっても、前にも申し上げましたが、あなたのお顔は、忘れようったって忘れられるものではありません」

「侯爵の手際には惚れ惚れするね」満足そうに〈皮屋の桶〉は唸った。「暴動さえ起こりゃ、市は俺たちの手に落ちたも同然だ。十五分後に襲撃を始めましょう」

そしてわたし、ナッサウ擲弾兵連隊のヨッホベルク少尉は、この言葉を聞くと、まるで自分が本当にあのスペイン人ボリバル侯爵であるような妙な気持ちになった。三度目の合図をなし、仕事をやりとげたと思うと、ほんの一瞬とはいえ、誇らしい勝利の感覚を禁じえなかった。

だが迷妄は長く続かず、すぐさまわたしは自分自身、すなわち惨めで絶望した男に戻った。そして戦慄に身が震えた。早く戻らなければ。すぐさま報《しら》せ、警告しなければ。

一跳びでわたしは舟に乗った。

「どこへ行くのです」イギリス人将校の声が追いかけてきた。「待ってください！ あなたの仕事はもう――」

「まだ終わっていない！」わたしは叫び、舟は流れに乗って飛ぶように河を下っていった。

壊滅

壊滅の時、すなわちナッサウおよび〈公子〉両連隊の悲惨で無益な最後の戦いを、わたしの記憶はほんのわずかしか留めていない。それを天に感謝したい。後になって思い返しても、最後の夜の出来事は、炎と血と喧騒、雪の渦と火薬の煙が入り混じったおぼろな場面に凝縮されてしまっている。エグロフシュタインとは再会できなかった。ブロッケンドルフは一度だけ、夢のなかで見た。何年ものち、故国のドイツで、ある雨の夜、とつぜん眠りから覚めたことがある。夢のなかではっきりと見たのだが、ブロッケンドルフが四人のスペイン人に追われ、燃える家からいきなり飛び出してきた。上着もシャツも着ず、たくましい上半身に黒々とした胸毛が見えた。丸めたマントを片手に持って切り込みをかわし、もう一方の手でサーベルを操っていた。三度か四度辺《あた》りのものに切りつけたあげく、サーベルを落とし地に倒れた。小柄で太った髭面の男がカンテラを手に屈みこみ、マントを奪った。

髭面の男が略奪品を手に取り、重さを量り検分しているところに弾が当たった。銃声は聞こえなかったが男は地に崩れ、広がったブロッケンドルフのマントのうえに横たわった。満月がゆっくり雲間から顔を見せ、風が二人の死者のうえに雪を吹き積もらせた。

わたしを不安な眠りから捥《も》ぎ剝がしたこれらすべては、悪夢が見せた幻にすぎないのか、それともわたしはほんとうにブロッケンドルフの死に立ち会ったのか——あのときの阿鼻叫喚が、数限りないうちのひとつにすぎないこの場面を、あまりに完璧にわたしの記憶から消したため、何年もあとに悪夢の手で忘却の淵から掬《すく》いあげられるまで忘れきっていたのか——今では何とも言えない。

だが大佐が倒れるのはこの目で見た。ドノプや何人もの戦友の死も。三度目の合図と〈皮屋の桶〉の襲撃はあらゆるものを壊滅させ、前もって警告するにはわたしの帰還は遅すぎた。


岸につけた舟から飛び降り、柳の繁みを抜けたところで、早くも擲弾兵たちに出会った。防衛線を見捨てて逃げ出したのだ。ゲリラに追われ、息せききって走っていた。わたしもこの混乱の巻き添えになった。誰もが命を限りに走り、途中で倒れ動かなくなるものも出るなか、ようやくのことで市のはずれにある家までたどりついた。

ここでフォン・フローベン中尉に追いついた。重傷を負って酔いどれのように家塀を伝ってよろめき歩いていた。わたしは敗走兵を何名かなんとか捕まえ、しばらくのあいだゲリラの侵入を食い止めた。そのうち敵はすでに背後に回っているのに気づいた。弾がそちらから来たからだ。——ならば応戦しても意味はない。部下たちは地から跳ね起きると、いっさんに街路を駆けていった。わたしもその中に入った。

あたりじゅうが恐慌と混乱だらけだった。誰もが叫び、押し合いへし合いしながら前に進もうとしていた。窓から煉瓦や陶器や薪や鉄器や屋根の杮《こけら》や焼き串や錫《すず》の缶や薬缶や空き瓶がわたしたちの頭めがけて降ってきた。地下室に続く階段のうえに身重《みおも》の娘が立って、装塡を繰り返しながら二連発銃を通りに向けて撃っていた。わたしのそばに立っていた誰かが娘に狙いをつけた。そのあと何も見えなくなった。満月が雲の後ろに隠れたからだ。闇を走るわたしたちの周りから絶望と激励の叫びが聞こえた。

「俺の馬が消えた！　どこに行った？」

「心配するな！　そのうち戻ってくるさ！」

「どこに？　雪しか見えない」

「龍騎兵よ！　フランスの息子らよ！　踏ん張れ！　銃床で一発くれてやれ！」

「俺の背嚢が！」

「立て！　しっかりしろ！　ここでくたばるな！」

「構え！　狙え！——撃て！」

「俺はここにいる。ここだ」

「やられた。もうだめだ」

「奴らが来た！」

「前へ進め！」

暗がりのなかで、誰かに背後から殴られて倒れた。少しのあいだ、顔面の雪の冷たさと、後頭部の刺すような痛みの他は何も感じなかった。自分がどうなったかさえわからなかった。意識は一瞬たりとも失くさなかったのに、記憶には暗く大きな穴が開いている。

わたしは二人の擲弾兵に支えられ、前に引きずられていた。喉の渇きを感じた。左腕と、それから頭と両肩がひどく痛んだ。ピストルを二発撃ったのは覚えている。だが誰に向けてだったろう。

結局七人が残った。武器を持つものは二人しかおらず、ほとんど全員が負傷していた。

目の前に煌々と照明され人で溢れた中央広場が見えた。

わたしたちは喜びのあまり叫び声をあげた。方陣を布《し》き防御隊形をとった擲弾兵の三個中隊とその中央で騎乗する大佐を見て、わたしたちは救われ助かるものと信じた。

戦闘の前と同じく、連隊は三箇所に分散しているようだった。第一隊はしばらく司祭館の建つ区域に留まり、第二隊は病院の庭にある繁みや樹々の陰に退避していたが、その庭も後にゲリラや蜂起した市民に蹂躙された。中央広場の三個中隊はまださほど損害を受けていないようだった。これら中隊には河畔沿いに進攻を試みよとの命がくだされた。

それに続く戦闘はただ切れ切れの場面としてしか覚えていない。ドノプが隣にいてわたしに話しかけ、水筒を出して飲むように言った。それからわたしは荷車の陰にひざまずき、密集した襲撃者に向かってカービン銃を発砲した。わたしの隣で擲弾兵の一人が冷たいスープを陶器の鉢から啜《すす》っていた。

わたしのいるところから宿舎の窓が見えた。室内に灯りが灯っていた、見知らぬ男の影が部屋を行き来していた。撃ちながら、自室のテーブルに本を置いたままだったのを思い出した。フランスの恋愛小説とドイツの風刺文書の小冊子だ。

唸り声、どよめき、ホイッスルの音《ね》、フリント銃の響き、甲高い叫び、司令官の怒号、それらのあいだを縫うように「畜生《カラホ》！　畜生《カラホ》！」と叫ぶスペイン人の声。意識を失ったカステル-ボルケンシュタインがわたしの面前を運ばれていった。その長靴は血まみれで、付き添った従卒が怒りのしぐさで弾の切れた銃をスペイン人に向けていた。向こうの居酒屋〈キリストの血〉亭の入口の前で、明るい松明の光に照らされて、聖アントニウスが石の諸手を掲げて、戦いの喧騒と雑踏のさなかで、マリアさまの無原罪の御宿りを表明していた。

カステル-ボルケンシュタインが負傷するとすぐさま退却が命ぜられた。中隊の半分が手足を撃たれたまま、アンブロジウス小路に向かって進んだ。その後には騎乗した大佐がいた。その鞍がとつぜん揺れた。二人の男が大佐の前に躍り出て、行く手を塞いだ。大佐は口が利けぬように見えた。ゲリラに向かってしきりに両手を振った。たちまち群集が押し寄せ、もうわたしのところからは見えなくなった。担架を持ってこいとドノプが何度も叫んでいた。

そしてあらゆる秩序が失われた。流れに巻き込まれ、わたしはヘロニモ小路に連れていかれた。街路は走り騒ぐ人でいっぱいだった。誰もが人に先んじて、岸辺まで、橋まで行こうとしていた。もっとも大部分はその後走って引き返してきたが、その訳はわたしにはわからない。ドノプはずっとわたしの脇にいた。走りながら上着の裏地を引きちぎり、その布切れをサーベルで切られた頬の傷に押し当てていた——今でもその姿は記憶に残っている。

白兵戦が短いあいだだけ、火事で燃え尽きた釘製造所の近くで行われたことはぼんやり覚えている。煮えたぎった熱湯が足元に飛び散ったことも記憶にある。その何滴かは手にもかかった。

河畔に出ると、橋はゲリラに占領されていた。われわれの何人かは、河を徒歩と泳ぎで渡ろうとした。肩まで水に浸かったところで流れに抗して泳ごうとしたが、水の冷たさに足が竦《すく》み、一人また一人と河に呑まれていった。石橋のうえからこちらに向けて、ゲリラたちが絶え間なく散弾を浴びせていた。

わたしたちは家伝いに来た道を引き返した。助かるとか逃げられるとか思うものはもはや誰もいなかった。心には希望も絶望もなく、最後まで防戦しようとの暗黙の決意だけがあった。この期に及んで壊滅から逃げる気はない。あとは人対人、拳《こぶし》対拳の白兵戦のさなかでくたばるまでだ。

そうこうするうちに狭くでこぼこした小路に出た。初めて足を踏み入れる道だった。ドノプが倒れたのはここだ。凍った街路に足を滑らせたかと思って手を差し伸べ助け起こそうとした。だが首に弾丸を受けていた。ドノプはわたしの手を探り、所持品を全部押しつけた。銀の懐中時計、二束の手紙、二枚の軍票、数枚のナポレオン金貨、訳しかけのスエトニウスの原稿、神話の神々が浮彫になった銀の小さなメダイヨン、それから半分空になったワインの瓶。ひとりの擲弾兵が、長靴と銅の薬缶と銀のパンチボウルを結わえた背嚢の重みで前かがみになって傍を通り過ぎようとして立ち止まり、もの欲しげな目でわたしの手の金貨を見た。みんなポケットに突っ込んだが、ほとんどは逃げる途中で失くしてしまった。だがヴィーナスとキューピッドをあしらった銀のメダイヨンだけはまだ手元にある。

さらに走るうち、とつぜん耳をつんざく鋭い音が鳴った。その音に二方向から返答がなされた。同時に前方から発砲がなされた。わたしたちは立ち止まり、あたりを見回した。

目の前に門扉があったので、銃の床尾で打ちすえばらばらにした。曲がりくねった木の階段がうえに伸びていた。照明は暗く、石油ランプがひとつ、壁龕《へきがん》の聖画の下に置かれているだけだ。部屋に入ってみたが、どうやらパン焼き職人か菓子職人が貯蔵室として使っていたところのようだ。小麦粉の袋、栗や胡桃の入った笊《ざる》、麦藁で包んだ卵でいっぱいの樽、それからチョコレートの箱。箱の蓋には黒い字で〈パンタン、サンタンヌ街、マルセーユ〉と書いてある。

わたしたちは扉を開けたままにしておき、銃を装塡した。待つほどのこともなく、すぐにスペイン人が階段を上る音がした。

頭がひとつ見えた。骨ばった頭と短く剛《こわ》い髪。すぐにわかった。カルメル会通りの角にある香料商店の親父だ。わたしはピストルを構えたが、背後のものが先に撃った。他の姿も現れ、こちらをめがけ襲ってきた。銃声が響き、斧が唸りをあげて卓の向こう側から飛んできた。硝煙が部屋に立ち込めた。

ふたたび周囲が見えるようになったときには、部屋にはわれわれしかいなかった。だが立っているのは四人だけだった。階段のほうから何かが倒れる音がした。わたしたちはふたたび銃を装塡した。倒れた二人の銃も装塡し、いつでも使えるよう卓上に置いた。

擲弾兵の一人が話しかけてきた。見れば何年も前に学友だった奴だ。嗅ぎ煙草はないかと言ってきた。別のものは走って足を傷めたと言い長靴を脱いだ。わたしは疲れきり、いまにも倒れそうだった。

ゲリラが再度襲ってきた。

銃弾が唸り耳をかすめた。背後で何かが崩れ落ちる音がした。罵りと叫びが聞こえた。脚に絡みつくものがあった。テーブルが転倒した。喉を摑まれ、わたしは床に叩きつけられた。「そこをどけ！」戸口から声が聞こえた。倒れたわたしの顔のうえにサーベルが掲げられ、だがいつまでも構えたまま、振り下ろされようとしない。

「どけというのが聞こえんか」ふたたび同じ声がした。まばゆい光が顔に当たった。サーベルが引っ込み、かわりに白い羽根飾りをつけた頭が覆いかぶさった。深紅のマントを着ている。

二つの手がゆっくりとわたしの喉を放した。頭が木箱の縁にしたたかに当たった。

「その変装のままでいるとは、酔狂にもほどがありますね」耳のそばで声が響いた。「この方を持ち上げて階下に運べ」

わたしは自分が抱き上げられるのを感じた。

「前に申し上げませんでしたか」話しかける声がした。「あなたとわからないと、部下がお怪我をさせてしまうかもしれませんと」

目を開けようとしたが、うまくいかなかった。冷たく湿った風が顔に当たる。誰かがマントを掛けてくれた。床が揺れている。河のうえにいるようだ。モンヒタを連れて舟を漕いでいるような気がする。大きな流氷が舟縁にぶつかり、岸辺の柳が風でざわめく。

もはや揺れは感じられなかった。絨緞か毛布のうえのようだった。

「いったい誰を連れてきたんですか、大尉」うんざりしたような呻き声が聞こえた。

「ボリバル侯爵閣下だ」

ふたたび光が顔に当たった。囁き声とかすかな足音が遠ざかっていく。そして扉が閉まった。

わたしは眠り込んだ。

ボリバル侯爵

起きたときには、日はもう高く上っていた。

瞼をまだ開《ひら》けない半睡状態にいるうちは、隙間なく部屋に押し固まった男たちが、黙ってわたしを見守っていると訳もなく思っていた。何人もの息遣いやマントの擦《す》れる音が聞こえた気がしたからだ。はっきり目が覚めたときには、男が三人、忍び足で部屋を出て行くところだった。音を立てぬように静かに歩こうぜとでもいうように手で合図を交わしあっていた。

部屋に残ったのは二人だけだった。深紅のマントを羽織り、腕組みをして寝台の前に立つノーサンバランド燧石銃兵隊のイギリス人将校。そして炉の向こうに座る〈皮屋の桶〉。

その姿が目に入るや、眠りが忘れさせていた昨日の出来事がたちどころに記憶に蘇った。ゲリラの襲撃、大佐やドノプやカステル－ボルケンシュタインの死、二個連隊の壊滅。まだ生きているのが不思議でたまらなかったが、すぐそれは痺れるような恐怖に変わった。目の前に座るのは仇敵、〈皮屋の桶〉ではないか。だがそれもほんの一時《いっとき》のことだった。考えてみればこのわたしに、連隊の最後のひとりとして生き続ける権利などない。この思いはわたしを深い安堵で満たした。この期におよんで、戦友たちのもとへ行くほかに、何の望みがありえよう。

「お目覚めですか」イギリス人将校の声が聞こえた。

〈皮屋の桶〉はしゃがれた声をはりあげた。呻きのようにも聞こえた。炉の炎に鮮やかに照らされた脚は、椅子のうえに長々と伸ばされ、厚く布が巻かれていた。久しく痛風に悩まされていたのだろう。左の腕は肘から肩にかけて亜麻布で包まれていた。

「お早うございます、侯爵！」彼はそう呻くように言うと、スレートの欠片《かけら》を痛風の踝にこすりつけた。「お加減はいかがですか?」

わたしは彼に目をやった。からかわれているのだろうか。

「侯爵を探し出すのは、ひととおりの苦労ではありませんでした」イギリス人将校が言った。

「無事にここにお連れできたのは、僥倖としか言いようがありません」

わたしは寝台から飛び起きた。驚きながらもようやく腑に落ちた。運命は何と奇態なやり方でわたしを生に追い帰したのか。侯爵を殺《あや》めたこのわたしに侯爵を演じろというのか。考えただけで怖気《おぞけ》が走る。こんな薄気味悪い幽霊現象《あやかし》には、すぐさまとどめを刺さねばならない。

「わたしは、お前たちが思っているような人間ではない」将校の目を直視しようと努めながら、わたしは言った。「ボリバル侯爵はとうに死んだ。わたしはライン同盟部隊に属するドイツ人将校だ」

白状してしまうと気が楽になった。これで安んじて運を天に任せられる。

イギリス人は〈皮屋の桶〉に目をやり、それからわたしを見た。その口は微笑んでいた。

「ドイツ人将校、そうでしょうとも。存じていますとも。何日か前に侯爵邸を訪れたあの将校でしょう。侯爵が失踪してちょうど半時間後に現れた方ですね。たいした偶然もあるものですね。あなたのお屋敷の執事から話は聞いています。執事は今朝、あなたがお休みのときに、ここにいたのですよ」

「お針子どもが足のなかで精出してやがる」〈皮屋の桶〉が口をはさんだ。「どんなにちくちく、ひりひりするか、誰にもわかるまい」

「誤解だ、大尉！」わたしの声は叫びに近くなっていた。「わたしはナッサウ連隊のヨッホベルク少尉だ」

「元ナッサウ連隊。そうでしょうとも。さすがの皇帝軍といえども、目下のところ、侯爵、あなたほど毛色の変わった兵士はおりますまい」

「皇帝の兵士ですと？」〈皮屋の桶〉が憤って叫んだ。そして勢いよく立ち上がろうとしかけたが、すぐに苦痛に満ちた呻きとともに椅子に崩れ落ちた。「兵士とおっしゃいましたか。とんでもない、あいつらは放蕩者にすぎません。法螺吹き、博打好き、大酒飲み、嘘つき、贅沢野郎、教会泥棒――神さまは公正で、裁きに過ちはありません」

死んだ戦友を侮辱する言葉を聞いているうち、鈍い苦痛が煮えたぎるような怒りに変わっていった。飛びかかって絞め殺してやろうと思ったが、イギリス人将校があいだに入った。

「どうしてもわたしをボリバル侯爵と思いたいのか」怒りを抑えてわたしは言った。「侯爵は老人だが、わたしは十八の青年だ」

〈皮屋の桶〉が耳障りな笑い声を漏らした。

「十八歳、なるほど、実に麗しい年齢ですな。教会の向かいの蠟燭作りも——侯爵もご存知でしょう、あんまりがりがりに痩せてるんで、母親が付け矢と不義を働いて作った子じゃないかと思うくらいでしたがね——そいつが三人目の女房をもらったのは五十のときでしたな。でも晴れの舞台じゃ髪をきれいな栗色に染めてました、あなたが昨日なさったようにね。奴だってあんときはまるきり十八に見えましたよ。侯爵さまも蠟やらポマードやら山羊の脂やらをしこたま無駄になさってご苦労さまなことでした。でもそんな化けの皮、一晩しか保《も》ちゃしませんて」

そしてもう一度笑うと、壁の割れ鏡を指さした。映る姿は驚きだった。自分の目が信じられない——髪は昨夜の恐怖で真白に——雪のような白色、老人の髪になっている。

「そううまくはいくものですか」将校の声がわたしの耳元で響いた。「仮面を被ったまま隠遁しようたって、そうはいきませんよ、侯爵。侯爵は貴く気高い目的のために尽力されたのです。天はあなたを嘉《よみ》し、事はつつがなく終わりました。その栄誉を軽んじてはなりません。感謝を蔑《さげす》んではなりません。われわれ皆を、そして故郷とその自由を、あなたはお救いになったのですから」

なぜこんな妙なことになったのだろう。わたしは立ちあがり、鏡を見た。映るのはもはや自分ではない、白髪の見知らぬ老人だ。そのときいきなり、なんとも言いがたい感じがして、よそ者の思考が心のなかで目を覚ました。わたしのうちに他者の行為が蘇り、その意志と決断とともにわたしを占領し、その猛々《たけだけ》しい凱歌が総身を慄わせた。殺《あや》められた魂がわたしのなかで身を擡《もた》げ、本来のわたし、殺めた魂に襲いかかって捻じ伏せようとしているかのようだった。わたしの裡に偉大で恐ろしいボリバル侯爵がいた。その支配に抗し、自分を取り戻すため、死んだ戦友たちを呼び寄せようとした。懸命にドノプやエグロフシュタインやブロッケンドルフのことを考えようとした――だが誰も来てくれなかった。誰もが闇のなかにとどまり、声音さえ記憶から失せ、心のなかで名を呼ぼうとも、よそ者の声が、〈皮屋の桶〉の容赦ない声が、自分の声のように浮かびあがるばかりだった。

「法螺吹き、贅沢野郎、大酒飲み、教会泥棒――」声はわたしの中で叫んでいた。「――神さまは公正で、裁きに過ちはありません」

だんだんと連隊壊滅の一部始終が自分の意志によるもののように思えてきた。まるでわたしが、偉大で高邁な目的のために断を下したかのように。体のなかを嵐が吹き、心臓の鼓動は高まり、こめかみが轟き鳴った。この途方もない瞬間を前にして、ほとんど立っていられなかった。

〈皮屋の桶〉がこちらに目を据えていた。わたしの口から言葉が出るのを待っているようだった。だがわたしは黙っていた。

「一言言わせてもらえんでしょうか、侯爵さま」とうとう自分から喋りはじめた。「あなたが戦《いくさ》がお嫌いなことは、重々承知してますとも。勇敢な兵士が戦いを重ねて勝ち取った誉《ほま》れをあなたは歯牙にもかけません。どんな将軍だって大将だって、ひねもす畑を耕す貧しい作男の誉れにはかなわないって――あなたはそう言いませんでしたかね？　あの夜はあれこれと考えました、痛くて眠れませんでしたから。砲弾に腕を折られて、壊疽《えそ》になりかかってたんですわ――わしら兵隊だって殉教者ですよ、聖ヤコブや聖シリアックや聖マルケリヌスなんかと変わりゃしません。神さまに殉じてるのか、悪魔に殉じてるのか、そこはわからんですけどね。何が嬉しくて戦ってるのか？　何が嬉しくて血を流してるのか？　神さまのため？　わしらはみんな、目の見えない土竜《もぐら》が地面に出たようなもんで、神さまが何を慮《おもんぱか》ってるのか、これっぽっちもわかりゃせんです。手前の懐を肥やすため？　侯爵さま、わしら兵隊はノアに雇われた大工みたいなもんです。せっせと家畜どもに舟を造ってやって、手前はあとで溺れ死ぬんですから。祖国の繁栄のため？――この地はね、侯爵さま、この千年、たっぷり血を吸ってきたんですよ。でも百年前の戦いなんて、いまから見りゃ――誰がどう見たって意味がないでしょう。なんだってまた事新しく戦闘と行軍、骨折りと難儀、飢えと危険と負傷が繰り返されにゃならんのです。でもね、それで何が残るかっていうとね、侯爵、教えてあげましょうか。名誉が残るんです。知らない町を歩いてると、わしの名がささやき交わされて、母親は子供を高く掲げて、住民は走り出てきてわしを見送り、窓には顔がひしめくんです。いつかわしが老いぼれて、四つんばいになって教会に這っていかにゃならんようになっても、わしの名の輝きはね、侯爵さま――ちっ、またあいつが来やがった。神さまどうか！　あの悪魔を追い払いたまえ！」

そのまま〈皮屋の桶〉は口をつぐんだ。醜い老婆が湯を入れた洗面器と布切れを手にして入ってきた。ノーサンバランドの将校は老婆を見るや、羽根飾り帽を卓上からひったくり、そそくさと部屋から出て行った。

「おたんちん、ぐうたら、甲斐性なし！」そう罵りながら、老婆は湯と布切れで〈皮屋の桶〉の腕の負傷を手当てした。「大げさに呻くんじゃないよ。よその亭主は必死に金を稼いでるってのにさ、あんたが持って帰るのは鉛玉ばっかり！」

「勘弁してくれ！」〈皮屋の桶〉が老婆の手のしたで悲鳴をあげた。「乱暴はよせ！　いまとんでもない戦いに勝ったんだぞ」

「とんでもない戦いだって」老婆は金切り声をあげて怒ったように布切れを振った。「そんなもん、何の足しにもなるもんかい。いまの王様が別のに代わらずに、次の年もパンやラードやチーズや卵から税金を取るってだけだろ」

「うるさい！」〈皮屋の桶〉が叫んだ。「おとなしく床でも掃いてろ！　亭主の仕事に口出しするな！　侯爵閣下がいらっしゃるのがわからんのか！」

「侯爵、伯爵、癇癪、悶着！　そんなのみんな懲り懲りさ。あんた、どうして殴り合いがはじまるとすぐしゃしゃり出るんだい。トルコが韃靼《だったん》人を追い出したときも、きっといたんだろうさ」

「いいかげんにしろ」〈皮屋の桶〉が呻いた。「十七年も連れ添ってきたが、日ましに手に負えなくなりやがる。嫌がらせの種だけは無尽蔵に持ちやがって！」

「市《まち》の誰もが知ってるよ、あんたが働きもせずぶらぶらしてる豚野郎だってね。堅気の衆を見習って錐とか千枚通しを手にしたら名折れになるとでも思ってるんかねって、みんな噂してるよ」

「神よ！」〈皮屋の桶〉は深く溜息をつき、情けなさそうにつぶやいた。「この災厄からわれを救いたまえ！」

わたしが部屋を出て階段を降りていくときも、あいかわらずゲリラ軍大佐の哀れな悲鳴と女房の罵声は聞こえていた。家の前で何人かの叛乱軍の将校が無花果《いちじく》の樹のしたに座っていた。わたしが前を通ると、黙って彼らは立ちあがった。

街は賑やかで活気に溢れていた。誰もが熱心に仕事にいそしみ、ここで昨晩二個連隊が死闘を繰り広げたことをうかがわせるものは何もなかった。焼栗売りがコルクの椅子に座り、古道具屋が売り物を広げている。石炭を積んだ手押し車が街を通り、騾馬曳きたちが買い物客の目の前で騾馬を急き立て、床屋が客を呼び、カルメル会修道士が聖画や肩衣《スカプラリオ》を配り、農婦たちがさまざまな種類の食べ物を売る声があちらこちらで聞こえた。

「ミルクだよ！　山羊のミルク、暖かいミルクだよ！　誰かいらんかね？」

「ムルシアの玉葱！　ビスカヤの胡桃！　大蒜《にんにく》！　豆！　セビリアのオリーブ！」

「ワイン！　赤ワイン！　バル・デ・ペーニャスのワイン！」

「ソーセージなら何でもあるよ！　サルチチョネ！　ロンガニゾス！　本物のエストラマドゥ

ーラ・ソーセージも！」

そうした物売りたちの声は、わたしが近寄るとかならず止む。道を急ぐものも足を止め、端に寄りわたしに道を譲る。わたしに向けられたまなざしは驚嘆と畏敬と無言の崇拝を示していた。

街を歩くのは、わたしではなく死んだボリバル侯爵なのだった。遠く見やれば葡萄畑の丘と野原――わたしの地、わたしの領土だ！――心のなかで歓声が響く――わたしの葡萄が育ち、わたしの牧場が色づき、天に抱《いだ》かれる何もかもがわがもの――わたしは歩いた、陶酔しつつ、夢ごこちで、一時《いっとき》のあいだ、この地の継承者に深いところで成り代わって――やがてわたしはゆっくりと市外へと向かった。

市門の前にゲリラ軍がいた。一人が門扉をさっと引き開け、頭を深く垂れ挨拶をした。

「アベ・マリア・プリシマ！」

するとわたしの口から、なじみのない言葉がなじみのない声で漏れた。

「アーメン！　聖母さまは無原罪の御宿りをされた」

解説

垂野創一郎

いかがでしたか。レオ・ペルッツのストーリーテリングの技を堪能されましたでしょうか。『Oの物語』に序文を寄せた気難し屋の批評家ジャン・ポーランをして「バルザックの初期長篇をしばしば思わせる」とコメントさせたこの小説を、もしまだお読みになっていないのならば、以下の文章は内容の詳しいところにまで触れていますので、まずは白紙のまま本文に取りかかることをお勧めします。読み進めるうち、おそらくは巻を置くことはできなくなるだろうと思います。

1

まずは物語の背景から簡単にご説明しましょう。一八〇八年、ナポレオンはスペイン宮廷の政治的混乱に乗じて、これを手中におさめようと図りました。そしてスペイン王フェルナンド七世らをフランスのバイヨンヌに招き、退位に同意させました。ついで同年六月、実兄ジョゼフを王に即位させホセ一世とし、同時にバイヨンヌにスペインのお歴々を招き、いわゆる名士会議《アサンブレア・デ・ノタブレス》によって、ボナパルト家による新王朝を承認させたのです。

この事実はスペインの民衆には好意的に受け取られませんでした。そして各地で、後にゲリラと呼ばれるようになる非正規の抵抗組織が生まれたのです。こうしたゲリラたちは従来の戦争慣習を無視した破れかぶれの戦法でフランス勢を手こずらせました。ゲリラを捕獲したフランス軍は、彼らをまともな捕虜として扱わず、その場で処刑したといいます。ゲリラたちも「目には目を」とばかりに残虐ぶりを発揮し、ゴヤが版画集『戦争の惨禍』で描いたような、目を覆うばかりの惨状がそこここで見られるようになりました。本書で「吊るす」とか「首を括《くく》る」とかいう物騒な言葉が随所にでてくるのは、こうした事情によるものでしょう。

ナポレオンに対抗していたイギリスはゲリラに肩入れしていましたが、一八一二年夏、フランス軍の一部がロシア遠征のためスペインから引き揚げると、すかさず攻勢に転じました。一三年六月、ウェリントンの率いるイギリス軍はマドリッドを占拠し、ホセ一世は王座を捨ててフランスに逃げ出します。翌一四年六月にフランスは完全にスペインから撤退しました。本書が舞台とするのは一八一二年冬、まさにフランス軍が優勢から劣勢に移ろうとする時期なのです。

本書の「まえがき」で言及されている何冊かの本のうち、少なくとも『一八〇七年から一八一三年におけるピレネー半島の戦争』という本は実在していました。ラ・ビスバルについての記述もあります。ただこの本ではラ・ビスバルはバルセロナなどの近くにあるかのように書かれていて、本書の記述「アストゥリアス地方の山間地」とは矛盾します（アストゥリアス地方はスペイン西北部）。これはなぜかよく分かりません。ペルッツお得意の目くらましなのでしょうか。あるいは物語のなかで雪を降らせるための苦肉の策なのかもしれません。

それはともかく、本書では、ドイツの連隊がナポレオンの麾下で戦うという、今の目で見れば不思議なことが起こっています。これはライン同盟というものが当時結成されていたためです。当時ドイツは、中世以来のいくつもの中小の国々（領邦）が、神聖ローマ帝国という形で、緩やかに結びついていました。ナポレオンはそれらの国をオーストリアやプロイセンといった強国から分断しようと、一八〇六年にこのライン同盟を結成しました。同年には神聖ローマ帝国皇帝フランツ二世が退位し、今後はオーストリア皇帝に専念する旨の宣言を行いました。こうして神聖ローマ帝国は名実ともに消滅したのです。

ライン同盟の加盟国はライン連邦と呼ばれ、それぞれの主権を保持したまま、ナポレオンを「保護者《プロテクトール》」とし、盟約国の一方が大陸で起こした戦争は、盟約国すべての戦争となると定められていました。

そういうわけで、われらのヨッホベルク少尉が属するナッサウ連隊もスペインに出兵しているのです。ところがその戦いぶりときたら——「お前ら馬鹿じゃないか」——これは本書第七章「ドイツ風夜曲《セレナード》」で副官エグロフシュタインが言うセリフですが、本書を「タラベラの歌」の章あたりまで読んだ読者も、ナッサウ連隊の将校たちに対して同じ感想を持つのではないでしょうか。

なにしろボリバル侯爵の三つの合図を事前に知りながら、それを何ら有効に活用できなかったのですから情けない話です。むしろそれを知ったことが連隊を破滅させたともいえましょう。なぜなら、もしこの合図を将校たちが知らなかったなら、「プフ・レガール」の章でギュンターが藁を燃やすこともなく、銃弾などを積んだ輸送隊は無事にラ・ビスバルに到着したでしょうから。

『ボリバル侯爵』の校訂版を出したハンス・ハラルド・ミュラーは、その後書きで、ドイツのナッサウ市が発行する『ナッサウ年鑑』の一九九一年版に掲載された本書の書評に触れています。その書評では本書の内容に憤慨しているのだそうです。ほんとうかな、と思って、値段の安かったのを幸い、その『ナッサウ年鑑』を取り寄せて覗いてみたら、ほんとうに憤慨していました。「歴史が証明するが如き規律があり勇敢なナッサウ人を作者は正当に評価していない」とか書いてあります。少々腹に据えかねるものがあったと見えます。

また、タラベラの戦におけるナッサウ連隊の大佐は、後に中将となったアウグスト・フォン・クルーゼ男爵という名将で、作中で歌われる「タラベラの歌」の如きは、この書評者に言わせると「まったくナンセンスで名誉毀損もの」なのだそうです。ナッサウの名誉のために特にここにも記しておきます。皆様もゆめ誤解なさいませんように。ちなみに、スペイン戦線でナッサウ連隊が壊滅したことは一度もないそうです。

誰しもよその国の人間に自分の故郷のことを悪く言われるのは嬉しくないものですが、この場合はあながちナッサウの人のお国贔屓《びいき》のせいというわけではないと思います。それほどまでにこの小説中の将校たちにはオーストリア的な色彩が濃く感じられますから。すなわちシラーが「毎日が日曜日で、竈《かまど》には肉を焼く串が回る」と風刺したような、あまり先のことを思い煩《わずら》わない享楽的なキャラクターです。真面目なドイツ人が「こんな奴らといっしょにされてはたまらん！」と感じるのはまことにもっともなことです。

ただ当時オーストリアはフランスの敵に回っていましたから、スペインに出征させるわけにもいかず、けして作者を弁護するわけではありませんが、ナッサウ連隊の将校たちを「毎日が日曜日」（作中の言葉で言えば、「毎日が喜びの主日《レターレ》とハレルヤ」）的な性格にしたのもやむを得なかったのではないでしょうか。

2

しかし一概に馬鹿といってはもちろん可哀想なので、これを視点を変えて見れば、作中人物は作者のプロット展開に乗って右往左往しているに過ぎないともいえます。ヘルマン・ブロッホは本書刊行直後に書かれた書評で、あらすじを紹介したのち、それを「必然性のファンタジー」「驚異的なものの論理」とまとめていました。実際、緻密に伏線が張り巡らされた本書のプロットは良質の推理小説を思わせます。

推理小説にもともと内在するプロットの機械性（あるいはからくり細工性）を極端に推し進めたものとして、「不在のものの意志」——すなわち冒頭まもなく死んでしまう登場人物が決定的な影響をその後の展開に及ぼすタイプのものがあります。代表的な例として竹本健治『匣の中の失楽』や泡坂妻夫『乱れからくり』が挙げられましょう。いわばそこでは、死者の遺志が生者の自由意志を凌駕しているのです。こうした「不在のものの意志」が全編に浸透している本作品は、その種のタイプの遠い先蹤ともいえるかもしれません。

数多い伏線のなかでも訳者がとくに感服したのは「サウル王とエンドルへ」の章です。賭けトランプでモンヒタへの優先権を勝ち取ったギュンターは、喜び勇んで彼女を口説きに行くのですが、大佐に見つかってすごすごと引き返します。このささいな出来事が「風が吹けば桶屋が儲かる」式に転がっていって、読み進むにつれどんどん大変なことになっていきます。なかでも、ギュンターを目撃したとき大佐の心に生じたであろう疑惑が、書かれざる伏線となって、「青い金鳳花」の章で大佐の誤解へと発展するのには唸りました。

とはいえ作中人物は自分らを操る作者の手など知る由もありませんから、自分らを翻弄するものの正体をさまざまに推量します。将校の一人がいみじくも、「あの謎めいた意志を何と呼べばいいんだ。俺たち総てをこれほどまでに弄び、惨めにしているあれを。運命か、偶然か、それとも星辰の永遠の法則か?」とつぶやくように。

ボリバル侯爵は、死のまぎわに「主は来ませり」とつぶやき、将校たちに自分のし残したことをするよう誓わせ、安んじて銃殺されます。すなわち主の御心によって自分の計画が成就することを確信しつつ死んでゆくのです。

いっぽう連隊副官のエグロフシュタインは、連隊の災難続きを「さまよえるユダヤ人」、すなわち連隊に闖入《ちんにゅう》してきた騎兵大尉サリニャックのせいにします。主人公ヨッホベルクはこの

「さまよえるユダヤ人」が、反キリストの僕《しもべ》としてキリストに罵言を放つ場に居合わせます（もっともこの場面は微妙な書き方がなされていて、ヨッホベルクがうたた寝をして見た夢だとも取れるようになっています）。このような神と悪魔が拮抗する黙示録的緊迫感が本書のトーンを決定しています。

ヨッホベルクが作中でいう反キリストとは、世界の終末が近づいたときにキリストに対抗して現れる存在です。新約聖書の末尾に置かれた「ヨハネの黙示録」の記述によれば、それは龍すなわち悪魔から大権を与えられて人々に崇拝され（黙示録第十三章四節）、神を冒瀆し（同六節）、聖なるものに勝利しあらゆる民を支配する（同七節）ものの、結局はキリストにより硫黄の燃える池に投げ込まれる（十九章十九節以下）獣です。神の国の到来に先立つ混乱期に人々を惑わす邪悪な存在といえましょう。宗教改革期にルターがカトリックの教皇を反キリスト呼ばわりしていたのは有名な話です。計画の実現を神に託し、死してなお跳梁をやめないボリバル侯爵と、その計画を阻止しようと必死になるサリニャックは、まるで神と悪魔（あるいは反キリスト）の代理戦みたいではありませんか。

「ヨハネの黙示録」で綿々と描かれる終末光景は、そのグロテスクさが強烈な印象を残すためか、キリスト教世界が危機に瀕するたびに繰り返し立ち現れるヴィジョンとなりました。それは信仰心の薄れた現代といえど例外ではなく、たとえば一九七四年に刊行された『絶望と確信』という、いかにも終末論的な表題の本のなかでも、作者グスタフ・ルネ・ホッケは、「今日のネオ・マニエリスム芸術が——その総体においては——幻視者的・黙示録的性格を帯びていることを認める」と記しています。

「さまよえるユダヤ人」のほうは、幻想文学の読者にはおなじみのキャラクターでしょうが、こちらは中世にヨーロッパ全域でひろまった伝説で、聖書を直接の典拠とはしません。南方熊楠翁などは、お賓頭盧《びんずる》さまの説話が西洋に伝播して「さまよえるユダヤ人」となったという怪説さえ唱えていました。

その伝説によれば、十字架を負って刑場に赴くキリストが、アハルエルスという名の靴屋の店先で休ませてくれと頼んだところ、靴屋がこれをにべもなく断ったため、罰が当たって不死となり、世の終わりまで、すなわち最後の審判の日まで地上をさまよう運命になったということです。この「さまよえるユダヤ人」を反キリストの僕とするのはペルッツの独創なのか、それとも従来からある考え方なのか、浅学の訳者は詳《つまび》らかにしませんが、両者あいまって本書を黙示録的色彩に染め上げているのは間違いのないところでしょう。

戦争というものは普通どちらかが降伏したとき終わるものですが、ナポレオンは違いました。ともかくどんどん戦域を広げていくのです。いつ果てるともなく続くヨーロッパ侵攻は、ゴヤが描いたような惨禍ともあいまって、「世の終わり」を感じさせ、それが「毎日が日曜日」のはずの将校連にも、「さまよえるユダヤ人」の実在を信じさせるにいたったのでしょう。

3

終末論的雰囲気に染まっていたのは、何も作中の人物ばかりではありません。ペルッツが本書を執筆していたときのオーストリアもそうであったのです。この小説は一九二〇年に刊行されましたが、この時期のオーストリアは、第一次大戦の敗戦国として未曾有の転換期にありました。

すなわち、十世紀の終わりにこの地が「オーストリア」と呼ばれるようになって以来、千年近くのあいだ連綿と続いてきた君主制が、アメリカの大統領の勧告によって共和制へと姿を変えたのです。広汎な版図を有していたオーストリアはいまや中欧の一小国となってしまいました。シュテファン・ツヴァイクの回想録『昨日の世界』はそのありさまをこう描いています。「チェコ人、ポーランド人、イタリー人、スロヴァキア人たちが、それぞれに土地を裂き取ってしまった。残ったものといえば、すべての血管から血を流している、切断された体軀だけであった」。

変化は外面的にばかりではなく、人々の心にも押し寄せてきました。ふたたび『昨日の世界』から引くと、「内面的には巨大な変革が、この戦後の最初の幾年かに行われていた。軍隊とともに何ものかが破壊された。それはわれわれ自身が青春時代に非常な恭順の念を抱くようにしつけられてきた、権力の無謬というものに対する信仰であった。『最後の一兵一馬の生きる限り』戦うと誓いながら、夜陰と霧にまぎれて国境を越えて逃走した皇帝を、あの将帥たち政治家たちを、（……）まだ讃美しつづけなければならないであろうか。硝煙が国土の上から消えた今になって初めて、戦争が招いた恐ろしい荒廃が目に見えるようになった」。なんだかスペイン貴族を罵るサラチョ大佐の言い草にも似ているのがおかしいですが。

ペルッツには手帳にまめにメモをつける習慣があったため、この時期の彼の動向はかなり詳細に判明しています。ハンス・ハラルド・ミュラーの伝記によれば、一九一六年七月、彼はロシア軍との戦闘中に胸に銃弾を受けて倒れました。ただちに野戦病院を経てウィーンに後送されましたが、かなりの重態で、外出が可能になったのは翌十七年三月のことでした。その後も「軽度の事務にのみ適す」と診断されたため、そのままウィーンにとどまり、捕虜の手紙の検閲や暗号解読に携わっていました。かたわら長篇『九時から九時まで』を一七年十一月に脱稿し、引き続きフランスの革命時代を背景にした『自由な鳥』に取り掛かりましたが、『ボリバル侯爵』の構想が浮かんだために中断し、一八年六月から一九年七月にかけて完成させました。刊行されたのはその翌年です。

起稿から擱筆までのあいだに、二重帝国の外相アンドラーシ伯が米ウィルソン大統領の単独講和案を受諾（一八年十月）、カール皇帝が退位を表明（同十一月十一日）、臨時国民議会がオーストリア共和国を宣言（同月十二日）と、旧来の体制に馴染んだ人々にとっては「世の終わり」を感じさせる事態が着々と進行していたのです。

4

本編の主人公ヨッホベルク少尉は一八一二年当時十八歳でした。ですから生まれたのは一七九四年となります。つまり彼が五歳のときナポレオンがブリュメール十八日のクーデターによって政権を握り、十歳のとき皇帝に即位、十二歳のときにライン同盟が結成されたわけです。

ナポレオンがヨーロッパの覇者であることを疑わない世代といえましょう。性格はいわば順応型で、自分の置かれた立場に疑念を持たず、仲間の将校たちとともにワインを痛飲し、賭けトランプに興じ、大佐の妻を寝取る性格として描かれています。

それが最終章で敵方のゲリラやイギリス人将校に「お前はボリバルだ、ボリバル侯爵だ」と言われ続けると、連隊観に揺らぎが生じ、「法螺吹き、贅沢野郎、大酒飲み、教会泥棒――」と仲間の将校たちを蔑む〈皮屋の桶〉の言葉を否定できなくなってきます。このとき読者のなかでも、これら将校たちのイメージは同時に揺らぎだします。ここらへんにもペルッツの語りの巧みさがよく発揮されています。

語りの巧みさと言えば、やはり最後に〈皮屋の桶〉の妻の婆さんがデウス・エクス・マキナみたいに出てきますが、この老婆の罵詈雑言によって読者の頭は一瞬空白になり、いわばそれまでの卓袱《ちゃぶ》台が引っくり返された感を味わいます。これもなかなかいい場面で、この婆さんの一喝あってはじめて、ラストでヨッホベルクが市を出て行くシーンが生き生きとしてくるのではないでしょうか。

「まえがき」によるとヨッホベルクはその後故郷のドイツに戻った模様です。なぜボリバル侯爵に成り代わったはずの彼が故郷にいるのでしょうか。「まえがき」と最終章とのこの矛盾のなかに、作者の仕掛けた企みを見出そうとする論者もあります。「まえがき」を除く全編すべてが「信頼できない語り手」による一人語りであることが論議を呼ぶようです。しかしここでは素直に、ヨッホベルクは侯爵に憑依されたのち、もとの自分に返り、無事故郷に帰ったものと受けとっておきましょう。

いやそもそも、彼はボリバル侯爵に憑依などされなかった、それどころか最初から最後までこの物語には何も超自然的なことは起こっていないと解釈することさえ可能です。古典の耽読によってキリスト教的な終末観から逃れていたと見られるドノプ少尉が「サウル王とエンドルへ」の章でいうところの「世界で一番自然な理由」、すなわち一連の悲劇を不運な偶然の連鎖とみなすこともできなくはありません。

実際、ボリバル侯爵などに憑依されずとも、人の意見や性格が周囲の状況によって急変することはわれわれの周囲でもときに見られます。あえて卑近な例をあげますが、訳者のある知人はかねてからオリンピックの東京開催に批判的でした。それがいざ東京に本決まりになると、次の日には「オリンピックもいいかも」と言い出しました。戦いが終わった後で、勝った側に心情的に同化してしまうには、必ずしも侯爵の神秘的な力は要しません。

「まえがき」によれば、ヨッホベルクの周囲の誰一人として、彼が「かつて兵士だったこと、しかも若い頃ナポレオン一世の遠征に参加したことを知らなかった」ということです。つまり彼はラ・ビスバルでの体験を誰にも語らなかったのです。「まえがき」にはまた、晩年の彼は「病的なほどに口数の少ない変わりものの老人」であったとも書いてあります。連隊仲間と和気あいあいとやっていた少尉時代の彼とはまるで別人ですが、わからないでもない気がするではありませんか。

DER MARQUES DE BOLIBAR

by Leo Perutz

1920

ボリバル侯爵《こうしゃく》

著者　レオ・ペルッツ
訳者　垂野創一郎

2013年11月20日　初版第一刷発行

発行者　佐藤今朝夫
発行所　株式会社国書刊行会
〒174-0056 東京都板橋区志村1-13-15　電話03-5970-7421
http://www.kokusho.co.jp
印刷・製本　中央精版印刷株式会社

装幀　中島かほる
表紙コラージュ　北川健次
企画・編集　藤原編集室

ISBN978-4-336-05760-0
落丁・乱丁本はお取り替えします。

アサイラム・ピース

アンナ・カヴァン　山田和子訳

地下牢に囚われた女、頭の中の機械、名前のない敵、病んだ魂の痛切な叫び……不穏な精神状態と特異な幻想が交錯する心象風景を鮮烈に描いたカヴァン最初の傑作。

夜の森

デューナ・バーンズ　野島秀勝訳

特異な文体と時間構造のうちにレズビアニズムを描きつつ〈文学のための文学〉にまで至り、T・S・エリオットらの賞讃を得ながら、不当に無視されてきた傑作。

夜ごとのサーカス

アンジェラ・カーター　加藤光也訳

背中に翼のはえた空中ブランコ乗りの女が語る世にも不思議な身の上話。英国のマジックリアリスト、カーターの奔放な想像力と幻想、豊饒な語りが結実した傑作。

透明な対象

ウラジーミル・ナボコフ　若島正・中田晶子訳

編集者ヒュー・パースンは作家Ｒを訪ねる列車の中で美女アルマンドに出会い、やがて奇妙な恋路を辿る。二重三重の仕掛けが読者を迷宮へと誘い込む魅惑的中篇。

チュニジアの夜

ニール・ジョーダン　西村真裕美訳

「狼の血族」「ビザンチウム」などの映画作家ジョーダンが、思春期の少年少女の揺れ動く複雑な心情をみずみずしい筆致で描き、ガーディアン賞に輝いた処女短篇集。

悪の誘惑

ジェイムズ・ホッグ　高橋和久訳

17世紀のスコットランドを舞台に、宗教的狂信、対照的な兄弟の憎悪劇、憑依、分身などを主題として、人間の悪の力を真正面から描き出したゴシック最後の傑作。

放浪者メルモス

C・R・マチューリン　富山太佳夫訳

悪魔に魂を売り禁断の力を得たメルモスは、自分の身代りを求めて百五十年の長きにわたって世界を放浪する。重層する恐怖の挿話、ゴシック小説の集大成的作品。

アラビアン・ナイトメア

ロバート・アーウィン　若島正訳

15世紀エジプト、奇怪な悪夢病が蔓延するなか、陰謀渦巻く魔都カイロに繰り広げられる謎と冒険、悦楽と不安の物語。千夜一夜の世界を舞台に展開する迷宮小説。

マゴット

ジョン・ファウルズ　植松みどり訳

18世紀の英国、森で発見された若者の縊死死体、黒ミサの儀式、世界終末のヴィジョン、楽園幻想。ミステリ・SF・歴史小説などの手法を駆使して描く驚異の物語。

狂人の太鼓

リンド・ウォード

奴隷商人がアフリカから持ち帰った太鼓は一家に何をもたらしたのか。主人公に次々に降りかかる過酷な運命の物語。120枚の木版画で綴る〈文字のない小説〉。

夜毎に石の橋の下で

レオ・ペルッツ　垂野創一郎訳

ルドルフ二世の魔術都市プラハを舞台に、皇帝、ユダヤ人の豪商とその美しい妻、高徳のラビらが繰り広げる数奇な物語。夢と現実が交錯する幻想歴史小説の傑作。

独逸怪奇小説集成

前川道介訳

エーヴェルス、ホーフマンスタール、クビーン—— 19世紀から20世紀ドイツ・オーストリア文学23人の夢と神秘と綺想と黒いユーモアに満ちた怪奇幻想小説28篇。

怪奇・幻想・綺想文学集

種村季弘翻訳集成

吸血鬼小説からブラックユーモア、ナンセンス詩まで、種村季弘が遺した翻訳の中から、単行本未収録を中心に小説・戯曲・詩を集大成。ホフマン、マイリンクほか。

老魔法使い　種村季弘遺稿翻訳集

フリードリヒ・グラウザー

怪物、人形、奇人、錬金術、幻想——驚異的な博識のもとに万華鏡の如き多彩な作品を遺して逝った種村季弘の遺稿翻訳を集成。怪人タネムラ、最後のラビリントス。

シュヴァンクマイエルの世界

赤塚若樹編訳

『ファウスト』『アリス』『対話の可能性』など、独自の映像表現で知られるチェコのアニメーション作家の全貌を、彼自身のテクスト、オブジェや映画の写真で紹介。